我
思

· COGITO ·

沈志明 主编

Collection de précurseurs

先驱译丛

（法）巴尔扎克 著

沈志明 译

三十岁的女人

Honoré de Balzac

GUANGXI NORMAL UNIVERSITY PRESS

广西师范大学出版社

·桂林·

三十岁的女人
SANSHISUI DE NVREN

策　　划：吴晓妮@我思工作室
责任编辑：韩亚平
装帧设计：何　萌
内文制作：王璐怡

图书在版编目（CIP）数据

　　三十岁的女人 /(法) 巴尔扎克著；沈志明译. --
桂林：广西师范大学出版社，2022.8
　　（先驱译丛 / 沈志明主编）
　　ISBN 978-7-5598-5089-8

　　Ⅰ．①三… Ⅱ．①巴… ②沈… Ⅲ．①短篇小说—小
说集—法国—近代 Ⅳ．①I565.44

　　中国版本图书馆 CIP 数据核字(2022)第 094456 号

广西师范大学出版社出版发行

（广西桂林市五里店路 9 号　邮政编码：541004 ）
　网址：http://www.bbtpress.com
出版人：黄轩庄
全国新华书店经销
山东韵杰文化科技有限公司印刷
（山东省淄博市桓台县　邮政编码：256401 ）
开本：787 mm × 1 092 mm　1/32
印张：10.75　　　　　　字数：185 千
2022 年 8 月第 1 版　　　2022 年 8 月第 1 次印刷
印数：0 001—5 000 册　　定价：55.00 元

如发现印装质量问题，影响阅读，请与出版社发行部门联系调换。

CONTENTS

目 录

译本序

巴尔扎克名著《三十岁的女人》[1]成集出版以前分期发表其中的短篇时，已经受到广大读者的欢迎，特别受到女性读者的喜爱和高度评价，作者收到许多读者的来信。女性读者的舆论甚至把巴尔扎克推崇到她们的代言人的地步。评论家们虽然不看好其文学价值，却认为他的小说确实代表妇女的心声。然而，1842、1843 年结集成书后，虽然读者越来越多，评论界的好评却越来越少。连十分自负的巴尔扎克本人也自我否定，比如他谈到《两次相遇》时写道："这部与我不相称的传奇式短篇小说，我没有时间重写了……我这颗正直作家的心还在流血。"[2]直到作者去世（1850 年 8 月 18 日），权威评论家圣伯夫，这个巴尔扎克的宿敌（莫洛亚语），才在《立宪党人》报（1850 年 9 月 2 日）指出："他

1　参见拙译《巴尔扎克全集》第三卷，人民文学出版社，1986年。
2　1843年3月2日给韩斯卡夫人的信。

（巴尔扎克）获得巨大成就的关键，全部出自其第一部小杰作（仅指《三十岁的女人》［1832］这部单独发表的短篇小说）。"同时他在《月曜日谈话》假惺惺宣称今后将摒弃一切个人恩怨，以全新的眼光来评价巴尔扎克的作品，其中不痛不痒地提到《三十岁的女人》："这些饱经世故的三十岁女人，以一种模糊的热切心情盼望看到她们自己的画家为她们所画的肖像。"[1]但笔锋一转，"就整体而言（即合成后的《三十岁的女人》）则是一部失败的小说"。此调一定，批评界的舆论一律跟从，长达一个多世纪，从左拉、法盖到朗松、巴代什、阿兰，直到非常崇拜普鲁斯特的莫洛亚于1985年出版的《巴尔扎克传：普罗米修斯或巴尔扎克的一生》还认为："它（《三十岁的女人》）能算作一部小说吗？不能，它只是一系列片断……"[2]尽管他们明明知道《三十岁的女人》从1850至1900年重版十六次之多，是巴氏作品重版最多的一种，他们仍沿袭圣伯夫的定论，说什么巴尔扎克是"妇女的小说家""妇女的画家"，"妇女们使巴尔扎克获得殊荣"。

敢于挑战圣伯夫谬论的第一人是普鲁斯特，他在《驳圣伯夫》中尖锐指出：圣伯夫竟敢把巴氏小说成功的原因

---

1 参见莫洛亚《巴尔扎克传》，第678页，人民文学出版社，1993年。
2 同前。

归为巴尔扎克吹捧那些青春开始衰退的妇女之短处，如《三十岁的女人》。圣伯夫说："我严厉的朋友说过，亨利四世靠战胜一个个城市夺取他的王国，而巴尔扎克则靠描写种种缺陷来征服病态的读者。今天三十岁的女人，明天五十岁的女人（甚至已经出现六十岁的女人），后天是患萎黄病的女人，在《绝对之探求》中还有畸形的女人，等等。"责备巴尔扎克是妇女们的画师，说他描绘社会时完全不照传统的方法。普氏认为，这恰恰是巴尔扎克的天才之处："他想以各种不同的手法，前后二十次表现同一主题，并要求有某种深沉感，精妙感，力量感，新颖感，强烈感，就像莫奈画的五十幅鲁昂大教堂和四十幅睡莲。"[1]

我们不妨按普鲁斯特的思路去探索《三十岁的女人》在思想内容和文学艺术上诸多的原创性。

小说一开始就在读者面前展现拿破仑最后一次出征前气势宏伟的军事检阅，处处洋溢着作者积极浪漫的情怀。我们从中可以看出巴尔扎克比雨果、比司汤达对拿破仑的迷思更深，其实他是在赞扬拿破仑时代法国社会的凝聚力和抒发法国民族的强盛感。但，德·沙蒂约内公爵和女儿朱丽从年龄、体力到思想感情，再到对德·哀格勒蒙侯爵

---

[1] 同前，第177页。

的看法，存在巨大的反差。作者强烈暗示拿破仑时代的光辉仅仅是夕阳无限好可惜近黄昏，预示法国即将进入有史以来最混乱最糟糕的时代，同时公爵预言心爱的女儿固执选择德·哀格勒蒙上校为夫婿必将带来悲剧性的不幸。朱丽的入场意味着进入后拿破仑时代，命中注定她以悲剧告终。唯一的保护人——老父亲去世后，她成为德·哀格勒蒙夫人。朱丽婚前眼里英俊的帝国上校，很快成为不折不扣把粗鲁当作殷勤的帝国兵痞，这种自找的苦楚使她有如从爱情岛浪漫的山岚坠入现实的苦海里受煎熬，备感失落和孤独。本想从旧贵族德·利斯托迈尔伯爵夫人那里寻找她失去的母爱，不料波旁王朝即将复辟的喜讯传来，老夫人过于兴奋的心脏停止了跳动。她只能孤独无援地进入乱世，听天由命。巴尔扎克对朱丽既同情又责备，抑或是同情的责备，落笔时很痛苦很艰难。他在 1834 年 8 月 26 日给韩斯卡夫人的信中写道："请读一读《埋藏心底的痛苦》，我花了四个月的心血，写了四十页。每天写不了几句话，文笔不畅，并不想写悲剧，却感到欲喊不得的难堪。太多的思绪，太多的悲情，令我挥之不去。但确实如此，简直令人毛骨悚然。我从来没被一部小说如此感动过。"

《三十岁的女人》思想内容的原创性，在于作者首次让私人风俗与人物生活的时代接轨。私人生活的冲突与社会生活的矛盾整体上融合在一起，相辅相成，爱情生活、家庭生活与公共生活相依相存，相安相得。女人到了三十岁，正好到了两者之间最危险的交叉点，最危急的年龄段，即渴望个人幸福和承担社会义务之间发生冲突的时刻。巴尔扎克巧妙地把握住这种年龄危机，这是前人未及的。

德·哀格勒蒙夫人生活的时代前所未有，她和后来的三十岁女人们正好生活在巴尔扎克所经历的三个时代，是幻灭时代特定社会的产物。巴尔扎克批判的王政复辟时期（1814—1830）所造成的令人失望的局面，七月王朝（1830—1848）非但没有改善，反而加剧了，其执行的自由主义政策使整个社会，尤其使妇女，更屈服于金钱的压力。从《三十岁的女人》明显可见作者对先后两个王朝加强了批判的力度，即在染上"自由新政"的制度下，妇女运动受到的异化无疑比前朝加剧了。巴尔扎克对女性具有洞幽烛微的观察力，尤其对三十岁的女人内心的痛苦和绝望洞察入微。圣伯夫只说过一句公道话："有关三十岁的女人及其优越、优势和完美的理论仅始于今日。德·巴尔扎克是这个理论的创建者，这是他在隐私小说中最真实的发现之一。"[1]这一理论主要见于《婚姻生理学》（1828）。而《三十岁的女人》正是这部著作诸多观点的图解。比如，失败的婚姻

1　参见拙译《驳圣伯夫》，收于《普鲁斯特精选集》，第22—23页，山东文艺出版社，1999年。

必然导致私通；又如，社会的法律是"反天性的"，所以与"内心的愿望"不相容。小说通过朱丽说出的反抗言辞更激烈，比比皆是。诸如，"社会的法规沉重地压在我的心头，把我的心压得粉碎"，"婚姻制度是当今社会的基石，却单让我们妇女承担全部重负：自由属男子，义务归女人"；婚姻仅仅是一种"合法的卖淫"，"这就是我们的命运，正反两方面的命运：公开卖淫，结果是耻辱；秘密卖淫，结果是不幸"。她为命运呐喊："我藐视一切人间的法律，我要向社会宣战，砸碎并重新制定法律和习俗。"她振振有词的自我辩护显得大义凛然，而前来规劝她改悔的教士反倒显得理屈词穷，猥陋胆怯。

这是圣西门式的女权主义指控，巴尔扎克几乎全盘接受。但他不同意圣西门主义的改革方针：妇女经济独立，改革婚姻制度，甚至有人主张性自由。相反，他维护传统道德，主张尊重家庭和婚姻，谴责通奸恶行，因为这是所有不幸的根源，甚至说："解放妇女，就是腐蚀妇女。"这可是百分之百蒲鲁东反女权主义的言论。好在巴尔扎克政治思想和道德观念的前后矛盾是时代的产物，是当时绝大部分有识之士的通病，无非说明他的政治观和道德观保守。我们对小说家不可求全责备。奇迹在于这种矛盾一旦忠实地反映到小说艺术中，则形成戏剧性的冲突，成为巴尔扎克原创性的女权主义悲剧。在小说中，他一方面为妇女及其要求幸福的权利辩护，说她们真正的价值是爱情；另一方面，社会法律又是不可或缺的，唯一的救助是宗教。而朱丽拒绝宗教救助，情愿对自己的罪过负责。

可惜，巴尔扎克没有挑战西方读者习惯看到私通犯罪的女人受到惩罚的心态，而是沿袭因果报应的思想，认为朱丽罪责难逃。不仅她得到了惩罚，而且她众多的子女无一不万劫不复：朱丽有五个子女，三个儿子先后死于非命；两个女儿，大女儿爱伦娜弃家与一个杀人犯私奔，最后她和几个孩子都死得很惨；小女儿莫依娜是她的最爱，但不听她劝告，硬要与同父异母的阿尔弗雷德·德·旺德奈斯伯爵私通，犯下乱伦罪——最为人类不齿的罪中之罪。朱丽为最初的过失赎罪一辈子，成了赎罪的牺牲品。这很可能反映了作者的个人情绪。在创作《三十岁的女人》时期，巴尔扎克由怀疑到确认，其胞弟亨利是"野种"，像莫依娜那样也是"爱情的产物"，得到母亲的偏爱；而巴尔扎克一向认为母亲不爱自己，把怨恨发泄到了自己身上。这种自传性的情绪同样在《该死的孩子》《玛拉娜母女》《幽谷百合》等作品中有所折射。巴氏在论述和分析母爱时，常把"义务的产物"和"爱情的产物"对立比较，如爱伦娜和小夏尔，爱伦娜和莫依娜。作为因果报应的惩罚，"爱情的产物"总比"义务的产物"下场惨烈许多。

巴尔扎克的天才在于使读者同情朱丽这个悲剧性女

性——尽管按照宗教社会伦理，她并不值得同情——从而向读者展现朱丽当年三十岁就知道反抗，善于反抗。这类女性成为他最喜欢写的女性人物典型，从此一发而不可收。诸如此后的德·莫尔索夫人（《幽谷百合》，1836），德·赛昂夫人（《被遗弃的女人》，1833），珠安娜·德·芒西尼（《玛拉娜母女》，1832），维朗桑夫人（《石榴园》，1832）等。一个女性典型诞生了，属于巴尔扎克文学原创性知识产权。自从有了巴氏这部小说，三十岁的成熟女子成为美轮美奂的同义词，女性自我实现的同义词，渐渐形成新的女性迷思。三十岁女人的神话令人想望。从此在小说世界里，三十岁成了挑战自己命运的年龄段，既不甘心过去的失败，又战战兢兢担心未来。三十岁意味着女人最大限度展现自己魅力的年龄，因为开始懂得选择了。时隔180年的今天，三十岁的女人依然是热门话题，巴尔扎克这位神话的创造者塑造了许多类型的女性，唯独三十岁女人的形象标志性地留在人们的记忆里，继续受到全世界的传颂，巴西人和俄罗斯人干脆以不同的语言把三十岁的女人称为"巴尔扎克式的女人"。

至于文学艺术上的原创性，《三十岁的女人》的价值就更高了。它正式完成于1842年并非偶然，正是在这一年，巴尔扎克开始构建《人间喜剧》的伟大工程，作者把所有已发表的作品进行全面整合，重新布局，新旧文本交换搭配，充实补缺。因为时间紧张，少不了留下许多空隙和不足。这部小说原系独立的短篇，合成后故事场景的时间常出现前后矛盾，人物的年龄、官衔等也前后不一，叙述风格不完全协调，疏忽在所难免。但它是第一部真正意义上的《人间喜剧》作品，因为在《三十岁的女人》六个短篇中第一次重复出现了重要人物，诸如德·龙克罗尔、德·玛赛、德·赛里齐夫人、德·利斯托迈尔-朗东伯爵夫人等，还有第一次出现的夏尔·德·旺德奈斯及其后代，他们在《幽谷百合》等重要作品中也反复出现。可以说，《人间喜剧》从整体结构性方面始于《三十岁的女人》，人物重复出现，两个时代（帝国和王朝复辟）交替相通。这种小说整体构思是法国小说史上最了不起的原创之一。

可惜这一"天才的构思"（普鲁斯特语）恰恰受到圣伯夫尖刻的否认，他批判巴氏人物在不同小说出现时指出："这种自负最终导致最虚假最乏味的构思，我指的是让相同的人物不断出现在这部或那部小说中，好像众所周知的哑角。我们动不动就面对相同的嘴脸。"[1]对这个影响一百多年的权威性批判，普鲁斯特敢于第一个反驳和嘲笑，他写道，"圣伯夫一窍不通，全然不懂为何让人物保留姓名"，

1　《当代人物肖像》，第337页，伽利玛出版社七星丛书版。

"天才突然看见自己作品的分离部分之间出现新的关联，他把它们衔接起来，使之全盘皆活，浑然不可分离，难道不正是作者最妙的直觉吗？""我觉得这个想法很了不起"，"这是突然出现的一道光芒，普照在他作品的各个不同部分，本来一直暗淡无光，顿时使各部分浑然一致，生机勃勃，光辉灿烂"。[1]

从此，《人间喜剧》总体价值一路看涨，也带动了《三十岁的女人》身价升值，特别遇上了20世纪70年代，以罗兰·巴特为首的文本新批评之后，身价倍增。巴特认为巴尔扎克基本上与所有经典小说相同，文本写得满满当当的，平铺直叙有板有眼地叙述得清清楚楚，最容易用来拍摄电影，不需要读者动脑筋，只要一页页往下舒舒服服读下去就行了，没有给读者留下任何想象的空间。巴特等人提出新文本观念，即文本的"可读性"恰恰不在于完满充盈，不在于写得无懈可击、完美无缺，相反要留下相当大的余地，让读者自由想象，有重写创新的空间，否则要么接受要么唾弃。他们发现相当多的读者嫌巴尔扎克描写和说理太啰唆，干脆"跳读"，了解文本结构和主要情节就算了。巴尔扎克甚至设想小说铺垫演绎体系的完备性，把小说某

1　见拙译《驳圣伯夫》，收于《普鲁斯特精选集》，第724页，版本同前。

些结构部分程式化，可适用于一切主题的小说（参见《夏娃女儿》前言）。这是现代人不能接受的，因为现代语言学指出"满则损"：你想说什么时，总难说透，也不必说透，实际上情不自禁地不说透。

幸亏新批评家们在批判巴氏小说时发现了《三十岁的女人》，如获至宝：这部小说居然成为符合文本新批评理论的范例之一，因为它处在"马赛克状态"，即小说内六个短篇拼凑、镶嵌杂凑的现象有痕有迹，明显可见，给读者留下了回味和重新创作的空间。后来又发现，巴尔扎克后期作品尽管每部校改多次，但因为急于出版挣钱还债，也还是留下不少缺陷，这也为读者留下一些充实补缺的余地。这样，巴尔扎克小说的"缺点"反倒成为可供后人阅读研究的"优点"了。难怪伟大人物的缺点往往在常人眼里也变成了优点。这是巴尔扎克本人始料未及的，因为他在创作《三十岁的女人》时根本没意识到，连他自己也不看好的小说有这么大的文学价值，真可谓时势造就了天才的文学家。

2004 年深秋于巴黎

2022 年春修订

三十岁的女人

献给画家路易·布朗热[1]

一　最初的失误

1813 年 4 月初，一个风和日丽的星期天早晨，巴黎人今年还是头一次遇上马路没有污泥、天空没有乌云的日子。中午前，一辆双轮轻车套着两匹快马跑过卡斯蒂利奥内路，驶入里沃利街，停靠在许多车辆后面。这里是斐扬平台[1]正中央新近打开的栅栏门。驾驭这辆轻便马车的人看上去忧心忡忡、满面病容，花白的头发稀疏地覆盖在发黄的头顶上，显出一副未老先衰的样子。他把缰绳扔给骑马的随车跟班，下车去抱车上的一个年轻姑娘。姑娘娇小美貌，引起了在平台上散步的闲人的注意。小巧的姑娘站在车沿，高高兴兴地让赶车人拦腰抱住，伸出双臂搂住他的脖子。

1　18世纪法国资产阶级革命时期，君主立宪派经常在杜伊勒里宫附近圣奥诺雷街的斐扬修道院集会，被称为斐扬派，集会的广场被称为斐扬平台。杜伊勒里王宫今改建为公园。斐扬平台位于杜伊勒里公园和里沃利街之间。

赶车人把她抱到人行道上，并没有弄皱她那绿色棱纹布连衫裙的花边。即便是情人也不会如此细心周到。此人大概是这位年轻姑娘的父亲，因为她没有向他道谢便亲昵地挽起他的手臂，急忙拽他走进花园。老父亲注意到几个青年人赞美的眼色，一时脸上愁云消散。他年事已高，尽管男子到了这个年纪只能满足于自欺欺人的欢乐以保持虚荣，但他依然微微一笑。

"人家还以为你是我的妻子哩。"他凑近姑娘的耳旁说道，同时挺直身子，慢腾腾地向前走，慢得叫她着急。

他好像有点故意卖弄自己的女儿，好奇的闲人投来的眼光，他看了比他女儿更加受用。他们挤眉弄眼地争看她那双套着棕色薄呢高帮鞋的小脚、裹着无袖连衫裙的优美身段和从绣花绉领中微露出鲜嫩肤色的脖子。走路的动作不时掀开少女的连衫裙，露出高帮鞋上面那截紧裹着丝光长袜的滚圆的腿。所以，不少游人追上这对男女来欣赏或再瞧瞧这个娇嫩的脸盘儿，脸盘周围垂着几圈鬈发，脸色白里透红，加上那顶漂亮风帽红缎子衬里的映照和急不可待的心情，更使得这个美人儿晶莹闪亮、光彩夺目。在弯弯的月牙眉下面，长长的睫毛覆盖着一双乌黑美丽的杏仁眼，水汪汪的，还带着一股温柔的调皮劲儿，显得格外精神。这张淘气的脸和这优美的胸部——尽管当时风行把腰带束在乳房下——焕发着生命和青春的光彩。姑娘对别人的敬意无动于衷，心急如焚地望着杜伊勒里宫，那里大概就是她兴冲冲出门的目的地。此时十二点差一刻，尽管时间还早，已有好几个想要炫耀服装的女人从王宫那边往回走了，她们气鼓鼓地频频回首，好像是后悔来得太晚，没能占上好位置。这些漂亮的女游客失望之中说了几句气话，让这位不知名姓的美人儿听见了，她十分不安。老人冷眼观察女伴妩媚动人的脸上焦急不安的神情，目光里好奇的成分多于嘲笑，也许观察得太仔细，不能勾起父亲的隐忧。

　　这一天是 1813 年的第十三个星期日[1]。再过两天拿破仑就要为那倒霉的战役[2]出征。他将相继失去贝西耶尔和迪罗克[3]；他将出色地赢得吕赞和包岑战役的胜利；他将遭到奥地利、萨克森、巴伐利亚和贝纳多特[4]的背叛，并为莱比锡战役的胜负进行艰苦的争夺。皇帝主持的盛大阅兵典礼

1　1813年的第十三个星期日应当是3月28日，而不是巴尔扎克前面说的4月初；但从历史上来看4月则是对的，因为拿破仑最后一次检阅是4月11日，显然巴尔扎克的时间概念有误。

2　指拿破仑1813年和俄、奥、普联军的战役，这一战役的失败导致了拿破仑帝国的灭亡。

3　贝西耶尔（1768—1813），法国元帅，拿破仑的禁卫军司令，1813年死于吕赞；迪罗克（1772—1813），法国元帅，拿破仑的宫廷总管，1813年死于包岑。以上两人都是拿破仑手下的名将和心腹。

4　贝纳多特（1763—1844），法国元帅，在法国革命和拿破仑帝国时期屡建战功，被封为蓬特-科沃亲王，1810年成为瑞典王查理十三的王位继承人，1813年背叛法国，倒向俄、奥、普一边，1818年继承瑞典王位，称查理十四。

久已使巴黎人和外国人赞不绝口，这一次竟成了最后一次。老卫队即将进行最后一次训练有素的操演，仪仗之壮观，动作之准确，甚至使这位打算与欧洲决一死战的巨人也不时感到惊叹。当时某种抑郁的情绪使好奇的人纷纷来到杜伊勒里。人人似乎看到了未来，也许已经预感到：当法国的英雄时代像今天这样染上某种虚幻的色彩时，眼下的场面就只能在想象中反复再现了。

"快走啊，父亲，"姑娘淘气地拽着老人，"我都听见鼓声啦。"

"这是部队进入杜伊勒里。"他回答道。

"也许是列队操演了，大家都往回走啦！"她带着孩子气的执拗反驳道。老人付之一笑，对她说："阅兵十二点半才开始呢！"他赶不上性急的女儿，落在她的后面。

看她挥动右臂的动作，你简直会说她在奔跑哩。她的小手戴着合适的手套，不耐烦地揉着一块手绢，摆动起来活像劈波斩浪的小船桨。老人不时笑笑，但是忧虑的表情也不时掠过他那干枯的面孔。他疼爱美丽的姑娘，因此既欣赏她的现在，又担忧她的未来。他好像在寻思："她今天很快乐，将来也能这样快乐吗？"老人总是以自己忧郁的心情去设想年轻人的未来。一面三色旗在柱廊顶上飘扬，平时游人便是通过柱廊来往于杜伊勒里花园和阅兵场。当父女俩来到廊下的时候，哨兵厉声喝道："不许过去！"

少女踮起脚，隐约看见一群花枝招展的妇女簇拥在旧式大理石拱廊的两侧，皇帝将要从那里出来。

"你瞧见了吧，父亲，咱们出来晚了。"

她噘着小嘴，很是伤心，表现出她对这次检阅十分重视。

"既然这样，朱丽，咱们走吧，你是不喜欢挨挤的。"

"就待在这儿吧，父亲，从这儿还可以瞥见皇上。要是他这次打仗阵亡了，我就永远也见不着他了。"

听到这些自私的话，父亲不寒而栗。女儿的嗓音里包含着哭声：他瞧了瞧她，从她低垂的眼皮下依稀看到了几滴泪水。眼泪不是气恼引起的，而是少女忧思初萌的流露，其秘密老父亲是很容易猜测到的。突然朱丽涨红了脸，大喊一声，哨兵和父亲都莫名其妙。一个从院子里朝台阶奔去的军官听到喊声后立刻转过身来一直走到花园的拱廊前，找了一会儿才看到少女，因为她一时让士兵的缨穗高帽挡住了。他立即为她和她父亲取消了他自己颁布的禁令，不顾簇拥在拱廊周围的美人们埋怨，轻轻拉着兴高采烈的少女走过去。

"原来是你值班，难怪她那么心急火燎。"老人带着既严肃又有几分嘲弄的神情对军官说。

"公爵先生，"年轻人答道，"要是你们想占个好地方，咱们就别说笑了。皇上是不喜欢等人的，我奉大元帅之令有事要去呈报他。"他一边说，一边亲昵地挽着朱丽的手臂，拽着她快步向阅兵场走去。朱丽不胜惊讶地看到这么多的人拥挤在皇宫灰墙和铁链连着的界石之间的小空间里。这些铁链在杜伊勒里宫院子中央隔出大块大块的正方形沙地。哨兵排成一字警戒线，为皇帝和他的参谋部拉出一条通道，他们费了九牛二虎之力才顶住蜂拥的人群。

"一定很好看吧？"朱丽微笑着问。

"当心点。"军官喊道。他拦腰抱住朱丽，有力而迅速地把她举到一根廊柱旁边。

要不是他眼明手快把她抱开，他这位好奇的亲戚就会被一匹白马的臀部碰伤。白马配着绿色和金色丝绒的马鞍，拿破仑的马穆鲁克[1]马夫牵住缰绳。那马几乎退到了拱廊下，前面十步远的地方排列着跟随皇帝的高级将领的马匹。年轻人把父女俩安置在右边第一个界石的人群前面，点头示意站在两旁的两个老兵照应他们。随后，军官转身向皇宫走去，刚才白马后退时他脸上的仓皇神色消失了，此刻浮现出幸福和愉快的表情。朱丽方才神秘地握了握他的手，也许是感谢他的小殷勤，也许是想告诉他："我终于见到你啦！"她还微微颔首来回答军官急忙离开之前向她和她父亲的致意。老人刚才好像故意让两个年轻人待在一块，

1　马穆鲁克，原系埃及苏丹的骑兵卫队，被拿破仑征服后编入帝国骑兵队。

退到女儿身后不远的地方。他神情严肃，偷偷地观察她，却装作聚精会神地观看场上的盛况，竭力不让她觉察到他在留神她的举动。当朱丽向她父亲投去小学生害怕老师般的胆怯目光时，老人甚至和颜悦色地对她微微一笑，但是他那敏锐的目光，一直跟随军官到拱廊下，这霎时间发生的事情中的任何细节都没有逃过他的眼睛。

"多壮观啊！"朱丽紧捏着父亲的手低声说道。

此刻阅兵场上壮丽的景象使千千万万观众齐声欢呼，一张张惊叹不已的面孔如痴如醉。另外一侧的观众和父女俩这边的人群一样拥挤，他们在阅兵场栅栏外窄狭的石子路上，与皇宫平行地一字排开。妇女们绚丽多彩的服装把巨大的长方形杜伊勒里和新近安置的栅栏点缀得花团锦簇。广阔的场地上站满了等待检阅的老禁卫军团，他们面对皇宫，组成十排庄严的蓝色线条。栅栏外面的阅兵场上，平行站立着好几个步兵团和骑兵团，准备列队穿过凯旋门。凯旋门位于铁栅栏的正中，当时还能见到门顶上雄姿勃勃的威尼斯青铜马 [1]。军乐队在卢浮宫的廊下，乐队前面是值勤的波兰枪骑兵。正方形沙地大部分空着，像是为肃静的部队预备的大显身手的沙场。队形按军事艺术排列得整齐

---

1 阅兵场的凯旋门奉拿破仑之命于1808年建成，两侧有栅栏，竖有拿破仑从威尼斯圣马可教堂掠夺来的青铜四马。1815年王政复辟时期，青铜马归还威尼斯，另换一仿制品留存至今。

对称，数以万计的三棱形刺刀在阳光下闪闪发光。风儿吹拂士兵的羽饰，好似疾风掠过森林，树梢起伏，荡起万顷波涛。这些默默无声、服装鲜明、久经征战的部队，由于军服、装饰、武器和佩带各不相同，看上去五光十色。这幅巨大的画面是激战前战场的缩影，在巍峨庄严的宫殿的环绕下，连同其全部装饰和奇特的变化，显得诗意盎然。军队士兵们好似在效法四周的建筑，所有的部队都岿然不动。观众不由自主地把这些人墙与这些石墙相比较。春天的阳光倾注在昨天才落成的白墙[1]和百年老墙上，照亮了无数张黝黑的脸，每一张脸都记录着昔日的枪林弹雨，每一张脸又都在紧张地注视着未来的刀光剑影。这些英雄的部队前面只有各团团长走来走去。在交织着银白、蔚蓝、紫红和金黄色的部队后面，好奇的观众可以瞥见六个不知疲倦的波兰骑兵长枪上的三色旗，枪骑兵好像在田野边看守羊群的牧羊犬，在部队和观众之间游来晃去，阻止观众侵入划分给他们的皇宫铁栅栏旁的小空地。除了这些动静以外，人们简直以为到了森林睡美人的寝宫。春风吹拂士兵帽上的长缨，越发衬托出士兵们凝神屏息的神情，人群中偶尔发出的轻声细语更突出了气氛的宁静。只不过有时响

1　拿破仑下令沿现在的里沃利街建造北走廊，但当时只建起一部分，到拿破仑三世时才竣工。

起"中国帽"[1]的声音，或无意中碰击出的鼓声以及从皇宫反射过来的回声。这些轻轻的声响犹如预告暴风雨的远方雷鸣。一种难以名状的热情在等候的人群中升涨。法国即将向拿破仑告别，在这激战的前夕，连最普通的公民也预感到征途艰险。这次战役关系到法兰西帝国的生死存亡，这个思想好像激励了百姓和军人，他们拥挤在飘扬着拿破仑雄鹰战旗、翱翔着拿破仑神武精神的宫苑里，全都鸦雀无声。这些士兵是法国的希望，是法国最后的一滴血，观众因此对他们怀着一种不安的关切。对大部分观众和军人来说，他们之间的告别也许就是永别。但所有人的心里，即使最敌视皇帝的人，都在祈祷苍天，热诚祝愿祖国胜利。对欧洲与法国之间的角逐厌倦不堪的人们在经过凯旋门的时候，个个都捐弃嫌怨，因为他们明白，大难当前，拿破仑便是整个法国。皇宫的钟楼鸣报十二点半，人群中的一切响动都停止了，寂静得连孩子的语声都能听清楚。老人和他女儿全神贯注地注视着，这时，从回声响亮的皇宫柱廊里传来一阵马刺和刀剑的叮当声。

一个矮胖的人儿突然出现了。他身穿绿色军服和白色马裤，脚踏马靴，头戴一顶跟他本人一样声震四海的三角

1　即山铃笠，是一种悬满小铃的铜制伞形乐器，这种军乐器很快就过时不用了。

帽；荣誉勋位勋章的红绶带在他胸前飘动，一把小巧的佩剑挂在腰间。广场上所有人的目光从各个角落同时集中到他身上。霎时间，鼓声震天，向他表示敬意；两个乐队同时奏鸣，所有的乐器，从最纤细的长笛到最响亮的铜鼓，一起奏出一首雄赳赳气昂昂的乐曲。听到这战斗的召唤，人心振奋，旗帜漫卷，阅兵场上的士兵从第一排到最后一排整齐划一地依次举枪，口令如回音似的一排一排传递。万众齐声欢呼"皇帝万岁！"，顷刻间，万物颤抖，地动山摇，宇宙震撼。拿破仑翻身上马，这一动作振奋了寂静无声的人群，乐曲声更加嘹亮，鹰旗和旌旗迎风招展，所有的脸盘都神采飞扬。古老的宫殿走廊的高墙仿佛也在高呼"皇帝万岁！"。这不是人间的景象，简直是魔法幻影、天神显灵，或说得更准确一点，这是昙花一现的统治、转瞬即逝的奇观。那么多人为之倾慕、激动、献身、祈祷，连太阳都为之驱散天上浮云的这个人骑在马上，三步以外跟随着身穿金光闪烁军服的卫队，左边是大元帅，右边是值勤元帅。这个人激起了如此巨大的感情冲动，而他脸上却没有丝毫激动的表情。

"啊，我的上帝，是的，无论在瓦格拉姆的硝烟炮火里，还是在莫斯科的遍野尸体旁，他呀，他总是那么泰然自若。"

这句话是站在朱丽旁边的士兵对许多人的询问所做的

回答。少女对着这张面孔凝神注视了一会儿：沉着的表情显示出他有稳如泰山的力量。皇帝注意到了德·沙蒂约内小姐[1]，转身向迪罗克说了一句简短的话，大元帅听后微微一笑。检阅开始了。如果说少女刚才一直在注意看拿破仑毫无表情的面孔和蓝色、绿色、红色的队列，那么这时她在这些老兵迅速而整齐的操练中，几乎一心一意在注视一个年轻军官，他骑马驰骋在运动着的队列之间，最后又精神抖擞地回到以衣冠简朴的拿破仑为首的一群要人之中。这军官骑一匹黑色骏马，穿一身漂亮的皇帝传令官的天蓝色制服，在这色彩斑斓的队伍中显得十分突出。阳光下，他的绣饰闪闪发亮，狭长军帽的羽饰荧荧耀眼，观众真会把他比作一团磷火，比作一个无踪无影的灵魂，奉皇帝之命在调动着和指挥着这些军队。随着部队的移动，武器波浪似的起伏着，反射出火一般的光芒；只要他使一个眼色，部队立刻散开、集中，如同漩涡似的急速转移，或者像拍击海岸的汹涌波涛从他的面前奔腾而过。

操演完毕，传令官风驰电掣地飞马来到皇帝跟前听候命令。此时此刻他离朱丽二十步远，站在皇帝及其左右的面前，他的姿态颇像热拉尔在油画《奥斯特利茨战役》中

---

[1] 即朱丽，未来的德·哀格勒蒙夫人。

所描绘的拉普将军[1]。这时姑娘可以充分欣赏全副武装的情人。年仅三十岁的维克托·德·哀格勒蒙上校高大、健美、轻盈，他高大强壮的身材在他用力驾驭一匹马的时候尤其显得突出，漂亮而柔软的马背好像被他的身躯压折了。他那褐色的刚毅的脸上有一种难以言传的魅力，只有在五官十分端正的年轻人脸上才能看到。他的前额又宽又高，炯炯有神的眼睛藏在浓眉之下的长睫毛中，好似两颗白玉夹在两条黑线之间。他的鹰钩鼻子呈现出优美的曲线。不可缺少的黑胡髭[2]弯弯的线条使绯红的嘴唇更为显眼。宽大红润的双颊透着棕黄色，显示出异常充沛的精力。有些人的脸形具有无畏英雄的特色，他就是这种脸形，足可以给企图再现帝政时代英雄的当今艺术家提供模板。骏马浑身是汗，晃动的马头表现出极度的烦躁，一双前蹄叉开，不前不后停在一条线上，长长的毛茸茸的马尾来回摆动。马的忠诚具体而形象地表现了它的主人对皇帝的忠诚。朱丽看到情人如此专心致志地注视着拿破仑，不禁忌妒起来，心想他还从来没有这般看过她哩。忽然，君主吐出一句话，维克托双腿夹紧马腹，马奔驰起来。但是，一块界石在沙

1　热拉尔（1770—1837），法国画家，他所作的《奥斯特利茨战役》现存凡尔赛博物馆。画中拉普将军飞马奔向拿破仑报告奥斯特利茨战役的胜利。
2　帝政时代，军人一般都留唇髭，尖尖的髭角往上翘起。

地上的阴影惊吓了牲口，它惊慌地后退几步，站立起来。事故发生得如此突然，骑士的性命似乎岌岌可危了。朱丽尖叫一声，脸色发白，大家好奇地望着她，她却没有看任何人，眼睛只盯着烈马。军官朝过分暴躁的马猛抽两鞭，纵马疾驰，去传达拿破仑的命令。这一惊险场面扣住了朱丽的心弦，她不知不觉抓住了父亲的手臂，多少有些紧张的手指，无意中泄露了她的心思。当维克托差一点落马的时候，她更使劲抓住父亲，好像她自己也有跌倒的危险。老人的脸色阴沉、痛苦，他忧心忡忡地凝视着女儿喜形于色的面孔，怜惜、忌妒，甚至遗憾，这种种感情都深深刻入他满脸的皱纹里。当女儿的眼睛发出异样的光芒时，当她失声喊叫时，当她的手指痉挛时，老人终于窥见了隐秘的爱情。他显然对未来有某种不祥的预感，因为他的面部表情阴森可怕。此时朱丽的灵魂好似已融入军官的灵魂之中。德·哀格勒蒙从他们跟前经过，会心地与朱丽交换了一下眼神，朱丽的眼睛湿漉漉的，脸上放出异样的光彩，一个比所有的担忧更加可怕的念头使老人痛苦的脸痉挛起来。他突然拉着女儿朝杜伊勒里花园走去。

"可是，父亲，"她说，"阅兵场上还有军队要操演呢。"

"不，我的孩子，所有的队伍都走完了。"

"我想您搞错了，父亲，德·哀格勒蒙一定会传令继续操练……"

"但是，我的女儿，我不舒服，不想待了。"

朱丽看见父亲的脸色，不难相信父亲的话，其实是身为父亲的忧虑使他神情沮丧。

"您非常不舒服吗？"她心不在焉地问道，因为她心里惦记着别的事情。

"对我来说，过一天难道不就是多活一天吗？"老人回答。

"您又来讲您的死让我伤心。我今天这么高兴！请您赶走那些讨厌的悲观念头吧！"

"唉！"父亲叹了一口气，高声说道，"真把你宠坏了！心肠再好的人有时也会冷酷无情。我们为你们奉献了一生，一心只想着你们，为你们造福，为你们的爱好牺牲我们自己的兴趣，宠爱你们，甚至为你们洒热血，难道这一切毫无价值吗？唉！是的，你们满不在乎地接受这一切。要想不断得到你们的微笑和你们倨傲的爱，除非有上帝般的力量。临了，跑来另外一个人，一个情人，一个丈夫，把你们的心从我们这里抢走了。"

朱丽不胜惊愕地瞧着父亲。他走得很慢，向她投去黯然的目光。

"你们把心事瞒着我们，"他接着说，"或许也瞒着你们自己……"

"您说些什么呀，父亲？"

"我想，朱丽，你有秘密瞒着我。"

"你恋爱了！"老人激动地接着说，因为他发现女儿脸红了。

"哦！我原希望你忠于你的父亲，一直到他死，我原希望你留在我身边，像过去一样快乐，美丽，让我高兴。如果我不知道你的命运，我会相信你将来平安无事，但是我现在却不能对你生活的幸福抱有什么希望，因为你爱上校已经超过对一个表哥[1]的感情了。对这一点我已深信不疑。"

"您为什么不让我爱他呢？"她非常好奇地嚷道。

"啊！朱丽，你不会理解我的。"父亲微笑着回答。

"您尽管说嘛。"她接着说，一边做了一个撒娇的动作。

"好吧！孩子，听我说。年轻姑娘往往给自己创造崇高美好的形象、非常理想的形象——对男人、对感情、对世界，给自己编造一些虚无缥缈的幻想；然后她们天真地把幻想出来的完美品性赋予某个人，并且坚信不疑。她们在自己选择的男人身上爱的是这种虚构的造物。但是后来，当她们所美化的假象，即她们的第一个偶像变成面目可憎的骷髅时，她们想摆脱不幸已经来不及了。朱丽，我情愿看见你爱上一个老头，也不愿看见你热恋上校。啊！假使

1　哀格勒蒙上校是朱丽的表哥。

你设想一下十年以后的生活，你也许会认为我的话有道理。我了解维克托，他的快活是一种没有头脑的快活，一种兵营式的快活，他既无才能又乱花钱。上帝创造这种人，专门让他们一天吃四顿饭，消化四顿饭，睡觉，见女人就喜欢，还有就是打仗。他不懂什么是生活。他的好心——他确实心地善良——也许会叫他向一个不幸的人、向他的伙伴慷慨解囊，但是他目光短浅，但是他不具备为女人的幸福甘当奴仆的体贴入微的感情，但是他无知、自私……但是，还有许许多多的但是。"

"可是，父亲，他能当上校，总得要有些头脑和才能啊……"

"我亲爱的，维克托也就是一辈子当个上校罢了。我还没有见到能配得上你的人呢。"老父亲说，略带几分兴奋的情绪。他稍停了一会儿，端详着他的女儿，补充说："我可怜的朱丽，你还太年轻，太软弱，太娇嫩，经受不起婚姻的烦恼和忧虑。德·哀格勒蒙让他父母娇养惯了，就像你母亲和我娇养你一样。怎么能指望你们和睦相处呢？两个任性的人碰到一起，一个比一个专横。你将来要么是牺牲品，要么是暴君，无论是哪一种结局，对女人的一生都会带来同样多的不幸。而你既温柔又谦让，你会先屈服的，总而言之，"他的声音都变了，"你的心意会被误解，到那时……"他喉咙哽咽，说不下去，停顿了一会儿接着说，

"维克托会伤害你天真烂漫的心灵。我了解军人，朱丽，我在军队里生活过。他们生活中的苦难或他们的冒险生涯所养成的习惯，是很难被感情战胜的。"

"这么说，父亲，"朱丽用半认真半玩笑的口吻反驳道，"您要我勉为其难，为您出嫁，而不是为我自己出嫁喽！"

"为我出嫁！"父亲出乎意料，高声道，"为我？！我的女儿，我是好言相劝啊，你很快就听不到我的声音了。孩子总是认为父母为他们作的牺牲是出于自私的感情，我已司空见惯了！你嫁给维克托好啦，朱丽，总有一天你会后悔的，你会发现他庸庸碌碌，毫无条理，他自私，粗俗，感情迟钝，他还会给你带来其他种种痛苦。到那时候，你回忆一下吧，在这几棵树下，你父亲的预言你一句也听不进去！"

老人不作声了，因为他发觉他女儿在固执地摇头。他们朝栅栏走了几步，那儿停着他们的马车。他们默不作声向前走的时候，姑娘偷偷察看了父亲的面孔，赌气的神色渐渐从她脸上消失了。父亲耷拉着脑袋，前额深深打上了痛苦的阴影，她为之十分震惊。

"父亲，"她用温和而异样的声调说道，"我答应在您消除对维克托的成见之前不再跟您谈起他。"

老人惊讶地望着女儿。两滴泪水在他眼里转动，沿着布满皱纹的两颊落下来。他不能当着大庭广众亲吻朱丽，便深情地捏了捏她的手。他登上马车的时候，堆积在他前额的愁云统统消散了。女儿脸上淡淡的愁容倒没有像阅兵时让她泄露秘密的天真无邪的快乐那样使他惶恐不安。

1814 年 3 月初，即皇帝的阅兵典礼之后将近一年的光景，一辆四轮马车行驶在从昂布瓦斯[1]到图尔[2]去的大路上。离开胡桃树枝叶盘结的穹顶笼罩下的拉弗利耶驿站之后，马车飞速前进，不一会儿就到达了横跨西兹河的桥头，这里是西兹河汇入卢瓦尔河的入口。马车停下来。刚才年轻的马夫按主人的吩咐扬鞭催赶四匹膘肥体壮的驿马，马用力过猛，拉断了绳套。车内的两个乘客被惊醒，这个偶然事故让他们有机会欣赏迷人的卢瓦尔河岸一处秀丽的景致。旅客举目眺望，右边曲曲弯弯的西兹河尽收眼底：它好似一条银蛇蜿蜒曲折，流经草地，初春的嫩草给两岸的原野涂上碧玉般的色彩。左边，卢瓦尔河呈现出波澜壮阔的雄姿，清晨的凉风掠过，广阔的河面上泛起粼粼水波，朝阳的光辉，映得河水金光闪烁。水面上，碧绿的岛屿错落有致，如同项链上的一串宝石。大河对岸，是都兰省一

1　昂布瓦斯，法国安德尔-卢瓦尔省都兰地区一城镇。
2　图尔，都兰地区的首府。

望无际的美丽富饶的田野。极目远望，天边矗立着谢尔省的山峦，起伏的峰顶在蔚蓝透明的天空中勾勒出清晰的曲线。透过岛屿上的细枝嫩芽朝眼前这幅画的深处望去，图尔城跟威尼斯城一样，宛如从水波中破浪。古老的大教堂的钟楼耸立云端，消失在几朵形状怪诞的白色云彩中。旅客从马车停靠的桥面抬头望去，卢瓦尔河两岸怪石巉岩鳞次栉比，一直伸展到图尔，好像大自然一时兴起，降下这些岩石来锁住这条河流，同时河水也在不停地侵蚀岩石，这种景象往往令旅客惊叹不已。在西兹河桥头，巨大的岩岸拐了一个弯，一个叫伏弗赖的村子像筑巢一般建在岩岸的堑谷和塌陷处。从伏弗赖到图尔，山峦峥嵘逶迤，山上居住着种植葡萄的农民。不止一处可以看到在劈开的岩壁上建起高低三层房子，各层之间由就地凿成的险峻石级相连。一个穿红裙的姑娘从屋顶上朝她的花园跑去。一缕炊烟从葡萄的枝蔓和嫩叶中袅袅上升。葡萄种植者在陡峭的地里耕种。一位老妇安详地坐在一片坍倒的岩石上，在一棵银花满枝的杏树下转动着她的纺车。她看着过路人从她脚下走过，对他们心惊胆战的样子暗自发笑。她既不担心土地崩裂，也不害怕那摇摇欲坠的残垣断壁倒塌下来，其实墙基全靠一片常春藤盘根错节的根部固定着。箍桶匠的锤声在山腰的拱形洞穴里回响。总之，凡是大自然不让人类发展工业的地方，处处是庄稼，处处是沃土。所以在旅行者看来，卢瓦尔河流域的任何东西都不能和都兰展现的这片膏腴之地媲美。眼前这幅景象的三重画面，我们只不过用了寥寥数笔，就足以深深印入人们的脑海，永远铭刻在记忆之中了。一个诗人赏玩过这种景象之后，会经常在梦幻中重新领略这神话般的、充满浪漫色彩的意境。驿车到达西兹河桥头的时候，好几条船扬着白帆进入卢瓦尔河，在小岛之间漂荡，给浑然天成的景色又增添了几分和谐的气氛。沿岸柳树的气味给湿润的微风注入了沁人心脾的馨香。鸟儿此起彼伏的鸣啭声中，夹杂着一个牧羊人曲调幽怨的单调歌声，而远处船夫的喊叫则说明那里是一片热火朝天的气象。轻柔的晨雾在一丛丛树木周围萦绕流连，给这广阔的美景添上充满神韵的最后一笔。这时正是都兰地区最繁荣的时期，又正值春光明媚的季节。法国只有这个地区没有遭受外国军队的蹂躏，是当时唯一安宁和平的地方，似乎这地方是不可侵犯的。

驿车刚停住，便探出一个戴军便帽的脑袋；不一会儿，一个焦急的军人自己打开车门，跳到大路上，好像要去跟车夫吵架。但是那个都兰人修理断套的灵巧劲儿使德·哀格勒蒙上校放了心，他回到车门旁，伸直双臂，舒展一下僵硬的肌肉。他打了一个呵欠，瞧瞧风景，把手放到一位紧裹在皮袄里的少妇的手臂上。

"喂，朱丽，"他声音沙哑地对她说，"你醒醒，起来看看这个地方，风景美极了！"

朱丽把头探出车外，她戴着一顶貂皮帽子，毛皮大衣紧紧裹着她的身子，只有脸露在外面。朱丽·德·哀格勒蒙已经不像从前观看杜伊勒里阅兵时那个欢欣雀跃的姑娘了。她的脸虽然还很细嫩，但已失去使她光彩夺目的红润。几撮被夜间潮气打湿而披散开的黑色鬈发使她苍白的脸更显得黯淡无光，没有生气。不过她的眼睛闪烁着奇异的光芒，可惜眼皮下的几块紫斑在她疲惫不堪的面颊上已十分显眼。她无动于衷地瞧了一眼谢尔的田野、卢瓦尔河和河中的小岛、图尔以及伏弗赖绵亘的山岩，连西兹河令人心旷神怡的河谷都懒得瞧上一眼，就赶紧缩回马车里，只说了一声："是挺美的。"她的声音在旷野里显得微弱无力。我们看得出，她已不幸地战胜了她的父亲。

"朱丽，你不乐意住到这儿来吗？"

"噢，这儿或那儿，哪儿都行。"她漫不经心地说。

"你不舒服吗？"德·哀格勒蒙上校问她。

"没有啊，"少妇强打精神回答，她微笑着瞧瞧丈夫，补充道，"我想睡觉。"

突然响起一阵马蹄声。维克托·德·哀格勒蒙放下妻子的手，朝桥头大路的拐角处转过头去。一旦上校不看她了，朱丽苍白的脸上暂时的快乐表情就消失了，仿佛照亮她面孔的光亮骤然熄灭。她既不想再观赏风景，也无心过问飞马疾驰而来的骑士是谁，她重新坐进马车的角落里，双眼盯着几匹马的臀部，没有任何表情。她迟钝的神态活像听牧师主日讲道时的布列塔尼农民。突然，一个年轻人骑着一匹骏马从白杨树和鲜花盛开的山楂树小林子里跑出来。

"是个英国人。"上校说。

"啊！我的上帝，是英国人，我的将军[1]，"车夫答道，"他就是人家说的那种想吃掉法国的家伙。"

《亚眠和约》[2]破裂的时候，圣雅姆内阁犯下了侵犯人权的罪行，拿破仑出于报复，逮捕了在大陆的所有英国人，这位陌生人当时正好住在法国。这些英国人沦为阶下囚，不得不听命于帝国政权反复无常的决定，他们既不能留在被捕时的住宅里，也不能留在最初让他们自由选择的住处。现时住在都兰地区的英国人多半是从帝国各地遭送来的，因为据说他们旅居原地有损于大陆的政治利益。眼前这位清晨出来散步消愁的年轻俘虏完全是官僚政权的牺牲品。和平破裂时，他正在蒙彼利埃[3]治疗肺病，两年前，一道来自外务部的命令使他失去了那儿的好气候。年轻人一旦认

---

1 禁卫军上校可享受将军的称号，德·哀格勒蒙是拿破仑禁卫军上校。又，按法国人的习惯，男子称呼将军时，必须加"我的"，女子则只需称"将军"。
2 1802年4月21日法国和英国签订《亚眠和约》，暂时休战。1803年5月，英、法重新开战，和约破裂。
3 蒙彼利埃，法国埃罗省一地名。作家斯特恩和卢梭曾在此疗养肺病。

出德·哀格勒蒙伯爵是个军人，便急忙避开伯爵的视线，把头转向西兹河畔的草地。

"这些英国人个个都这样傲慢无礼，好像地球是他们的，"上校低声抱怨道，"幸亏苏尔就要惩罚他们了。"[1]

俘虏经过驿车时，朝车里望了一眼，尽管是短促的一瞥，却已欣赏到伯爵夫人忧郁的神情，这种神情给她沉思的脸上增添了一种难以形容的魅力。有许多男人只要见到女人痛苦的表情，他们的心就会受到感动，在他们看来，痛苦好像是坚贞和爱情的一种保证。朱丽聚精会神地凝视着车内的一张坐垫，既没有注意到有马经过，也没有注意到马上的骑士。套绳很快就结结实实地修理好了。伯爵登上驿车，车夫为了追回失去的时间，扬鞭催马，马车在河堤上飞奔，一路上巉岩陡壁的山坡连绵不断，山中点缀着伏弗赖正在成熟的葡萄，美丽的房屋星罗棋布，远处是著名的马穆蒂埃修道院的残垣断壁，这里曾经是圣马丁[2]的隐庐。

"这个英国小白脸跟着我们干什么？"上校嚷道，一

1　苏尔（1769—1851），法兰西元帅，拿破仑部下的名将，在奥斯特利茨战役中屡建奇功，后来曾在路易·菲利普治下担任国防大臣和外交大臣。1814年3月，帝国形势吃紧，法军在维多利亚战役中败北以后，退居惠灵顿城下。苏尔指挥这次撤退，并在图卢兹战役中成功地包围了惠灵顿。
2　圣马丁（约316—397），维也纳利古日修道院的创建者，371年任图尔主教，住在马穆蒂埃修道院。

边回头去想证实一下自西兹河桥一直跟踪而来的骑士是不是那个年轻的英国人。

　　陌生人在堤坡上骑马散步并不失礼，上校在狠狠地瞪了英国人一眼之后也就无可奈何地坐回到自己的角落里。尽管他情不自禁地对英国人产生了反感，那匹雄健的骏马和骑士的翩翩风度还是引起了他的注意。年轻人长着大不列颠人的脸形，面色红润，皮肤柔嫩白皙，简直令人疑心他是个身材苗条的姑娘。金黄色的头发，颀长的身材，穿着既讲究又整洁，大凡时髦而规矩的英国人都有这种特点。他见到伯爵夫人时脸红了，好像是由于害臊，而不是兴奋。朱丽只抬眼朝外国人看过一次，而且可以说是她丈夫硬要她看的，他要她欣赏那匹纯种骏马的腿。朱丽的目光碰上了腼腆的英国人的目光。于是英国绅士不再策马走在驿车旁边，他退后几步，保持着一定距离。伯爵夫人马马虎虎地朝陌生人看了一眼，她看不出人和马像她丈夫说的那样气概不凡，不过她还是动了一动眉梢，以示赞同丈夫的意见，之后，又靠回到座位上。上校又睡熟了。夫妇俩一直到图尔没有再说过一句话。一路上景物变化万千，但秀丽的风景丝毫没有引起朱丽的注意。丈夫沉睡着，德·哀格勒蒙夫人端详过他好几次，最后一次瞧他的时候，由于车子的颠簸，挂在她脖子上的颈饰掉落在膝上，父亲的肖像突然出现在她的眼前。[1]看到父亲的肖像，一直强忍住的泪水涌上来在她眼眶中滚动。英国人也许看到了伯爵夫人苍白的脸上挂着的晶莹泪痕，但泪痕很快就被吹干了。德·哀格勒蒙上校此行是去向准备在贝恩省抵御英国入侵的苏尔元帅传达皇帝的旨令，他趁机带他妻子离开岌岌可危的巴黎，把她送到图尔一位老亲戚家里。不一会儿，马车驶进图尔的街道，过了桥，进入大街，停在一座古老的宅第前面，这里住着旧贵族[2]德·利斯托迈尔-朗东伯爵夫人。

德·利斯托迈尔-朗东伯爵夫人是那种虽然年老而风韵犹存的女人，苍白的脸色，斑白的头发，妩媚的微笑，穿鲸骨撑开的裙子，戴一顶无名款式的便帽。这些路易十五时代过来的老人几乎总是和颜悦色，仿佛她们还在恋爱。在宗教上，她们的虔诚不如她们的热情，而就热情而言，她们的内心则不如其外表；她们总是浑身香粉扑鼻，讲起故事来引人入胜，谈吐更是妙趣横生，听笑话无动于衷，回忆往事倒能哈哈大笑，眼下的事情多半让她们扫兴。老女仆向伯爵夫人（因为她不久将恢复爵位）禀报她侄子到了，自西班牙战争以来她就没见过侄子的面。她急忙取

1 　文中没有具体说明朱丽父亲去世的时间和她的婚期，从下文朱丽回答姑母的问题来看，可推算到1813年4月。这是违背她父亲意志的婚姻，因此她好像是在父亲死前举行的婚礼。
2 　法国资产阶级革命时期之前的贵族。

下眼镜，合上她心爱的书《故宫的走廊》[1]，然后振作精神迅速走到门口的台阶上，这时年轻夫妇正拾级而上。

姑母和侄媳很快地互相扫了一眼。

"您好，亲爱的姑母，"上校高声问候，一边抢上前抱住老妇人亲吻，"我给您带来一个年轻人请您照应，我把我的宝贝托付给您。我的朱丽不娇气，也不小心眼，她温柔得像个天使……不过，她可别在这儿被宠坏喽，但愿不会。"他煞住了自己的话头。

"小鬼头！"伯爵夫人答道，一边嘲弄地瞪了他一眼。

她主动上前和蔼地和朱丽亲吻，因为朱丽若有所思地待在那里，不像是好奇，而像是局促不安。

"我们互相认识一下吧，我亲爱的！"伯爵夫人接着说，"你不必怕我，跟年轻人在一起，我尽量不摆老太婆的架子。"

还没有走到客厅，侯爵夫人[2]已经按照外省的习惯吩咐家人给两位客人备饭，但是伯爵打断了姑母滔滔不绝的话头，认真地对她说，他在这儿停留不长，驿站换完马他就

---

1 书的全名为《故宫的走廊》，又名：撰写路易十四和路易十五王朝历史逸事的回忆录》，三卷本，作者佚名，于1786年出版。
2 巴尔扎克为了统一《人间喜剧》的人名，1837年重版《三十岁的女人》时，把德·贝洛尔热侯爵夫人改为德·利斯托迈-朗东伯爵夫人，此处是漏改，下文类似处也不再一一注明。

要走。于是三位亲戚急忙进入客厅，伯爵匆匆忙忙向老姑母讲述了政治和军事形势，鉴于已发生的事件，他不得不请求她让他年轻的妻子在这里躲避一阵。姑母一边听他讲，一边轮流观察侄子和侄媳，侄子一口气往下讲，侄媳脸色苍白，神情忧郁，看起来是因为被迫分离而引起的。她好像在心里说："唉！唉！这些相爱的年轻人。"

这时从静悄悄的老院子里传来了马鞭声，一簇簇的青草点缀着石子路面。维克托再次吻了伯爵夫人，急忙奔出屋去。

"再见，我亲爱的。"他边说边拥抱跟到车前的妻子。

"噢！维克托，让我再陪你一段路吧，"她温柔亲切地说，"我不愿意离开你……"

"不必了吧！"

"那么好吧，"朱丽答道，"听你的，再见！"

马车消失了。

"这么说，你很爱我可怜的维克托喽？"伯爵夫人询问侄媳，同时投去明察秋毫的目光。

"咳！夫人，"朱丽回答，"难道不是因为爱上一个男人才嫁给他的吗？"

她说这句话的时候带着种天真的口气，既反映出纯洁的心灵，又泄露了心灵里深邃的奥秘。一个曾经与杜克洛[1]和黎塞留元帅[2]相好的女人听了这话不去猜想这对年轻夫妇的秘密是很难办到的。姑母和侄媳这时站在正门口出神地望着离去的马车。伯爵夫人的眼睛表达的并不是侯爵夫人所理解的那种爱情，老太太是普罗旺斯人，年轻时她的激情是非常强烈的。[3]

"所以你就这样上了我这个无赖侄子的当？"她向侄媳问道。

伯爵夫人不由得一惊，因为这位老风流的语气和眼色似乎表明她更加了解维克托。德·哀格勒蒙夫人心神不宁，只好支吾其词，天真而痛苦的心灵一开始只能找到这样的避难所。朱丽的回答已经叫德·利斯托迈尔夫人心满意足了，她暗自喜欢，心想今后她孤独的生活可以从某种秘密的爱情中得到几分乐趣了，因为她感到她侄媳好像有一段有趣的私情。德·哀格勒蒙夫人走进挂着几幅带金边的壁毯的大客厅，坐在熊熊的炉火前面，后面有一排中国屏风抵挡窗缝风。她的忧伤无法排遣，面对着陈旧不堪的护墙板和一百年前的老家具，产生愉快的情绪是困难的啊！然

1　杜克洛（1704—1772），法国伦理学家和历史学家。

2　黎塞留元帅（1696—1788），红衣主教黎塞留（1585—1642）的侄孙，法国元帅。

3　巴尔扎克笔下，普罗旺斯人激情洋溢的例子屡见不鲜。

而沉浸在清静孤独之中，沉浸在外省肃穆的沉寂之中，年轻的巴黎女人倒觉得是一种享受。她在新婚时给这位姑母写过一封信，如今见面说了几句话，便沉默不语地待着，好似在聆听歌剧的乐曲。两个小时就这样在拉特哈普修道院[1]式的寂静中过去了，她这才发现对姑母太不礼貌，想起来自己只是冷冷地回答了姑母的问话。老妇人尊重任性的侄媳，她具备从旧王朝过来的人所特有的宽容禀性。老寡妇织着毛衣，她出出进进好几次，让人收拾一个平时家人放行李的绿色房间，腾出来作为伯爵夫人的卧室。料理完毕，她回来坐在她的大扶手椅上，偷偷观察年轻的妇人。朱丽对自己不由自主地沉浸在冥思遐想中感到很不好意思，她自我嘲笑一番，请求姑母原谅。

"亲爱的小宝贝，我们深知寡妇的苦楚啊。"姑母回答道。

要年过四十的人才能猜透老太太的话所包含的讥讽之意。第二天，伯爵夫人情绪明显好转，她聊天了。德·利斯托迈尔夫人起初认为这个新婚妇人又孤僻又呆板，现在她感到有希望驯服她了。侯爵夫人跟她讲本地的娱乐、舞会以及她们可以去的人家。这一天她提出的问题个个都设

---

1 拉特哈普圣母修道院是有名的本笃会修道院，教规十分严厉，后来成为本笃会修道院的代名词。

着圈套，她按照旧时宫廷的习惯做法，忍不住要借此来捉摸侄媳的性格。几天来她再三邀请朱丽出去消遣，朱丽都拒绝了。所以尽管老太太很想带美貌的侄媳到交际场上炫耀一番，到头来只好打消了这个念头。伯爵夫人为她的离群索居和郁郁寡欢找到了一个借口，她推说父亲的死使她十分悲伤，至今还戴着孝。一星期之后，老寡妇已经十分喜欢朱丽天使般的温柔，喜欢她朴实无华的风度和宽厚克己的品质，从此对折磨这颗年轻心灵的神秘的哀伤表现出极大的兴趣。伯爵夫人是那种天生讨人喜欢的女子，好像走到哪里都能给人带来幸福。她与人相处温柔可亲，令人格外愉快，结果德·利斯托迈尔夫人迷上了她的侄媳，不愿再离开她了。仅仅一个月的时间她们之间就建立起永恒的友谊。老太太不无惊讶地注意到德·哀格勒蒙夫人面貌的改变。红润的肤色消褪了，脸色变得黯淡苍白。在脸上失去原有光彩的同时，朱丽却变得不那么忧郁了。有时老寡妇居然逗得年轻的亲戚乐呵呵的，甚至忘乎所以地发出欢笑，但很快又被不愉快的念头压下去。她猜到给侄媳生活蒙上一层阴影的忧伤既非对父亲的思念，亦非与维克托别后的离愁。然后，她往坏处胡乱猜疑，当然难以找到侄媳痛苦的真正原因。也许我们只能靠一个偶然的机会才恍然大悟。终于有一天，姑母惊奇地发现朱丽已完全忘却了结婚这件事，她在朱丽身上看到冒失姑娘的冲动，脑子单纯，带着妙龄少女的孩子气，思想细腻微妙，有时又深藏不露，这是法国青年女子的特点。于是德·利斯托迈尔夫人决心探测这颗心灵的奥秘，这颗心灵唯其极端质朴，也就更加深奥难测。夜降临了，两位贵妇人坐在临街的十字窗前，朱丽又陷入沉思，这时一个男人骑马经过窗下。

"喏，这是你们的一个牺牲品。"老太太说。

德·哀格勒蒙夫人惶惑不安地瞧着她的姑母。

"这是一个英国青年，一个绅士，令人尊敬的亚瑟·奥尔蒙，葛兰维尔勋爵的长子。他的经历是很有趣的。1802年他遵照医嘱来到蒙彼利埃，希望此地的气候能治疗那要命的肺病。开战后他跟他所有的同胞一样被波拿巴扣留了。这魔鬼不打仗就活不下去。这位英国青年开始研究自己的疾病，以此作为消遣。一般人认为这种病是不治之症。他不知不觉对解剖学、医学产生了兴趣。醉心于这类学术，这对一个上等人来说是难能可贵的。不过，当年摄政王不也是津津乐道于化学吗！总之，亚瑟先生在学业上颇有成就，连蒙彼利埃的教授也感到惊奇。学术研究使他的俘虏生活得到了慰藉，与此同时他的病也痊愈了[1]。有人说他两年没有说话，减少肺部的活动，睡在马厩里，喝一头瑞

---

1 其实并未痊愈，本章结尾他的死显然与他的疾病有关。

士母牛的奶，专吃水芹菜[1]。自从他来图尔以后，他不见任何人，骄傲得像只孔雀。但是你肯定已经把他征服了，因为自从你来到这里，他一天从我们的窗下经过两次，这总不是冲着我来的吧……显而易见，他爱上了你。"

最后这几句话像有什么魔法似的惊醒了伯爵夫人，她不由自主地做了一个手势，微微一笑，使得侯爵夫人不胜惊讶。哪怕是最严厉的女人，当她得知有人为她单相思时，也会本能地感到得意，然而朱丽的目光却黯淡而冷漠。她脸上的表情是一种类似憎恶的反感。这种态度不是因为热恋一个男子而对世界冷眼相看，因为那样的女子是有说有笑的。朱丽不在此列，她现在属于那种对痛苦记忆犹新的人。姑母深知她的侄媳不爱她的侄子，现在发现她不爱任何人，不禁惊呆了。她惶恐不安地看出朱丽已经心灰意冷。一个年轻女子只要一天，也许一夜的经验[2]就能识破维克托的无能。她心想：

"她如果已经了解了维克托的无能，那么事情已成定局，我侄子不久将忍受婚姻带来的麻烦。"

1　这是当年盛行的一种治疗肺病的方法，且有医疗书籍可查。巴尔扎克在《乡村医生》《驴皮记》等作品中也谈到类似的疗法。
2　"结婚伊始，切勿强行。"巴尔扎克在《婚姻生理学》一书中这么写道："当今社会上众多的年轻妇女苍白、虚弱、患病和受苦。其中一部分人患有程度不同的炎症，另一部分人产生程度不同的神经紧张。"——原编者注。

于是她打算教她信奉路易十五时代的君主主义[1]。但几个小时之后，她得知，或说得更确切一些，她猜到了使伯爵夫人悲伤的境遇在人世间是颇为常见的。朱丽突然沉思不语，比平时提前回到自己的房间。女仆帮她卸了妆，准备让她上床，但她却留在炉火前，埋在黄丝绒安乐椅中。不论是欢乐还是悲哀，人们都喜欢在这件古老的家具上消磨时日。她流泪，她叹息，她沉思，然后她搬来一张小桌，找到一些纸，开始写起来。时间很快地流逝，朱丽吐露心迹时似乎颇为吃力，每写一句话都要引起久久的沉思。突然少妇泪如雨下，再也写不下去了。这时钟鸣两点。她像弥留之际的病人，脑袋沉甸甸地耷拉着。等她抬起头来，她看见姑母突然出现在眼前，好像是从墙壁的挂毯上走下来的。

"你怎么啦，我的孩子？"姑母问她，"为什么这么晚还不睡？为什么年纪轻轻一个人掉眼泪呀？"

她毫不拘礼地在侄媳身边坐下，眼睛盯着那封未写完的信。

"你给丈夫写信吗？"

"我怎么知道他在哪儿啊？"伯爵夫人回答说。

姑母拿起纸念起来。她已经戴上眼镜，这是事先想好

---

1 指婚姻和爱情生活方面。

的。这个纯洁的人儿被人拿起她的信而没有任何反对的表示，这既非缺乏尊严，也非暗暗感到有罪而不敢对抗，不，姑母正好遇上侄媳感情冲动的时刻，此时六神无主，心烦意乱，不管是善是恶，无论是沉默不语还是推心置腹，一切都听之任之。她如同一个道德高尚的姑娘，白天高傲骄横，折磨自己的情人，到晚上形单影只，幽怨潜生，于是思绪郁结，想找一个好心人倾诉衷肠。朱丽一句话也不说，听任姑母违背对敞开的信和封口的信一视同仁的规矩，若有所思地等着侯爵夫人念完信。

亲爱的路易莎[1]：

　　你何苦几次三番地要我兑现我们这两个无知少女互相许下的极不慎重的诺言呢？你信中说，你很奇怪我为什么六个月没有回答你的讯问。如果你不明白我的缄默，今天读到我向你透露的秘密，你也许就猜得出其中的原因了。若不是你笑着通知我你不久即将结婚，我很可能把这些秘密永远埋藏在心底。你快结婚了，路易莎，一想到结婚，我就不寒而栗。可怜的小家伙，你结婚好啦，几个月以后，你就会后悔莫及的，你将痛苦地怀念从前我们

1　朱丽在寄宿学校念书时的同学。

在埃库昂[1]一起度过的岁月。你记得吧，一天傍晚，我们俩爬到山上最高的橡树下眺望我们脚下美丽的山谷，我们在那里观赏夕阳，周围是一片斜晖残照。我们坐在一块岩石上，沉醉在一种欢欣的继而又产生淡淡忧愁的感情之中。你首先发现天边的太阳预示着我们的未来。那时候我们是多么好奇，多么疯狂！你记得我们一起干的荒唐事吗？

我们拥抱接吻，好似两个情人，我们还这么说哩。我们发誓谁先结婚必须如实地叙述同房的秘密，我们幼稚的心灵把这种秘密看作最甜美的快乐。但是路易莎，洞房花烛一定会使你失望的。婚前，即使不算幸福，至少你年轻、美貌、无忧无虑；但是一个丈夫在很短的日子里就会使你变得像我一样丑陋、痛苦和衰老。告诉你我嫁给维克托·德·哀格勒蒙上校时，我是多么骄傲、自负和快乐，简直是愚不可及！怎么跟你讲呢？连我都记不清了，转眼之间我的少年时代已化为梦境。那个隆重的日子套在我身上的绳索有多长，我自己是全然无知的，那天我的举止仍少不了受到责难，我父亲不止一次竭力抑制我的兴奋，因为我喜形于色，

1　指朱丽接受教育的埃库昂寄宿学校。

被人认为有失体面。我说话时并没有嘲弄人的意思，却被认为是在嘲弄人。我像孩子似的不停地玩弄新婚面纱、新婚礼服和鲜花。晚上我被大吹大擂地送入洞房。留下我一个人的时候，我想开个玩笑来捉弄维克托。等他的时候，我的心怦怦直跳，就像以前每逢 12 月 31 日那隆重的日子一样。我悄悄溜进堆放礼品的房间。我丈夫进了新房，到处找我，而我躲在细纱布里咯咯直笑，但是我们在孩提时代玩耍时发出的由衷的欢笑也就到此结束了……

如此开头的一封信必定包含许多伤心事，老寡妇念罢，摘下眼镜慢慢地放到桌上，把信放回原处，两眼落在侄媳的身上。尽管年事已高，她的眼睛依然炯炯有神。她说：

"孩子，一个已婚的女子给一个姑娘写这样一封信可不合适啊……"

"我也是这么想的，"朱丽打断姑母的话，"您念信的时候，我心里很惭愧……"

"如果餐桌上一道菜不中我们的意，可不应该倒别人的胃口，我的孩子，"老人和颜悦色地接着说，"要知道，自从夏娃到如今，结婚一向被认为是天大的好事……你母亲不在世了吗？"

伯爵夫人心头一震，慢慢地抬起头说："一年来，我不止一次怀念我的母亲。但我万不该不听我父亲的话，他不喜欢维克托，不愿他当女婿。"

她望着姑母，看到老人脸上慈祥的神色，一阵喜悦的颤抖使她止住了欲滴的泪水。她觉得侯爵夫人好像要拉她的手，便把一双细嫩的手伸过去。当她们的手指紧紧捏在一起的时候，两个女人已经心心相印了。

"可怜的孤儿！"侯爵夫人又说。

这句话对朱丽来说简直是最后一道光芒，她仿佛又听到父亲先知的声音。

"你的手好烫啊！一直这样吗？"老太太问道。

"七八天前我才退烧。"她回答。

"你发烧，却瞒着我。"

"我发烧已经一年了！[1]"朱丽怪不好意思地说。

"这么说，我的小天使，"姑母接着说，"一直到现在，结婚对你来说只是一场长期的痛苦喽？"

少妇不敢回答，但她做了一个肯定的动作，说明她所受到的苦楚。

"那么你感到很不幸吗？"

"噢，不！姑母。维克托可宝贝我啦，我也非常喜欢他，他心地好极了！"

---

1 朱丽患有子宫炎。

"是的，你爱他，但你躲着他，是吗？"

"是的……有时候……他老来找我。"

"你独处的时候是不是老担心他突如其来地打扰你？"

"唉！是的，姑母，但是我很爱他，我说的是真话。"

"你是不是暗暗责怪自己不善于或不能够分享他的快乐？有时你甚至会想合法的爱情比非法的情欲更难以忍受？"

"哦，正是这样，"她说着哭了起来，"您什么都猜透了，这正是我百思不解的问题。我的感觉已经麻木了，我脑子空空的，总之，我的生活困难重重。我的心灵被一种莫名的恐惧压抑着，害得我感情迟钝，整天昏昏沉沉。我想抱怨，可是张不开嘴；我有痛苦，可是没有语言来表达。但是我痛苦，看到我所讨厌的事维克托却以为是快乐，我又痛苦，又羞愧。"

"尽说些小孩子的傻话，别糊涂了！"姑母嚷道，她枯干的脸上突然眉开眼笑，反映出她青年时代的欢乐。

"您，您也笑话我啊！"年轻女子失望地说。

"我是过来人嘛，"侯爵夫人赶紧接着说，"现在维克托把你一个人留下，你不是又变成姑娘啦？安安静静的，没有快乐，但也没有痛苦，不是吗？"朱丽睁大了眼睛，莫名其妙。

"总而言之，我的天使，你很爱维克托，不是吗？但是你更愿意成为他的妹妹，而不是他的妻子。总归一句话，你的婚姻不顺当。"

"是的，正是这样，姑母，但有什么可乐的呢？"

"噢，你说得对，我可怜的孩子，这一切确实没有什么可乐的。要是我不保护你，要是我的老经验不能识别引起你忧伤的纯洁无邪的原因，那么你将来恐怕会有更多的不幸。我侄儿不配得到幸福，这个傻蛋！在敬爱的路易十五的朝代，像你这样处境的年轻女子早就惩罚她丈夫地道的大兵作风了。自私的家伙！那个暴君手下的军人通通都是愚昧的坏蛋，他们把粗暴当作殷勤，他们不懂得爱情，更不了解女人。他们以为第二天要去送死就可以在头天晚上对我们不敬重、不体贴。从前的人既懂得爱也懂得死，处处恰如其分。我的侄媳，我来教你。你们之间可悲的不和是必然的，可能导致你们互相憎恨，导致你们提出离婚，如果你不会在绝望之前就归天的话，我一定结束你们之间这种状态。"

听了姑母的这番话，朱丽不禁惊得目瞪口呆，她对其中的道理并没有理解，却从中获得了一种预感。她惶惑地从饱经世事的亲戚嘴里听到了父亲对维克托所作的判断，只不过说得婉转一些罢了。她也许对自己的前途产生了强烈的直觉，感觉到她将遭到沉重的不幸，于是痛哭起来，扑到老太太怀里，说道："您就当我的母亲吧！"姑母没有哭，因为大革命已使旧王朝的妇女流干了眼泪。往昔的爱情、后来的恐怖统治已使她们习惯于最令人心碎的剧变，因此她们在生命危急的关头能保持冷静而庄重的举止，真挚而不外露的热情，并一直恪守宫廷礼仪和贵族风范，现代的新风尚对此一概否定是大错特错的。老寡妇把少妇抱在怀里，温柔、疼爱地吻她的前额，这个动作往往出自这类妇女的风度和习惯，而不是出于内心。她甜言蜜语哄着侄媳，答应确保她将来幸福，发誓永远爱她，边对她爱抚备至，边帮她上床睡下，好像她是自己的亲生女儿，好像心爱的女儿的希望和忧愁就是她自己的希望和忧愁。她从侄媳的身上看到自己年轻时的影子，想到自己当时多么漂亮而又无知。伯爵夫人入睡了，很高兴得到了一个朋友、一个母亲，从此她有人诉说衷肠了。第二天上午，姑母和侄媳互相亲吻时，两人真挚热情，心心相印，证明她俩感情上进了一步，更加协调一致了。这时她们听见马蹄声，不约而同地转过头去，看见那个年轻的英国人按照他的习惯慢慢经过窗下。看上去他对这两个孤单的妇人的生活做过一番研究，每当她们吃午饭或晚饭的时刻，他必定经过这儿，他的马不需要主人提醒，就自动放慢脚步。在经过餐厅的两扇窗户时，亚瑟向里面投以忧郁的目光。伯爵夫人多半不理会，因为她根本不注意，但侯爵夫人已养成那种无聊的好奇心理，喜欢捉摸种种微不足道的小事，用以活跃外省的生活，这种好奇心理，高贵的人们也在所难免，因此她对英国人默默表示的羞怯而认真的爱情很感兴趣。她已经习惯于每天在这个时候看到英国人投来的目光，每当亚瑟经过时，她总想出点新词儿来和佳媳打趣。两位妇人坐下吃饭时不约而同瞧见这个不列颠群岛的臣民，朱丽和亚瑟的眼光这一次正好相遇，这种感情上的巧合使少妇脸红了，英国人立即催马疾驰而去。

"夫人，该怎么办呢？"朱丽对她姑母说，"人家若看见这个英国人老走过这里，一定以为我……"

"是的。"姑母打断她的话。

"那么，我能不能告诉他别这样散步呢？"

"莫非向他暗示他已构成一种危险？再说你能阻止一个人随意走动吗？明天我们不在这间屋里吃饭好了，年轻的绅士看不见我们就不会再在窗户外面向你求爱。亲爱的孩子，一个懂得上流社会规矩的女子就是这样行事的。"

朱丽的不幸接踵而至。两位妇人刚吃完饭，维克托的随身仆从突然来到。他从布尔日纵马飞驰，绕道而来，给伯爵夫人送来她丈夫的一封信。维克托离开了皇帝，他通知妻子帝政已崩溃、巴黎已失陷、法国各地纷纷倒向波旁王室。但是他不知如何混进图尔，所以请她火速到奥尔良会他，他希望在奥尔良为她搞到通行证。仆人是个旧军人，由他护送朱丽从图尔到奥尔良，这条路维克托认为还是畅通的。[1]

"夫人，请您抓紧时间，"仆人说道，"普鲁士人、奥地利人和英国人将在布卢瓦或奥尔良会师……"

少妇在几个小时之内准备停当，坐上姑母借给她的一辆旅行马车出发了。

"为什么您不跟我们一块去巴黎？"她一面说，一面吻别姑母，"现在波旁王室返驾了，您可以在那里找到……"

"即使没有这次出乎意料的返驾，我也会去巴黎的，可怜的孩子，因为我的劝导无论对维克托还是对你都太不可缺少了，所以我一定想方设法去巴黎找你们。"

朱丽在女仆和老兵的陪伴下动身了，老兵骑马跟在车旁，保护女主人的安全。入夜，朱丽不安地听见后面有一辆车从昂布瓦斯一直跟着她，到达布卢瓦的前一个驿站时，她凑到车门前看看她的旅伴到底是谁。借着月光，她认出是亚瑟，他站在离开她三步的地方，眼睛盯着她的车子。他们的目光相遇了。伯爵夫人赶紧缩回车内，害怕得心怦怦直跳。如大多数清白无辜又没有经验的少妇一样，她认为不自觉地引起一个男人的爱情是一种过失。她本能地感到恐怖，这也许是在如此胆大妄为的行动面前感到软弱无

---

1 此处作者自相矛盾：维克托不知如何混进图尔，但他能够到达奥尔良，并以为奥尔良到图尔的道路是畅通的。

力的结果。男人有一种非常强有力的武器，那就是擅自占有一个女人的可怕力量，而女人的想象生来就是多变的，所以男人的追求对她是一种威胁或者是一种侮辱。伯爵夫人想起了她姑母的劝导，决定在旅途中待在驿车里不出来。但是每到一站，她总听到英国人在两辆车的周围走动。而且一路上，他那辆四轮马车令人心烦意乱的声响无休止地传进朱丽的耳朵。少妇转念一想，一旦和丈夫会面，维克托就会保护她不受这份莫名其妙的罪了。

"但要是这个年轻人根本不是因为爱我呢？"

这是她最后一种想法。到达奥尔良时，她的驿车被普鲁士人扣住了，被拖进一家客栈的院子里，由士兵看守着。反抗是无济于事的，外国人向三位旅客打着命令的手势，意思是说他们接到命令不许任何人走出驿车。伯爵夫人哭了将近两个小时。她被押在一些士兵中间，他们抽烟、嬉笑，有时好奇地瞅她，样子十分放肆。后来传来一阵马蹄声，士兵们终于恭恭敬敬地离开了桌子。一会儿，一个奥地利将军率领一群外国高级军官来到她的驿车周围。

"夫人，"将军对她说，"请接受我们的歉意，误会了，不必害怕，您可以继续旅行，这是张通行证，从此您可免受任何凌辱了……"

伯爵夫人颤抖着接过通行证，结结巴巴说了几句含混不清的话。她看见亚瑟穿着英国军官制服站在将军身旁，无疑是多亏了他，自己才迅速恢复自由的。年轻的英国人显得又高兴又忧郁，`只敢偷眼瞧着朱丽。有了这张通行证，德·哀格勒蒙夫人平安抵达巴黎，与丈夫团聚。维克托放弃效忠皇帝的誓言后，受到德·阿图瓦伯爵[1]十分亲切的接待。阿图瓦伯爵由他的哥哥路易十八任命为王室少将。维克托在禁卫军内获得了一个高位，相当于将军。然而就在欢庆波旁王室回朝的日子里，可怜的朱丽遭到了很大的不幸，这件事将影响她的一生：她失去了德·利斯托迈尔-朗东伯爵夫人。老夫人因为见到德·昂古莱姆公爵重返图尔，心里一激动，兴奋而死。因此，唯一有权开导维克托的人，唯一可能通过巧言相劝使夫妻更为和睦的人死了。朱丽深深感到这一损失的重大。关于和丈夫之间的关系，现在她已处于孤立无援的境地。但她年轻怯懦，宁肯受苦，从不抱怨。她完美的品格也不允许她忽视自己的职责，或者对她的痛苦寻根求源，因为消除痛苦是极为棘手的事情：朱丽生怕玷污了她少女的清白。

现在简单交代一下德·哀格勒蒙先生在复辟王朝时期的命运。

世间有些人，他们的平庸无能对多数认识他们的人是

1　1814年4月14日，德·阿图瓦伯爵——未来的查理十世——被任命为王室少将，并于1814年5月23日组建了六个禁卫连。

深藏不露的，这样的人不是很多吗？高位、名门、要职、装潢门面的礼节、极其谨慎的行为，以及财产的声望，凡此种种都是他们的护身符，使他们的内心世界免受批评。这些人有点像君主，君主的身材、性格和生活习惯，人们从来不知底细，也从来不能作恰如其分的评论，因为君主不是离人们太远，就是离人们太近。这些徒具虚名的人只问不说，他们有一种技巧，就是把别人推到前台，免得面对面交锋，然后极其巧妙地牵动每一个人的情感或利益，用这种办法来愚弄实际比他们高明的人，把别人当作傀儡，把别人降低到他们的水平，然后认为别人渺小。于是乎他们平庸而又固执的思想，自然就胜过了别人伟大而不断变化的思想。所以要想判断这些空虚的头脑，衡量它们反面的价值，观察家不仅需要智力超群，更要洞察入微，不仅要有眼光，更需要长期观察，不仅要思想高尚、伟大，更要细致、敏锐。然而无论这些沽名钓誉的人如何巧妙地遮盖他们的弱点，他们却很难瞒过自己的妻子、母亲、孩子或家庭至交，但是这些人在涉及共同名誉的事情上几乎总是为他们严守秘密，甚至常常协助他们哄骗社会。如果说，因为至亲好友的共谋，许多傻瓜被当作了伟人，那么同样也有相当数量的伟人被当成了傻瓜。因此社会政权总有那么一批虚有其表的"栋梁之材"。现在请想一想，一个有头脑而且感情丰富的女子面对这样的丈夫该如何安身立命吧！你们难道没有发现那些忠诚而充满痛苦的人生？那种情深意切、多愁善感的心灵，人世间可说没有任何东西能给予补偿。如果遇上一个强有力的女子，她会以一桩罪行来摆脱这种可怕的处境，叶卡捷琳娜二世就是这么干的[1]，而且居然被人们尊为大帝。但不是所有的女人都能登极称帝，她们之中的大部分在家庭的苦难中牺牲了自己。家庭的苦难外人虽不与闻，但却十分可怕。那些寻求在今生今世解除痛苦的女人，要么只是换一种痛苦，如果她始终不渝地履行责任的话；要么就犯过失，如果她们为享乐而触犯法律的话。上面这些见解条条适用于朱丽的秘史。拿破仑在台上的时候，德·哀格勒蒙伯爵是许许多多上校中的一个，他是优秀的传令官，能够圆满地完成一项危险的使命，却担当不了重要的指挥任务，他不引人羡慕，一般人只把他看作皇帝宠爱的勇士，就是军人称之为"勇敢的小伙子"的那种人。王朝复辟给他恢复了侯爵的头衔，他也不负圣恩，跟随波旁王室到了根特。这种合乎逻辑的、忠诚不渝的行为否定了他岳父对他所作的预言，岳父曾说过他一辈子只能当个上校罢了。第二次复辟时[2]，德·哀格勒蒙先生被任命为少将，恢复了侯爵头衔，并野心勃勃想当

1　传说叶卡捷琳娜二世（1729—1796）通过下令杀害其夫彼得三世而篡位。

2　指拿破仑百日政变失败后，波旁王朝再次复辟。

法兰西贵族院议员。他遵循《保守党人》[1]的准则和策略，装出城府很深的样子，其实是个草包；他神情严肃，喜欢提问，很少说话，因而被认为有深谋远虑。他经常用繁文缛节来打掩护，客套不离口，说起套话来滔滔不绝。这些套话是巴黎的特产，每隔一段时间就生产一批，把伟大的思想或行为铸成小硬币，发给没有头脑的人。于是上流社会的人都把德·哀格勒蒙看作风雅而有学问的人。由于他固执地坚持贵族的见解，他被誉为具有完美的个性。当他偶尔旧态复萌、无所顾忌、兴高采烈的时候，他那些毫无意义、平庸无奇的谈话却被人家当作外交辞令。"噢！他只说他要说的话。"老实人这么想。他既受益于他的优点，也受益于他的缺点；因为他从来没有当过司令官，所以他单凭勇敢就获得了无可否认的军人声誉。他那刚强而高贵的脸表现出思想开阔，他的形象外貌只有他妻子才看得出是一个虚假的外壳。听到大家一致把他的虚名当作真才，德·哀格勒蒙侯爵居然也自认为是宫廷中最杰出的人物之一。在宫廷中他善于用自己的外表取悦于人，因此他的多方面价值毫无异议地被承认了。然而德·哀格勒蒙先生在家里倒是谦逊的，他本能地感到他妻子尽管年轻却比他高

1　《保守党人》（1818年10月—1820年3月），著名的极端保王派的刊物，夏多布里昂、拉马丁等人为之撰稿。但巴尔扎克写的事却发生在1815年。

明。丈夫不得已的敬重迫使侯爵夫人承认自己有一种神秘的力量，尽管她竭力回避这种力量加给自己的负担。她是丈夫的主心骨，指导着他的行动，操纵着他的财产。这种违情悖理的作用对她来说其实是一种屈辱，也是她深藏在内心的许多痛苦的缘由。首先，出于女性挑剔的本能，她觉得服从一个有才干的男人，要比支配一个傻瓜丈夫强得多。她知道一个被迫代替男人思考和行动的年轻妻子既非女子也非男人，因为她虽然免去了女子的不幸，却也抛弃了女性的风韵，同时也得不到受法律保护的男子所拥有的任何特权。她的生活里隐藏着一种令人啼笑皆非的苦衷，她不得不维护空心偶像的荣誉，保护她的保护者，而这个可怜虫对她始终不渝的忠诚所做的报答，只是强迫她接受丈夫自私的爱情，把她只看作一个女人，不屑或不会关心她的快乐，更不知道她为何忧伤，为何憔悴！正如大凡意识到才智不如妻子的丈夫那样，侯爵为挽救他的自尊心便断定，朱丽的体质孱弱导致她的精神衰弱，他喜欢抱怨命运为什么给他配一个病病歪歪的少女做妻子。总之，他让人家相信他是受害者，其实他是刽子手。侯爵夫人承受着这种可悲生活的全部不幸，还得对愚蠢的男人笑脸相迎，还得给死气沉沉的家装点花朵，被暗暗折磨得苍白憔悴的脸上还得装作满面春风。家庭声誉的责任感，崇高的自我牺牲精神，不知不觉赋予年轻的侯爵夫人妇女的尊严和名节的意识，使她能抵御来自社会的危险。探测一下这颗心灵的深处吧，也许她心里既感觉不到激情的冲动，也体验不到那种非法然而令人疯狂的欢乐——这种欢乐使某些女子忘记了德行的戒律、名节的原则，在这些戒律和原则之上岿然耸立着整个社会。老于世故的德·利斯托迈尔-朗东夫人答应给她带来的乐趣与和睦，已经如同梦幻一般化为泡影，她逆来顺受地希望早早死去，以结束她的痛苦。从都兰回来之后，她的健康每况愈下，病痛好像成了她生命的尺度，不过她的痛苦显得高雅，表面上看去生病几乎是享受，所以肤浅的人认为她的病无非是小妇人的无病呻吟而已。医生们宣布侯爵夫人必须静卧休息，她躺在沙发上，周围摆满了花，她在花丛中越来越孱弱，花在凋谢，她在枯萎。衰弱的身体使她不能外出，不能步行，要出门必须坐在车门紧闭的车子里。她时时享用着豪华生活和现代工业创造的各种奇珍瑰宝，所以她不大像病人，倒颇像娇慵的王后。有几个朋友，也许是同情她的不幸和衰弱，他们知道她总待在家里而且料想她将来会恢复健康，常常来给她讲新闻，告诉她使巴黎生活丰富多彩的无数锱铢细事。她的哀伤尽管惨重而深沉，但毕竟是富人家的哀伤。德·哀格勒蒙侯爵夫人好似一朵美丽的鲜花，根部却已被土壤中的虫子咬坏。她不时到上流社会走走，并非出于兴致，而是迫于她丈夫所向往的地位的需要。她的嗓音和演唱技巧在这些地方可以博得阵阵掌声，这固然能使一个青年女子觉得愉快，但是她丈夫不喜欢音乐，既然在感情上和愿望上都一无所获，这种成功对她又有什么意义呢？她在沙龙里几乎感到局促不安，尽管她的美貌使人们对她另眼相看。她的处境在沙龙里激起一种令人痛苦的同情、叫人悲哀的好奇。她得了一种炎症，通常这种炎症是致命的，妇女们只在私下谈论，我们的新词语中还没有这个病名[1]。尽管她深居简出，但她的病痛是有目共睹的。虽说她已结婚，却总像个少女，谁看她一眼都会使她害羞。所以为了避免脸红起见，她在人前总是笑吟吟、乐呵呵的。她装出快活的样子，总说自己身体很好，或者羞答答地用假话去搪塞对她健康的询问。然而 1817 年，一件事情大大改变了朱丽迄今为止的可悲状况：她生了一个女儿，且决定自己哺育。两年之中，她为照料婴儿牵肠挂肚、时喜时忧，减轻了生活的痛苦；而且她必须和丈夫分居。医生们断定她的健康将会大有起色，但侯爵夫人并不相信这种假想的预言。如同一切没有生活乐趣的人，她也许反倒认为死亡是种幸运的结局。

1819 年初，对朱丽来说，生活比任何时候都更为严峻。

1　这是巴尔扎克回避病名的一种手法，其实在19世纪，"慢性子宫炎"的病名早已出现。

正当她庆幸自己经过努力获得了消极的幸福的时候，她隐约看到了可怕的深渊：她丈夫渐渐疏远她了。他对她的感情本来就已经不太热烈，而且非常自私，此时更加冷却，很可能导致更大的不幸，她的敏锐和审慎使她预见到这一点。尽管她确信能牢牢控制维克托，并永远得到他的敬重，她仍然担心情欲对这个无能、爱虚荣和无头脑的人所产生的影响。她的朋友们经常发现她陷入沉思，缺乏见识的朋友居然用开玩笑的口吻刺探她的秘密，好像一个少妇脑子里装的无非是一些轻佻的琐事，好像一个家庭的母亲就不可能有深刻的思想。再说，不幸如同真正的幸福，引人沉思遐想。有时朱丽跟爱伦娜嬉戏的时候，用阴沉的眼睛望着她，不去回答她那些让母亲其乐无穷的天真烂漫的问题：她在寻思女儿现在和将来的命运。这时眼泪润湿了她的眼睛，因为她突然回想起杜伊勒里宫前阅兵的情景。她父亲有先见之明的预言再次在她耳边萦绕，她暗暗责备自己不听父亲的明达之言。她愚蠢地不听父亲的话导致了自己的全部不幸，其中最难忍的是什么，她往往也闹不清。不仅她心灵中丰富的感情她丈夫一无所知，而且她始终没能使她的丈夫了解她，甚至连生活中最平常的事也是如此。正当她能够更加主动、更加强烈地去爱的时候，合法的夫妇之爱却在肉体上和精神上的剧烈痛苦中枯竭。久而久之，她对丈夫近乎蔑视的恻隐之心把一切感情都摧毁了。再者，如果说通过朋友聊天，通过几件活生生的事例，通过上流社会的某些艳史，她看出爱情并不能带来巨大的幸福，那么她的创伤则使她感到兄弟的情谊倒可能带来深切而纯洁的欢乐。往事的回忆鲜明如画，其中每天都要浮现出亚瑟忠厚的形象，越来越纯洁、越来越英俊，但转瞬即逝，因为她不敢在这个回忆上停留。英国青年沉默、羞怯的爱情，是唯一能给朱丽婚后忧郁而孤寂的心灵留下一点甜蜜痕迹的事件。希望破灭，追求落空，朱丽越来越悲观，在这种情况下，也许由于想象的自然作用，希望和追求统统转到这个英国人的身上，他的举止、他的情感、他的性格，好像都和她息息相通。这种想法看起来不免有些荒唐，如梦似幻。每当不切实际地胡思乱想一通之后，朱丽长叹几声，苏醒时更觉得痛苦难熬，潜伏的痛苦在假想幸福的羽翼下沉睡之后，对她的刺激反而越发强烈了。有时候她苦恼得几乎发疯，简直想不惜代价地寻欢作乐一番，但是更多的时候，她却陷于难以形容的迟钝麻木状态，听人讲话不解其意，思想含糊不清，模棱两可，以至找不到语言来表达。她内心深处的意志受到了挫折，从前做姑娘时所追求的品德遭到了伤害，她不得不默默吞下自己的眼泪。向谁诉苦？谁又能听她诉？再则，她是那种品行端正、情操高尚的女性，她克制自己不发无谓的怨言，如果争执的结果将会使胜负双方同时丢脸的话，她宁愿不去争上风。朱丽千方百计想把她的才干和她的德行传给德·哀格勒蒙先生，她夸耀自己实际上从未品尝到的幸福。她把女人的智慧徒然地用在家务上，德·哀格勒蒙先生非但视而不见，而且她越是周到，他倒越是专横。有时候她痛苦得几乎失去知觉，万念俱灰，不能自已，而善心总是把她引向崇高的希望：她寄希望于未来，这种可贵的信念使她重新担起痛苦的重负。她默默忍受着这些可怕的内心冲突和痛苦，谁也不知道她内心长期的苦闷，没有人关心她为何黯然神伤，没有人过问她为何独自掉泪。

情势的发展，不知不觉使侯爵夫人面临一个紧要时刻，1820年1月的一个晚上，她已看出这个时刻所包含的危险的全部严重性。夫妻互相十分了解，长期习惯彼此的生活，妻子懂得丈夫每个细小动作的含义，能够识破他隐瞒的感情或事情，在这种情况下偶然的或者起初出于无意的思考和关注往往能使做妻子的猛然醒悟。女子常常在濒于危机或坠入深渊时突然清醒过来。所以几天来侯爵夫人一面为单独留在家里而高兴，一面已经推测到她孤寂的缘由。她丈夫对她负心、厌倦也罢，对她关心、怜悯也罢，总之已经不属于她了。眼下她不再想她自己，不再想她的痛苦，不再想她的牺牲，她一心一意做母亲，一心想着女儿的命运、未来和幸福。她女儿是唯一给她带来喜悦的生灵，她的爱伦娜是使她留恋生活的唯一财宝。现在朱丽决心活下去，为的是不让她的孩子落到后母手中，后母的欺凌很可能扼杀这个可爱的小生命。她预见到可能出现这种凄惨的前景，因而陷入充满焦虑的沉思，这样的沉思默想往往要耗费好几年时光。从此她与她丈夫之间将横亘着一个宽阔的精神世界，这个世界的压力将由她一人来承担。在这之前她一直确信维克托爱她，既然他爱她，她也就献身于自己不能分享的幸福，每想到她的眼泪能使丈夫快活，她就心满意足了。但是如今她已失去这种满足，孑然一身，只能选择不幸。黑夜，万籁俱寂，她心灰意冷，感到周身绵软无力。炉火即将熄灭，她从沙发上站起来，擎着一盏灯，走到女儿跟前，用干涸的眼睛望着她。这时，德·哀格勒蒙先生兴高采烈地回到家。朱丽让他欣赏熟睡的爱伦娜，他却用一句平庸的话来回答妻子的热忱。他说：

"这么大的孩子，个个都可爱。"

然后，他漫不经心地在女儿额上亲了一下，放下摇篮的帷帐，转向朱丽，拉着她的手，带她到长沙发上坐下，这儿正是她刚才思绪万千、心乱如麻时待的地方。

"今晚你美极了，德·哀格勒蒙夫人！"他高声说。对他这种叫人难以忍受的空空洞洞的戏谑，侯爵夫人早已领教够了。

"今晚你上哪儿去了？"她问道，装出毫不在乎的样子。

"德·赛里齐夫人家。"

他从壁炉上拿起把隔热扇，隔着火全神贯注地观察缎面丝绸，全然没有注意他妻子脸上的泪痕。朱丽打了一个寒战。她心潮澎湃，难以言表，而且不得不强压在心头。

"德·赛里齐夫人下星期一举行音乐会，她非常想请你参加。如果你好久不在交际场合露面，她就想在家里接待你。这是一个善良的女人，她非常喜欢你。你最好去参加，而且可以说我已经替你答应了……"

"我一定去。"朱丽回答道。

侯爵夫人的声调、语气和神色有一种异乎寻常的、强烈的感情，维克托尽管心不在焉，也不免惊讶地瞧了她一眼。不过仅仅是瞧了一眼而已。朱丽已猜出德·赛里齐夫人便是夺去她丈夫的心的女人，她忧心如焚，四肢麻木，却装出专心观火的样子。维克托用手指转动着扇子，显得百无聊赖，大凡男子在外寻欢作乐，带着欢后的倦意回家后都是这副模样。他打了几个呵欠，一只手拿着蜡烛，一只手懒洋洋地去挽妻子的脖子，要吻她，但是朱丽低下头，把前额对着他，接受了一个祝晚安的吻。这种机械的吻是没有爱情的，在她看来不过是一种可恶的矫饰而已。等维克托关上门，侯爵夫人便瘫坐在一张椅子上，双腿发颤，哭得泪人儿似的。必须有类似的经历，才能懂得这类事情所隐藏的全部痛苦，才能揣摩透由此而产生的漫长而可怕的悲剧。夫妻之间这种简单淡漠的谈话和相对无言的沉默，侯爵坐在炉火前的动作、眼神、姿态，他搂妻子的脖子接吻的神情，所有这一切此刻都在给朱丽孤寂而痛苦的人生准备悲惨的结局。她烦躁不安，跪在沙发前，把脸深埋在沙发里，什么也不想看见。她祈祷上苍，念的虽是平时的祷文，却已赋予新的含义，加之发自肺腑的声调，如果她丈夫听到的话，兴许会心碎的。整整一星期，她一面受着痛苦的煎熬，一面专心致志地考虑自己的前途，她要想方设法既能不以心为形役，又能重新控制侯爵，还能长久活下去以确保女儿的幸福。她下决心与情敌作斗争，重新在上流社会露面，在交际场中显身手。她已经不可能再去爱她的丈夫，但她要装出爱他的样子，她要诱惑他。等到她用巧计把他控制起来以后，她要像那些任性的、以捉弄情人为乐的情妇一样，百般挑逗他。这种卑劣的手段可能是医治她的创伤的唯一药方。这样她就可以驾驭自己的痛苦，随心所欲地加以调剂，叫伤心事日渐稀少，同时牢牢牵制住她的丈夫，叫他俯首帖耳、心惊胆战地屈从于她的专制。她要让丈夫的日子不好过而丝毫不感到内疚。她一跃而开始了冷酷无情的盘算。为了拯救她的女儿，她突然明白了那些没有爱情的女人是如何朝三暮四、哄骗欺诈的，突然明白了一个女人是如何虚假地卖弄风情、巧施残忍的计谋的。这些计谋往往引起男子对女人的切齿痛恨，并认为女人是天生的道德败坏。不知不觉之间，朱丽女性的虚荣心、她的利益、她的潜伏的报仇欲望和她的母爱并行不悖地使她走上一条依旧充满了痛苦的道路。但是她心灵太纯洁，思想太高尚，性格太耿直，长期耍手腕她是办不到的。她习惯于反躬自省，所以在罪恶的泥淖里刚迈出一步——因为这确实是作恶——她的良心就会出来抑制情欲和私心。确实，对一个心灵依然纯洁、爱情未被玷污的年轻女子来说，便是母爱也有羞怯的成分。羞怯不就是女性的集中体现吗？朱丽不愿她的新生活中出现任何危险，产生任何过失。她前往德·赛里齐夫人家。她的情敌原希望见到一个苍白、憔悴的女人，没想到侯爵夫人敷脂抹粉、珠光宝气地打扮一番之后，显得更加美貌出众了。

德·赛里齐伯爵夫人是那种惯于发号施令，自以为可以左右巴黎的时装和交际场的女人，因为她的小圈子对她唯命是从，她便自以为可以指挥全世界。她爱表现，喜欢评头论足，是一位至高无上的评论家。文学、政治、男人、女人，一切都得经过她的审视。对别人的意见，德·赛里齐夫人似乎是不屑一顾的。她的家在任何方面都是风雅的典范。大小客厅里挤满了娇艳殊丽的女宾，朱丽却比赛里齐夫人更为出众。她伶俐、活泼、快乐，晚会上最显赫的男客都团团聚集在她的周围。她的衣着打扮挑不出一点儿毛病，这使贵妇人们大失所望，她们无一不羡慕她的连衫裙的剪裁和胸衣的式样，一致认为应归功于那位无名裁缝的匠心独运，因为女人们宁肯相信穿着打扮的学问，而不太乐意承认穿衣人的风韵和优美的体型。朱丽离座走到钢琴前演唱《苔丝德蒙娜浪漫曲》[1]，男人们从各个客厅纷纷聚拢来聆听这个沉默已久的金嗓子的歌声，全场鸦雀无声。侯爵夫人看到门口人头攒动，所有的眼睛都盯着她，心里很兴奋。她寻找她的丈夫，投去一个娇媚的秋波，愉快地感到此刻她的自尊心得到了异乎寻常的满足。她对自己如此吸引人满心喜悦，所以她演唱的 Al piu salice[2] 第一部分使全场心醉神迷。即便是演唱家玛利勃朗[3]和芭斯塔[4]，在感情的抒发和音调的处理上也从来没有达到如此尽善尽美的地步。但是唱到叠句部分的时候，她瞄了瞄听众，突然瞥见亚瑟目不转睛地望着她，她猛地一哆嗦，声音变了。德·赛里齐夫人急忙离开座位向侯爵夫人走去。

"亲爱的，你怎么啦？哦！可怜的孩子，你身体一定很不舒服！看到你做力不从心的事，我一直感到胆战心惊……"

1　罗西尼所作歌剧《奥赛罗》第三场的曲名，又称《柳树浪漫曲》。
2　意大利文：她坐在柳树下。
3　玛利勃朗（1808—1836），西班牙女歌唱家，缪塞曾在他的诗《献给玛利勃朗》中赞扬她演唱这个曲子。
4　芭斯塔（1797—1865），意大利女歌唱家，司汤达在论述罗西尼时曾谈到芭斯塔杰出地扮演了苔丝德蒙娜。

歌声中断了。[1]朱丽败兴之余，鼓不起勇气再唱，只好忍受情敌假意的同情。女人们窃窃私语，对这件事议论纷纷，结果她们猜出侯爵夫人和德·赛里齐夫人在争风吃醋，少不了风言风语，中伤一番。常常使朱丽心神不定的奇怪的预感突然变成了现实。每当想到亚瑟，她总是心满意足地相信，一个外表如此温雅的男子必定忠于他最初的恋人。有时她很得意自己是这个美好的爱情的对象，这种爱情是一个年轻男子纯洁诚挚的激情的表现，他一心一意想着心爱的人，把每时每刻都贡献给她：他对心爱的人一片赤诚，使女人脸红的事也会使他脸红，女人想到的事他也想到，他不会给她树情敌，完全献身于她，毫无野心，将名利置之度外。朱丽为了排遣忧烦，曾在幻梦中把种种优秀品质加在亚瑟身上，现在突然之间她以为梦想实现了。她从英国青年近乎女性的脸上看到了深沉的思想、淡淡的哀愁、痛苦的牺牲，她对这种克己牺牲有着切身的感受。在他的身上，她认出了自己。不幸和忧伤是爱情最有力的表现，快得难以置信地使两个痛苦的人心心相印。他们在思想深处对事物和观念有全面正确的反映和认识。所以侯爵夫人从自己受到的震动之强烈看到了未来的种种危险，她乐得

1　在原剧中，苔丝德蒙娜由于悲痛和哭泣，中断过歌声。这里是巴尔扎克安排的一个巧合，念来格外动人。

借口健康欠佳，歌没唱好，听任德·赛里齐夫人喋喋不休、花言巧语地表示关怀。朱丽的演唱未能终曲，成了许多人谈论的一件大事。有些人哀怜朱丽的不幸，觉得社交界倘若失去一位如此杰出的女子未免令人惋惜；有些人则决意要把她为什么痛苦、为什么总是孤独地生活弄个水落石出。

"喂，亲爱的龙克罗尔，"侯爵对德·赛里齐夫人的兄弟说，"你一见到德·哀格勒蒙夫人便羡慕我幸福，你还骂我不该对她不忠，你看见了吧？得了，你要是像我一样跟一位美人儿待上一两年，连她的手都不敢吻一下，生怕把它折断，那么你就觉得我的命运不怎么值得羡慕了。有些精巧的首饰只配放在玻璃罩里，千万别去亲吻，要知道它们易碎、珍贵，迫使我们永远敬而远之。你不常把好马牵出去吧？据说你怕它遇上暴雨和大雪。我的情况也一样。我确信我的妻子品行端正，这是千真万确的，但我的婚事是件摆设，要是你以为我已结婚，那你就错了，因此我的不忠在某种程度上是情有可原的。先生们，你们就会笑，我倒想知道，要是你们处在我的地位会怎么样？很多男人都不会像我那样体贴妻子。"他低声补充道，"我肯定德·哀格勒蒙夫人什么也没有看出来。要是我抱怨，我就大错特错了，我现在很幸福……不过，对一个富有感情的男子来说，没有比看到他所依恋的苦命人儿痛苦更烦恼的了……"

"这么说你是很富有感情的喽？"德·龙克罗尔先生说，"你可是很少住在家里呀。"

在场的人听了这个友好的俏皮话都笑起来，但是亚瑟却冷静而不动声色，保持着以严肃为主要特征的绅士风度。年轻的英国人听了德·哀格勒蒙先生这一番不寻常的表白一定产生了某些希望，他耐心地等待，想单独跟德·哀格勒蒙先生谈一谈。这个机会很快就来了，他对这位丈夫说：

"先生，我看到侯爵夫人的健康状况感到非常难过。您知道，要是不经过特殊的治疗，她会悲惨地死去，我想您是不会拿她的病痛当儿戏的。我之所以对您这么说是因为我几乎确信能治好德·哀格勒蒙夫人的病，使她恢复健康，重获幸福。像我这种阶层的人当医生是很罕见的，只不过是一个偶然的机会使我学了医。我现在无所事事，无聊得很，"他冷冰冰地装出一副为他自己考虑的自私的样子，"所以我乐意用我的时间和旅行来为一个病人效劳，而不至于去干些荒唐的傻事。这种疾病痊愈的例子是极少的，因为需要充分的护理、时间和耐心，尤其需要好运气，需要旅行，需要一丝不苟地遵循一天一变然而并不叫人讨厌的医嘱。我们俩都是绅士，"他特别强调了来源于英文的绅士一词，"所以我们能彼此了解。我预先告诉您，如果您接受我的建议，您随时都可以考察我的行为，在没有跟您商量和取得您的监督之前，我不会采取任何步骤。如果您按我的意见行事，我向您保证成功。是的，如果您同意在一个较长的时间内不做德·哀格勒蒙夫人的丈夫的话。"他凑在德·哀格勒蒙先生耳旁说道。

"爵士先生，"侯爵笑着说，"肯定只有英国人才会向我提如此奇怪的建议。请允许我既不拒绝也不接受，我得考虑考虑。再说，我得先把您的建议告诉我的妻子。"

这时候，朱丽重新出现在钢琴旁，她唱起了《塞米拉米德》中的 Son regina，son guerriera[1]。全场鼓掌，尽管掌声不响亮，可以说是圣日耳曼区礼貌的反应，但终究证明她赢得了人们的赞扬。

德·哀格勒蒙把他的妻子送回公馆，朱丽看到自己的尝试获得迅速的成功感到又喜悦又不安。她丈夫被她刚才扮演的角色撩得兴起，想和她重归一时之好，他欲火上升，紧紧搂住她，好像搂一个女演员。朱丽见自己这个操守谨严的女人在婚后受到丈夫这样的对待，感到很有趣。她设法运用自己的权力，但在第一个回合的斗争中，她善良的心地使她再一次屈服了，这确实是命运留给她的最可怕的教训。凌晨两三点，朱丽坐在双人床上，忧郁、迷惘，一盏摇曳不定的烛光照得卧室半明半暗，万籁俱寂，将近

---

1 意大利文：我是王后，我是女侠。罗西尼的歌剧《塞米拉米德》于1823年在威尼斯首次上演，1825年才在巴黎演出，这里时间上有出入。

一个小时以来，侯爵夫人悔恨不已，泪水簌簌往下落，其苦唯有经历过同样处境的女子方能体会。只有朱丽这样的心灵才会像她那样厌恶盘算好的抚摸，才会像她那样厌恶冷冰冰的接吻。一次痛苦的卖身加深了她对丈夫的嫌恶。她蔑视自己，诅咒婚姻，情愿早死，要不是她女儿的一声啼哭，她也许就跳楼自尽了。德·哀格勒蒙先生安稳地在她身旁熟睡，没有被妻子洒在他身上的眼泪惊醒。第二天朱丽又显得很快活。她打起精神，强作欢颜，不仅成功地掩盖了她的忧伤，而且掩盖了难以抑制的厌恶感。从这一天起她不再把自己看作洁白无瑕的女子了。她不是对自己说谎了吗？往后她不是会掩饰自己了吗？将来她若不守妇道，行事之隐秘不也能令人吃惊吗？她的婚姻是她产生邪恶的先验的原因，尽管这种邪恶还没有导致任何实际后果。不过她已经在寻思何苦要抵制心爱的情人，同时却违心地、勉为其难地委身于一个她已不爱的丈夫。一切错误，一切罪过可能都是这样，从根本上说都是思想误入迷途或者过分自私的结果。只有个人遵从法律的要求作出牺牲，社会才能存在。承认权益不就是用行动来维持社会生存的条件吗？不过，没有面包却被迫尊重财产所有权的穷人令人同情的程度，并不亚于那些心愿不能实现、崇高的天性受到伤害的女人。这件被密藏在夫妻生活中的事情发生几天以后，德·哀格勒蒙向他妻子介绍了葛兰维尔勋爵。朱丽冷漠而有礼貌地接待了亚瑟，她的态度说明她已经有了不动声色的本领。她压抑住心声，遮掩住眼神，说话语气坚定，这样她便掌握了自己的前途。然后，运用这些无妨说是女性天生的手段，认清了她在亚瑟心中唤起的爱情的深度，她才对希望很快病愈的话报以微微笑，不再反对她丈夫逼她接受这位年轻医生的护理。不过她还是琢磨了葛兰维尔勋爵的言谈举止，确信他有默默受苦的胸怀之后，方始信赖他。她对他有绝对的权威，而且已经在滥用了，因为她毕竟是女性。

　　蒙孔图尔是一座老宅子，坐落在卢瓦尔河边一座金黄色的岩山上，离1814年朱丽旅途中停留的地方不远。那一带有许多这类漂亮的白色小古堡，一座精雕细刻的塔楼耸立其上，整个古堡被装饰得好似马林[1]花边。古堡小巧玲珑，连同周围的桑树丛、葡萄园、低凹的小路、镂花的小栅栏、岩石上的洞穴、枝蔓缠绕的常春藤和险峻的陡坡，在江水中投下迷人的倒影。蒙孔图尔古堡的楼顶在阳光照耀下闪闪烁烁，在这里万物都散发出炽热的气息。许许多多西班牙遗迹使这个宜人的住处富有诗意，清风载着金染木和钟形花的馨香。空气醉人，土地含笑，每到一处都犹如身临甜蜜的仙境，懒洋洋，软绵绵，情驰神纵，流连忘返。这

1　马林，比利时城市，这里出产的花边以其精细别致而闻名。

块美丽可爱的地方可以安抚痛苦，唤醒激情。面对这万里无云的天空，这波光粼粼的河水，谁能够无动于衷呢？在这里奢望消失了，在这里你依偎在幸福、宁静的怀抱中，正如每天傍晚太阳在碧空紫气的襁褓里沉入梦境。

1821年8月一个和煦的傍晚，有两个人沿着古堡脚下岩坡上的石径朝上攀登，无疑是想要登临绝顶，让那万千气象尽收眼底。这两个人就是朱丽和葛兰维尔爵士，不过此时朱丽已经脱胎换骨，与过去判若两人。侯爵夫人气色健康，由于精力充沛而显得目光炯炯有神，水汪汪的眼睛忽闪着如两道清泓，像富有无限魅力的孩童眼睛一样。她满面春风，心情舒畅，蕴含着蓬勃的生气。看她一双小脚轻捷的步伐，一望便知病痛已除，不再像从前那样虚弱得举止滞重，动作迟缓，眼光无精打采，说话有气无力。她打着一顶白绸阳伞，挡住灼热的阳光，她披着头纱，像一个新娘，又如一个受爱情吸引的处女。亚瑟情人似的小心翼翼地领着她，如同带领一个孩子，让她拣好路走，叫她避开石头，指给她看一片远景，或者把她带到一朵花前。他始终怀着善良的感情、高尚的目的，他对这个女人生活乐趣之所在有深切的了解，他这些感情似乎是天生的，与他个人生活所必需的感情同样丰富。女病人和她的医生迈着相同的步伐，自第一天他们一起散步时起他们就这样走着，然而他却没有觉察。他们心性相投，相同的感受使他们同时停下脚步；他们的眼神、谈吐与彼此的思想都息息相通。他们登上一片葡萄园，想到一块白色长石板上歇一歇，开山挖洞时总不断有这样的石板凿下来。朱丽坐下以前，凝望着风景。

"多美的地方啊！"她大声说道，"咱们搭个帐篷，住下吧。"她高喊，"维克托，快来啊！快来啊！"

德·哀格勒蒙先生在下面用一声猎人似的喊叫作为回答，但并没有加快步伐，他只是不时往上瞧瞧，只见他的妻子在曲折的山路上时隐时现。朱丽仰着头大口吸着空气，十分快活，同时朝亚瑟投去意味深长的一瞥，聪明的女子能用这样的眼神表达一切思想。

"啊！我真愿意一辈子待在这儿，"她接着说，"如此美丽的河谷怎能不永远让人喜爱呢？您是否知道这条美丽河流的名字，勋爵？"

"西兹河。"

"西兹河，"她重复道，"那边，我们正前方，是什么？"

"谢尔省的山丘。"他说。

"右边呢？噢，右边是图尔。您瞧瞧远处大教堂钟楼那片景致多美啊！"

她不再说话，让那只指着图尔城的手落在亚瑟的手上。他们俩静静地欣赏那浑然一体、苍茫清幽的自然美景。淙淙的流水，纯净的空气，清澈的天空，一切的一切都和他们年轻钟情的心中浮现的翩翩思绪和谐一致。

"啊！我的上帝，我多么喜爱这个地方。"朱丽以更大的热情天真地重复道。停了一会儿，她又说："您在这儿住过很久吗？"

听到这句话，葛兰维尔勋爵不禁战栗了一下。

"就在那儿，"他忧郁地回答，一边指着路边的胡桃树丛，"我这个当时的阶下囚就在那儿第一次见到您。"

"是的，但是我当时非常愁闷，觉得这儿的自然景色荒凉得很，可是现在……"

她停住不说了，葛兰维尔勋爵不敢看她。

"多亏了您，我才这么快活。"长时间的沉默后，朱丽说，"只有生气勃勃的人才能感受生活的欢乐，不是吗？而我在这之前对一切都心灰意冷了。您不仅使我恢复了健康，更重要的是您教会我感受到健康的全部价值……"

女性有一种无法仿效的能力来表达感情，而不用过激的言辞，她们的表现力主要包含在语气、手势、神态和目光里。葛兰维尔勋爵双手捧着头，因为眼泪在他眼睛里打转。这是朱丽自离开巴黎以来第一次向他表示谢意。整整一年他忠心耿耿地照料着侯爵夫人，在德·哀格勒蒙的支持下，他把朱丽带到艾克斯温泉，后又来到拉罗歇尔海边。他随时仔细观察朱丽极坏的体质在他简单而高明的治疗下发生的变化，犹如一个爱花如命的园艺家精心培育一朵稀有的花。侯爵夫人接受亚瑟精心治疗的态度，正像听惯奉承的巴黎女子那般自私，又像高等妓女那般心安理得，因为这等女人既不知东西的贵贱，也不懂男人的价值，单凭为己所用的程度来评价男人。地理环境对心灵的影响是值得一提的。如果我们在江泽湖畔易于产生忧伤之情的话，那么我们易感的天性的另一条规律则是，一旦我们登上高山，我们的情感就会净化；外露的激情越少，内在的激情越深。也许是宽阔的卢瓦尔河盆地和两个情人脚下的美丽山岗使他们感受到一种令人心旷神怡的静谧，他们静静地品味着从表面平淡的话里揣度对方感情波澜的欢悦。朱丽刚说完那句深深打动葛兰维尔勋爵的话，一阵微风吹来，树梢摇动，河水向空中散发出清香，几片白云遮住了太阳，在柔和的阴影下秀丽的山川景物显示出全部清姿神韵。朱丽转过头去，不让年轻勋爵看见她好不容易才忍住的泪水，是亚瑟激动的心情使她受到了感染。她不敢抬头望他，生怕让他看出她目光里包含着过分的喜悦。女性的本能使她觉得在这危险的时刻应该把爱情深深埋在心底。然而沉默不语同样也很可怕。朱丽看到葛兰维尔感动得说不出一句话，便温和地接着说："我的话感动了您，勋爵，用这种强烈的方式吐露感情，也许是为了让一颗像您那样高尚、善良的心灵纠正一个错误的判断。否则您一定会认为我是忘恩负义的人，因为在这次幸而即将结束的旅行中，我要么冷淡寡言，要么尖刻无情。如果我不懂您护理的价值，那么我就不配接受您的关怀了。勋爵，我什么都记得。咳！我什么也忘不了，忘不了您像母亲照看孩子似的细心照料我，尤其忘不了我们亲如手足的、推心置腹的谈话，忘不了您正直的行为，这一切的诱惑力，我们女人是无法抵御的。勋爵，我实在无法报答您……"

说到这里，朱丽急忙走开，葛兰维尔勋爵没有阻止她。侯爵夫人登上附近的一块岩石，一动不动地站着。他们动了感情，这是只有他们俩知道的秘密。他们一定在暗暗哭泣。夕阳西下，鸟语鸣啭，欢快的歌声充满缕缕温情。他们因为心灵震撼，不得不分开，现在这歌声更加强烈地打动了他们，大自然在替他们表达他们自己不敢明言的爱情。

"好吧，勋爵，"朱丽回到他面前接着说，神情之庄重并不因她拉过亚瑟的手而稍有减损，"您使我重新获得了生命，现在我请求您保持它的纯洁和神圣，我们就此分手吧。"她看到葛兰维尔勋爵脸色发青，又说，"我知道您为我做了很多牺牲，我理应感激，现在非但不报答您的心血，反而要求您做更大的牺牲……不过，这是不得已的……请您不要留在法国。要您这么做，难道不是使您将来有神圣的权利吗？"她把年轻人的手按在她剧烈跳动的心上。

"是的。"亚瑟边说边站起身来。

正在这时，德·哀格勒蒙出现在古堡的栏杆旁，他抱着女儿，从低凹的山路另一端登上古堡，让他的小爱伦娜在那儿跳上跳下。

"朱丽，我不向您吐露我的爱情，我们早已相通了。不管我心中的喜悦埋藏得多么深、多么隐蔽，您都能分享到，这一点，我感受到了，觉察到了，看到了。现在我得到了我们始终心心相印的证据，真是令人高兴，但是我却该走了……我好几次精心策划杀死这个人。如果我留在您身边，我是很难克制自己不下手的。"

"我也是这么想的。"她说道，脸上露出又惊讶又凄凉的痛苦表情。

但是朱丽的语气和手势充分表达了她的坚贞不渝、自信不疑，也说明她已经屡次暗中战胜了爱情的力量，葛兰维尔勋爵不禁对她钦佩得五体投地。在这天真无邪的心灵里，连一丝罪恶的阴影都消散了。控制着这个漂亮前额的宗教感情，想必在不断驱散思想中的邪念，我们这些邪念是从我们有缺点的本性中产生的，这既表明我们命运的伟大，也表明我们命运的危险。

"要不然，"她垂下眼睛说，"我本可能招致您的蔑视，不过也许蔑视反能成全我。失去您的好感，不就是等于死亡吗？"

两个英勇的情人又陷入沉默，痛苦深深地折磨着他们。

他们的思想无论是好是坏，始终是一致的，不论是内心的喜悦还是最深的隐痛，他们两都息息相通。

"我不该抱怨，我生活中的不幸是我自己造成的。"她补充说，抬头望着天空，双眼噙满泪水。

"勋爵，"将军远远打着手势喊道，"我们头一次见面就在这里，您也许不记得了吧，瞧，那边，在那些白杨树附近。"

英国人生硬地点了一下头，算是回答。

"我本应早早含愤死去，"朱丽说，"是的，别以为我会活下去。哀愁是致命的，跟您给我治好的那种可怕的疾病一样。我不认为自己有罪。不，我对您产生的感情是无法抗拒的、永恒的，然而是违背我的意志的，所以我注意保持贞节。我将同时忠于妻子的良心、母亲的责任和心灵的愿望。听我说，"她说话的声音都变了，"我不再属于这个人，永远不会了。"朱丽以一个泄露真情的可怕手势指指她的丈夫，接着说，"人间的法律要求我使他生活幸福，我将顺从时俗，我会成为他的女仆，无条件地侍奉他，但从今天起我便守寡了。我既不愿意在我自己的眼里，也不愿意在别人的眼里成为出卖自己的女人。如果说我不属于德·哀格勒蒙先生，那我也决不会属于另外一个人。您只能从我身上得到您已经取得的东西。这就是我对自己所做的决定。"她自豪地瞧瞧亚瑟，"这个决定是不能改变的，勋爵。现在您得知道，如果您产生罪恶的念头，那么德·哀格勒蒙先生的寡妇将进修道院，在意大利，或在西班牙。不幸的是我们倾诉了我们的爱情。吐露爱情也许是不可避免的，不过但愿我们的心弦从此不再如此强烈地震荡。明天，请您假装收到英国来的一封信，我们就此分手吧，再不要见面了。"

朱丽由于过分激动而筋疲力尽，她感到双膝支持不住，浑身冰冷，出于女人的细心，她赶紧坐下，以免倒在亚瑟的怀里。

"朱丽！"葛兰维尔勋爵大声喊道。

这喊声宛如雷鸣，撕心裂肺地道出了一直默默无言的情人的全部心里话。

"喂，她怎么啦？"将军问道。

听见这声叫喊，侯爵加快步伐，顷刻便来到两个情人面前。

"没有什么，"朱丽以令人钦佩的冷静说，女人天生的机敏往往能使她们在生活中遇到严重危机的时刻保持镇静，"这棵胡桃树下太阴凉，差一点叫我失去知觉，所以我的医生害怕得要命。对他来说，我还是一部尚未完成的作品，不是吗？他也许因看到作品被毁而胆战心惊……"

她大胆地挽起葛兰维尔勋爵的手臂，朝丈夫笑笑，又看了看眼前的景色，然后拉着旅伴的手离开了山顶。

"毫无疑问，这是我们所见过的最美丽的景致，"她说，"我永远不会忘记。您瞧，维克托，这么深远，这么广阔，这么多彩。这个地方使我产生爱恋之情。"

她几乎笑得前仰后合，但那是为了哄骗她的丈夫。她在低凹的路上兴高采烈地跳跳蹦蹦，消失了。

"怎么，这么快？……"待远远离开德·哀格勒蒙先生时，她说道，"唉，我的朋友，待会儿我们就不再是也永远不会是现在这样了，总之，我们将虽生犹死了……"

"我们走慢点，"葛兰维尔勋爵答道，"车子还远着呢。待会儿我们还要一块儿走，我们可以用眼睛说话，这样我们的心在这段时间里还可以不死。"

他们漫步在水边的堤岸上。时近黄昏，他们安静地走着，他们的谈话如同卢瓦尔河潺潺的水声一般柔和，虽然不着边际，却震撼着他们的心灵。夕阳西下，笼罩着他们的是即将消失的红霞，这恰是他们不祥的爱情的可悲形象。将军担心车子不在原来的地方，他一会儿跟在后面，一会儿走在前面，但没有介入两个情人的谈话。在这次旅行中葛兰维尔勋爵的行为高尚而得体，打消了侯爵的狐疑，近来他已经完全相信这位勋爵医生的诚意[1]，便让他的妻子自由活动。亚瑟和朱丽一路走着，仍然沉浸在悲痛的情感之

1　原文为la foi punique（背信弃义），疑为作者的笔误。——原编者注。

中，他们的心因为痛苦而枯萎了。刚才他们在攀登蒙孔图尔陡坡的时候，两人还抱着朦胧的希望，一种不敢弄清究竟的令人不安的幸福。但沿着堤岸下坡的时候，他们已经推倒了用幻想建成的摇摇晃晃的大厦，他们战战兢兢，大气不敢出，就像孩子们预见到他们用纸牌搭的房子就要倒塌那样。他们已经无可希望，当天晚上葛兰维尔勋爵就起程了。他向朱丽投去的最后一道眼光痛苦地证明，他们心灵的沟通使他们产生如此强烈的感情，他确实有理由不放心自己。

　　第二天德·哀格勒蒙先生和他妻子乘车出发时，车厢里少了他们的旅伴；他们飞快地赶路，走的正是侯爵夫人1814年经过的那条道，当时她不知道有人爱她，几乎咒骂过所谓始终不渝的爱情。此刻许多被遗忘的印象纷纷再现。心上的事是难忘的。有的女人记不起最严重的事件，却对自己的感情经历终生难忘，所以朱丽对一些甚至是细枝末节的事都记忆犹新。她高兴地忆起第一次旅行中最微小的事情，甚至记得她在某段路上有过什么想法。自从朱丽恢复了青春的活力和艳丽的容颜之后，维克托重新迷恋起他的妻子。他情人般地紧紧依偎着她，想把她抱在怀里，但朱丽轻轻地挣脱了。她找到一个什么借口，躲开了他好意的温存。很快她就讨厌和维克托挨在一起，这样坐着，她感到维克托身上的热气朝她扑来。她想一个人坐到车厢的前座，但她丈夫特地让她坐在后座。她叹了一口气，对这种好意表示感谢，而他却误解了这声叹息，这位前禁卫军是好色之徒，竟认为妻子的忧伤是对他有情意，这不能不迫使朱丽干脆直言相告。黄昏时她对他说：

"我的朋友，您很清楚，您已经险些要了我的命。如果我还是一个没有经验的姑娘，我可以再次奉献我的生命，但现在我是母亲，我有一个女儿要抚育，我对她和对您同样负有义务。让我们共同承受我们的不幸吧。您的日子好过，反正您有外遇；而我的责任，我们共同的声誉，更重要的是我的秉性，不允许我像您那样做。"她接着说，"喏，您不当心把德·赛里齐夫人的三封信忘在抽屉里了，给您。我并没有声张，您看得出您妻子是宽宏大量的。我不要求您做出牺牲，而法律却要我做这样的牺牲。但是我仔细考虑过了，我明白我们的作用是不相同的，命中注定不幸的只有女人。我纯洁的名声建立在确定不变的原则之上。我懂得清清白白地过日子，但请让我自己过日子吧。"

女人受到爱情的启迪，善于运用逻辑思维研究问题，侯爵听后大惊失色，他被女人在感情危机时所表现的天生的尊严慑服了。朱丽对任何挫伤她的爱情和心愿的东西表现出本能的反感，这正是女子的一大美德，这种美德也许来自天生的品质，法律也罢，社会文明也罢，都抑制不了。因此，什么人敢去指责女人呢？当她们置那种不能同时属于两个男人的专一感情于不顾时，她们不就和没有信仰的教士一样吗？有些头脑僵化的人会对朱丽在义务和爱情之间所做的妥协说长道短，而那些情绪偏激的人则会认为她犯了一桩罪行。这种普遍的谴责表明违背法律必将遭到不幸，也表明欧洲的社会制度存在着令人担忧的缺陷。

两年过去了。在这两年中德·哀格勒蒙先生和夫人过着上流社会的生活，他们各行其是，在交际场会面的次数比在自己家里会面的机会多。这就是所谓风雅的离异，高等社会里许多婚姻都是以此告终的。一天晚上，夫妻俩不寻常地在自己家的客厅里相聚。德·哀格勒蒙夫人请一位女友吃晚饭，这位总在外面吃饭的将军刚好留在家里。

"您可以快活一阵子了，侯爵夫人。"德·哀格勒蒙先生说道，一边把刚喝完的咖啡杯放到桌上。他瞧了瞧维姆凡夫人，神情半是玩笑，半是忧郁，补充道："我要出门打一阵子猎，跟王室犬猎队队长一起去。至少一星期内您绝对守寡，这正是您所希望的，我想……"

"纪尧姆，"他对来收拾杯子的仆人说，"让人把车套上。"

维姆凡夫人就是从前德·哀格勒蒙夫人劝其独身的那位路易莎。两个妇人会心地交换了一下眼色，说明朱丽的朋友已经成为她可以诉说痛苦的知己，难能可贵而且宽厚善良的知己，因为维姆凡夫人的婚姻非常美满。也许正因为她们的处境相反，所以幸福的一方才会对不幸的一方关怀备至。在这种情况下，不同的命运往往成为友谊的强有力的纽带。

"现在是打猎的季节吗？"朱丽问道，一面漫不经心地朝丈夫瞟了一眼。

三月已近结束。

"夫人，猎队长想在什么时候打猎，想在哪儿打猎都随他的便。我们去王家森林打野猪。"

"当心别出什么事。"

"祸事是难以预料的。"他微笑着回答。

"先生的车已经备好。"纪尧姆说。

将军站起身，吻了吻维姆凡夫人的手，转向朱丽，恳求似的说道：

"夫人，但愿我能成为野猪的牺牲品！"

"这是什么意思？"维姆凡夫人问道。

"得了，来吧。"德·哀格勒蒙夫人对维克托说道，然后她朝路易莎笑笑，好像是对她说，你等着瞧吧。

朱丽把脖子伸向丈夫，他上前去吻她，不料侯爵夫人突然一低头，丈夫没有亲着妻子的脸，却碰到风帽的花边上。

"请您将来在上帝面前做证，"侯爵对维姆凡夫人说道，"要得到这样一个小小的恩惠非得有一道圣谕才行。

我的妻子就是这样理解爱情的。不知道她用什么手段把我逼到了这一步。祝你们快乐！"

他走出门去。

"你可怜的丈夫真不错啊，"屋里只留下两个妇人时，路易莎高声说，"他爱你。"

"噢，可别再提这个'爱'字，我对名字上加上他的姓都感到恶心……

"但是维克托对你百依百顺啊！"路易莎说。

"他温顺，"朱丽反驳道，"是因为他感到我值得敬重。我是一个循规蹈矩、品行端正的女人，我把他的家治理得非常舒适，我对他的风流勾当闭眼不问，我不占用他的任何财产，而他却可以随心所欲地挥霍我们的收入，我只不过留心保住家产就是了。付出这样的代价，我得到了安宁。他不明白，或不愿明白我的生活方式。我如此对待我的丈夫并非心里不害怕他脾性发作，我好像一个养熊的人，真害怕哪天套在熊嘴上的笼头破裂。一旦维克托认为有权看不起我，我实在不敢预料将会发生什么事，因为他粗暴，自尊心极强，特别爱虚荣。他是一个头脑简单的人，遇到微妙的情况，一旦他的坏情绪占了上风，他会不顾一切，说不定头脑一热把我给杀了，第二天自己也痛心疾首而死。不过这种悲惨的命运倒并不可怕……"

接着是片刻的沉默，两位女性都在琢磨造成这种状况的秘而不宣的原因。

"我还残忍地让人服从过，"朱丽另有所指地向路易莎使了一个眼色，"但是我没有禁止他给我写信。啊！他已经把我忘了。他做得对，否则毁了他的前途那就太悲惨了。我的前途不是已经毁得差不多了吗？亲爱的，请想想，我念英文报纸的唯一目的是希望看到他的名字印在报纸上。唉，他还没有进上议院。"

"你懂英文啦？"

"我没告诉你吗！我学的。"

"可怜的人儿，"路易莎叹道，一边拉住朱丽的手，"这日子你是怎么过的啊？"

"这是一个秘密，"侯爵夫人答道，不自觉地做了一个孩童般天真的手势，"听我说，我抽鸦片，伦敦某公爵夫人的故事给了我启发，你知道，麦图林还根据她的故事写过一部小说哩。[1]我的鸦片酊滴剂用量很小。我睡得很多，一天只醒七个小时，而这七个小时我全用在女儿身上……"

路易莎看着炉火，不敢正视她的朋友。她第一次如此清楚地了解到女友的不幸。

"路易莎，请给我保守秘密。"朱丽沉默片刻后说道。

---

1 查理·罗伯特·麦图林（1782—1824），爱尔兰小说家兼剧作家，对巴尔扎克有过较大影响。这里提到的小说可能是《赞成与反对，或女人》，1820年译成法文。

突然一个仆人给侯爵夫人送来一封信。

"啊！"她失声喊道，脸色都变白了。

"我不用打听是谁的信。"维姆凡夫人对她说。

侯爵夫人专心看信，没有答话，她的女友看到德·哀格勒蒙夫人脸上一阵红一阵白，感情非常激动，兴奋得令人害怕。最后朱丽把信扔进火里。

"这封信简直是一团火！哦！我的心快窒息了。"

她站起身走动，两眼灼灼发光。

"他没有离开巴黎。"她喊道。

她说话断断续续，停顿时让人心怀，维姆凡夫人不敢插嘴。每次停顿后，说话的语气越来越深沉，最后几句话有些令人毛骨悚然。

"他常常看到我而不让我知道，每天看上我一眼就能帮助他活下去。你不理解吧，路易莎？他快死了，希望向我告别，他知道我的丈夫今晚不在，要出门好几天，所以他一会儿就要到这里来了。啊！我肯定会支持不住的，我完了。听着，留下陪我，在两个女人面前他是不敢的。噢，留下别走，我担心自己顶不住。"

"可是我丈夫知道我在你家吃晚饭，"维姆凡夫人回答，"他要来接我的呀。"

"那么，在你走以前，我就把他打发走。我将成为我们两个人的刽子手，唉！他以为我不再爱他了。这封信啊！

我亲爱的，我看信里有些句子是用火一般的热情写的。"

一辆马车驶进大门。

"啊！"侯爵夫人颇为高兴地喊道，"他堂而皇之来登门。"

"葛兰维尔勋爵！"仆人喊道。

侯爵夫人呆呆地站着，看到亚瑟那么苍白、干瘪、清瘦，哪儿还能保持严厉的神色。葛兰维尔勋爵尽管因未能与朱丽单独相逢而非常不快，但仍然平和而冷静。不过在这两位熟悉他的爱情秘密的女人看来，他的举止、声调、眼神有种类似电鳗[1]的威力。极度的痛苦发出的强烈电流使侯爵夫人和维姆凡夫人呆若木鸡。葛兰维尔勋爵的声音使德·哀格勒蒙夫人的心突突跳动，她竟不敢回答他的话，生怕让他看出他对自己的深刻影响，葛兰维尔勋爵也不敢正视朱丽，结果维姆凡夫人一人唱独角戏，讲些毫无趣味的话。朱丽向她瞟了一眼，目光里充满了动人的感激，感谢她出来解围。两位情人勉强抑制住感情，总算没有越出本分和礼仪的界线。但很快就有人报告德·维姆凡先生来到，见他进屋，两位女友互相使了一个眼色，彼此心里都明白面临新的困难。让德·维姆凡先生明白这幕悲剧的内情是不可能的，再说路易莎没有任何理由要求她的丈夫留在她女

---

1 这种鱼能放出电流，使接触它的动物顿时麻木迟钝。

友家里。当德·维姆凡夫人戴上披肩的时候，朱丽站起身装作帮她系带，轻声对她说："我会有勇气的，他既然公开来我家，我有什么可害怕的呢？但要是没有你，一开始见他变化这么大，我很可能倒在他的脚下。"

德·哀格勒蒙夫人送走客人，回到椭圆形双人沙发前坐下。葛兰维尔勋爵不敢过来坐，她用颤抖的声音说道："这么说，亚瑟，您没有听从我的话。"

"离开您不久，我再也顶不住了。听到您的歌声，待在您附近，这种快乐我不能放弃。我心驰神往，如醉似狂，我再也控制不住自己。我为自己诊断过：我太孱弱了。我大概快死了，但死而见不到您，死而听不到您衣裙的窸窣声，死而不能掬起您的泪水，我死不瞑目！"

他想离朱丽远一点，但他动作仓促，一支手枪从口袋里掉了出来。侯爵夫人瞧着手枪，眼神里既无激情，也不表达任何思想。葛兰维尔勋爵拾起手枪，对这个意外事故非常恼火，因为这可能被人认为是爱情讹诈。

"亚瑟！"朱丽发问。

"夫人，"他低着头回答，"我来的时候绝望至极，我本想……"

"您本想在我家里自杀！"她高声说道。

"不光想杀我自己。"他轻声说。

"什么？也许还有我的丈夫？"

"不，不，"他哽咽地大声否认，然后接着说，"您请放心，我那个不祥的计划已经破灭。当我走进您的家，当我看见了您时，我觉得自己有勇气克制自己，一个人去死。"

朱丽离开座位，扑到亚瑟的怀里。尽管他的情人泣不成声，他还是听清了两句热情洋溢的话，她说：

"感受到幸福而后去死，好吧，这值得！"

朱丽的全部生活都包含在这一深沉的呼喊声中，这是不信宗教的女子无法抵御的天性和爱情的呼声。亚瑟托起她，把她抱到长沙发上，他的动作由于意外的幸福而显得极度兴奋。突然侯爵夫人从情人的怀里挣脱开，用绝望的女子那种发呆的眼光望了望他，拉住他的手，一手拿起蜡烛，带他走进卧房，来到爱伦娜熟睡的床前，她轻轻掀开床帘，揭开孩子的被子，用手掩住烛光，以免光线刺激女儿微闭的、白皙的眼睑。爱伦娜张开双臂，带笑地睡着。朱丽用目光示意葛兰维尔勋爵看她的孩子，这个眼色说明了一切。

"一个丈夫，我们可以抛弃他，即使他不爱我们，因为男人毕竟是男人，他可以找到别的安慰，所以我们可以无视社会的法律。但是一个没有母亲的孩子……"

所有这些思想以及种种其他感人肺腑的想法统统包含在这道眼光里。

"我们可以把她带走，"英国人低声说道，"我会喜欢她的……"

"妈妈！"爱伦娜突然醒来喊道。

听到这声喊叫，朱丽泪如雨下。葛兰维尔勋爵坐了下来，交叉着双臂，默不作声，黯然神伤。

"妈妈！"这个天真、悦人的喊声唤醒了多少崇高的感情，激起了多少不可抗拒的怜悯心，爱情一时被母爱的强音压下去了。朱丽的女性让位于母性。葛兰维尔勋爵很快就退却了，朱丽的眼泪打动了他。就在这时候，传来一声开门的巨响，接着，"德·哀格勒蒙夫人，你在这儿吗？"这句问话如同一声惊雷震撼两个情人的心房，侯爵回家来了。朱丽还没有来得及镇静下来，将军已经从自己的房间朝他妻子的房间走来，这两间卧室是毗连的。朱丽急中生智，示意葛兰维尔躲进盥洗室，然后侯爵夫人赶快把门关紧。

"你瞧，我的太太，"维克托对她说，"我回来了，打猎取消了。我去睡觉了。"

"晚安，"她答道，"我也要睡了，那么请让我脱衣服吧。"

"今天晚上您的脾气很不好呀，我遵命，侯爵夫人。"

将军回到自己的房间，朱丽陪他到通道的门口，关好门后，赶紧回过头来放葛兰维尔勋爵出来。她已恢复清醒的头脑，心想她过去的医生来访是非常自然的事情，她可以推说来照看女儿睡觉而把他留在客厅里，所以走过去想告诉他悄悄地到客厅里去，但她打开盥洗室门的时候，不禁尖叫一声：葛兰维尔勋爵的手指刚才被夹进门槽里压断了。

"你出什么事啦？"她丈夫问她。

"没有什么，没有什么，"她回答，"我的手指让针扎了一下。"通道的门突然又打开了。侯爵夫人以为她丈夫关心她，她恨死了这种虚情假意的关心。葛兰维尔还没有来得及把手指抽出来，她便赶紧把盥洗室的门关上了。将军果然进房来了，不过侯爵夫人想错了，他是为自己的事而来的。

"你能借我一条围巾吗？夏尔这家伙连一条围巾都没有给我留下。我们刚结婚的时候，你是那么精心地关心我的衣物，我都嫌烦了。啊！蜜月不长呀！我的衣物跟我一个样。现在我听凭这帮凡夫俗子的摆布，他们都不把我当回事儿。"

"喏，给您围巾。您没有进客厅吗？"

"没有。"

"如果您经过客厅，也许就能见着葛兰维尔勋爵了。"

"他在巴黎？"

"看来是的。"

"噢，我到客厅去，这个好医生。"

"不过他可能走了。"朱丽高声道。

侯爵这时站在他妻子房间的当中把围巾包在头上，得意地照着镜子说：

"我不知道我们那帮人都上哪儿去了，我拉了三次铃喊夏尔，他都没有来。您的侍女也不在您身边啊？拉铃叫她一下，我想今天夜里在我床上加一条被子。"

"波利娜出去了。"侯爵夫人冷淡地说。

"半夜里出去！"将军说。

"我允许她去歌剧院。"

"那就怪了，"丈夫一边脱衣服，一边接着说，"我刚上楼的时候还见到她呢。"

"那么她大概回来了。"朱丽装出不耐烦的样子说。

然后，为了不引起丈夫的任何怀疑，侯爵夫人拉了一下铃绳，但是拉得很轻。

这天夜里所发生的事情，外人不全清楚，这类事情其实既简单又恼人，无非跟以前发生过的那些普通的家庭纠纷差不多。第二天起，侯爵夫人病倒在床上好几天。

"你家里到底发生了什么了不起的事情，弄得大家都在议论你的妻子？"德·龙克罗尔在发生这夜倒霉的事情几天之后询问德·哀格勒蒙先生。

"请相信我的话，千万别结婚，"德·哀格勒蒙说，"爱伦娜的床帘着了火，我妻子一惊之下病倒了，这不，医生说她得病上一年。娶一个美貌的妻子吧，她会变得难看的；娶一个健壮的姑娘吧，她会变得娇弱的。你以为她多情，其实她冷淡；或者表面上冷淡，实际上多情得非杀死你，或非教你名誉扫地不可。

"有时候，最温柔的女人却是任性的，而任性的女人永远也不会变得温柔；有时候，你到手的宝贝儿既幼稚无知又娇嫩脆弱，她却可以对你施展铁一般的意志、魔鬼般的性子。我对婚姻已经厌倦了。"

"或者说你对你妻子已厌倦了吧。"

"那倒不一定。对啦，你跟我一块去圣多马·达干教堂参加葛兰维尔勋爵的葬礼吗？"

"这倒是别开生面的消遣，"龙克罗尔答道，"不过他的死因究竟搞清楚了没有？"

"据他的仆人说，为了不使他的情妇丢脸，他站在窗台外面整整待了一夜，这几天刚好冷得要命。"

"这种牺牲精神要是换了我们这些老手倒是十分值得赞许的。但是葛兰维尔勋爵还年轻，而且是……英国人。这些英国人老想别出心裁。"

"唔！"德·哀格勒蒙说，"有没有这种英勇精神取决于影响他们的女人，当然，这个可怜的亚瑟不是为了我的女人而死的喽！"

二　埋藏心底的痛苦

在塞纳河和洛昂河之间伸展着一片广阔的平原，周围是枫丹白露森林和莫雷、奈穆尔、蒙特罗几个城镇。一眼望去，只见干旱的土地上稀疏地分布着几座小山丘，田野中稀稀落落的有几片小树林供禽鸟藏身，除此之外，随处可见的就是索洛涅、博斯和贝里地区所特有的灰蒙蒙或似黄非黄的线条，一直伸展到天际。在平原中部，莫雷和奈穆尔两城之间，旅行者可以看见一座名叫圣朗日的古堡，周围环境不乏宏伟庄严的气势：榆树夹道的大路，纵横的沟渠，蜿蜒的围墙，宽阔的花园，庞大的庄园建筑——当年大兴土木想必动用了各种捐税，包括公田税收、特种公款以及被当今民法所摧毁的贵族的巨大产业。要是艺术家或爱沉思的人偶然迷路，走进深深印着车辙的小道或者该地区边界上的黏土地带，他一定很奇怪如此富有诗意的古堡，怎么会建在这无垠的麦地、白垩土、泥灰岩和黄沙形成的旷野之间。这里没有欢乐，哀伤倒会油然而生。无声的寂寞，单调的视野，这是一种反面的美，只能使人厌倦，然而那些受痛苦折磨而不愿得到慰藉的人在这里倒得其所哉。

1820[1] 年岁末，一个以风韵、美貌、聪明闻名巴黎的年轻女子，一个社会地位、财产与她的名望相称的年轻女子，居然到离圣朗日一里左右的地方定居下来，小村庄的人大为惊愕。不记得从什么时候起佃户和农民就没见过古堡的主人。土地尽管富饶，但一直任凭管家经营，由一些老仆人看守。因此侯爵夫人的到来在地方上引起了震动。村头有一家简陋的客栈，坐落在奈穆尔和莫雷两条道的交叉口上，好些人聚集在客栈的院子里看着四轮马车缓缓驶过，侯爵夫人是乘自己的马车从巴黎来到这里的。车内前排坐着一个女仆，她抱着一个面无笑容、倒像是若有所思的小女孩。母亲歪着身子坐在后排，好似一个被医生遣送乡下的垂死者。这位娇贵的少妇无精打采的面容使村子里的政界人士大失所望，他们希望她来到圣朗日能给本镇带来某种活力，而任何活力显然都是跟这个病恹恹的女人无缘的。

当晚，圣朗日村一位自命不凡的人物在小酒店乡绅们

1　由于本书各篇原系独立的短篇，因而时间安排常出现矛盾。前文描写朱丽和葛兰维尔勋爵散步是在1821年8月，两年后亚瑟去世，此时应为1823年。

喝酒的小间里宣称，从侯爵夫人愁闷的表情来看，她定是破产了。报纸上登着侯爵将陪同昂古莱姆公爵去西班牙，丈夫不在，她来圣朗日节俭度日，省出必需的款项，清偿交易所投机失败造成的亏空：侯爵是交易所的一个大投机家。地产也许会小块小块地变卖掉，要是这样，便有机可乘了。每个人都想到要数一数自己的埃居，把埃居从藏匿的地方掏出来，点算一下自己的财力，以便在宰割圣朗日地产时弄一块到手。这个前景美妙至极，乡绅们个个急不可耐地想知道这种前景是否可靠，他们想通过古堡里的人打听虚实，但是古堡里没有一个人说得清他们的女主人遭的是什么难，冬天到了还住到圣朗日古堡里来，而不到其他领地上去，那些地方都有怡人的风景和美丽的花园。镇长先生来向夫人致敬，但是没有被接见；接着管家来请安，也没有成功。

侯爵夫人只在仆人收拾房间的时候离开卧室，暂时待在隔壁她吃饭的小客厅里——所谓吃饭，只不过指她坐在桌前，毫无胃口地看看菜肴，吃的分量刚好让她不致饿死，然后她立刻回到古老的安乐椅上，从早上起，她就这样一直坐在给她卧室送进光线的唯一窗洞旁。她只在短得可怜的用饭时间见一下她的女儿，而且仍旧闷闷不乐，好似受痛苦折磨。难道不是要有超乎寻常的苦痛才能使一个年轻妇女忘记母爱吗？古堡里的人没有一个能接近她，她只让贴身女仆一个人伺候，她要求古堡里绝对安静，她的女儿也必须到远离她的地方去玩耍，她不能容忍任何一点儿声音，连她孩子的声音也不能忍受，任何声音都使她极不痛快。地方上的人都对她的怪癖感到好奇。其后，等一切假设全落空了，周围小城镇的人也罢，农民们也罢，都不再理会这个病歪歪的女人。

　　侯爵夫人不跟外界接触，得以在她建立的安静环境里保持绝对沉默，她从不离开那间挂着壁毯的房间，她的祖母就死在这儿，她也来到这里慢慢等死。没有外人，没有纠缠，不必忍受自私的人们的虚情假意，城市里这种虚情假意往往使垂死者痛苦倍增。这个女子芳龄二十六。这种年龄的人心里依然充满诗般的幻想，喜欢品尝死亡，因为死亡对她来说反而受用。但是死亡往往捉弄年轻人，时而向前，时而后退，时而出现，时而隐伏。死亡的缓慢使年轻人幻灭。因不确知死亡之后如何，他们不得不回到现实世界，于是又立即遇上比死亡更加残酷的痛苦。这个不想活下去的女人离群索居，体验慢慢死亡的苦楚，并且在死亡不能制止的道德危机中顽强地学会利己主义，从而失去童心，顺应时尚，随波逐流。

　　接受这种残忍而又悲惨的教训往往是早年遭受痛苦的结果。侯爵夫人第一次真正地感到痛苦，也许这是她一生中唯一的一次。确实，相信感情能灭而复生难道不是一种错误吗？感情一旦开花结实，不就永远埋藏心底了吗？随着坎坷的人生，感情时而平息，时而苏醒，但始终存于心底，久而久之，必然使心灵起变化。一切感情只有一个高潮，那就是初次爆发的时期，时间可长可短。因此，痛苦，我们最持久的感情，只在初次爆发的时候才剧烈难忍，以后就越来越弱，或者因为我们适应了痛苦的打击，或者因为我们本性中的惯性定律起了作用：为了生存，本能地从利己主义的动机出发，以一种势均力敌却又缓慢迟钝的力量去抵抗摧毁性的痛苦打击。但在所有的痛苦中，哪一种痛苦能够真正用得上"痛苦"这个词？丧失父母，是自然给人类安排的哀伤；身体上的病痛是暂时的，挫伤不了心灵，如果病痛长期不愈，那就不再是病痛，而是死亡了；要是一个年轻妇女失去一个新生婴儿，夫妻的恩爱不久可以给她送来另外一个，因此失去婴儿的悲伤也是暂时的。总之这些痛苦以及许多其他类似的痛苦几乎可以说是一些打击，一些创伤，任何这类痛苦都不伤元气，除非异乎寻常地连续不断出现，才会扼杀促使我们寻找幸福的情感。真正巨大的痛苦则是一种致命的痛苦，足以同时毁灭过去、现在和将来，使每一部分生命都失去完整性，使人的思想永远不健全，在嘴唇上和额头上永远打下烙印，粉碎或瓦解快乐的原动力，使心灵萎靡不振，使人厌弃世间的一切。更有甚者，这种痛苦之所以巨大无边，这种痛苦之所以压抑身心，是因为它降临在人们风华正茂、风姿秀逸的岁月，摧毁的是一颗活生生的心灵。痛苦撕开了一个大伤口，产生巨大的疼痛；谁也摆脱不了这种疾病，除非有诗意般的变化：或者朝天国的路上走，或者虽然留在凡间，却返回社会，欺骗社会，在社会上扮演一个角色，于是他开始认识社会的内幕，人们躲在里边盘算、哭泣、作乐。在这次重创之后，社会生活已无神秘可言，从而被无可挽回地否定了。在一般像侯爵夫人这样年岁的女人身上，这第一次痛苦，这个最令人心碎的痛苦，总是因同样的过失引起的。心灵伟大、外貌美丽的女人，尤其是年轻女郎，总是全力以赴地奔向天性、感情和社会把她推往的地方。如果她的这种生活失败了，而且她失败后还留在世上，那么她就要体验最难忍的痛苦，因为她把初恋看成最美的情感。为什么这种不幸从来不曾感召过画家和诗人？但这种不幸难道能描绘吗？难道能吟咏吗？不能，这种不幸所酿成的痛苦，其性质是难以进行艺术剖析和描绘的。再说，这类痛苦从不吐露。要安慰一个痛苦的女人，必须善于猜测，她辛酸地感受到、虔诚地怀抱着的痛苦永远留在心里，如同雪崩，崩雪向山谷坍塌，先毁坏山谷，而后在那里找一个位置安顿下来。

侯爵夫人当时受这种痛苦折磨，久久不为外人所知，因为世间的一切都谴责这种痛苦；然而情感却加以抚慰，一个真正的女人的良心却为之辩解。这种痛苦好比天生发育不健全的孩子们的痛苦，他们的痛苦要比天资优良的孩子们的痛苦更使母亲们心疼。也许从来没有一种毁灭我们身外一切生命的可怕灾难，其猛烈、其彻底、其残酷，可与侯爵夫人遭遇的灾难相比，而残酷的程度由于侯爵夫人所处的环境更为加剧了。一个她所爱恋的男人，年轻，厚道，因为服从社会的法律从未对她有过什么欲求，而今为了替她挽救所谓女人的名誉而死去。她能对谁讲：我痛苦啊！她的眼泪很可能触怒她的丈夫，而丈夫正是灾难的缘由；法律和风俗都不允许她呜咽：女友听了可能会幸灾乐祸，男人听了可能会心怀鬼胎。不行，可怜的苦命人只能在荒无人烟的地方痛哭，在那里饮恨忍苦，或被痛苦所吞没，在那里死去或扼杀她自身的某种东西，也许是她的良心。几天来，她双眼凝望着平板单调的远景，恰如她未来的生活：无所追求，无所希望，一片凄凉荒漠的景象在她面前一览无余，不断撕裂着她的心。雾蒙蒙的早晨，阴沉沉的天空，微弱的光线，低垂的乌云，这一切都跟她精神上的病痛非常协调，她的心不痛苦了，谈不上更加消沉，也谈不上稍见好转，不，她那纯真、活泼的天性因极度痛苦的缓慢侵蚀而僵化了。因为她心无目标，僵化的心令她痛苦，她也为僵化的心而痛苦。像这样痛苦下去，难道不是陷入利己主义了吗？可怕的念头涌上她的心头，损害了她的道德心。她真心诚意进行反省，发现了自己的双重性：她身上有理智的一面，也有感情用事的一面；有深受痛苦的一面，也有不愿再痛苦的一面。她追溯童年的欢乐，而岁月蹉跎的童年并没有给她留下幸福的印象，倒是清晰的回忆在脑海里接踵而至，好像专诚向她表明顺应世风的婚姻实际上是不幸的，一定令人失望。她年轻时的贞洁，她所压抑的快乐以及她为社会所做的牺牲，这一切的一切有什么用处呢？尽管她身上的一切都在表达爱情、等待爱情，她自问她和谐的举止、动人的微笑、绰约的风姿还有什么意义？她不再希望自己鲜妍诱人，正如人们不喜欢重复无目的的声音。连她的美貌都好似一件无用之物使她无法忍受。她恐惧地觉察到从今以后她不再是一个完整的女人了。她内心的自我，不是已经无力品尝使生活充满乐趣的新鲜感受了吗？以后她的大部分感觉将随生随灭，很多从前会使她激动万分的感觉，往后再也打动不了她啦。继身体上的童年之后产生心灵上的童年，而心灵上的童年已经被她的情人带到坟墓里去了。尽管就欲望而言她的青春犹在，但对赋予生活中的一切以价值和乐趣的心灵来说，青春已不复存在了。她身上不是已经深深打上了忧伤和怀疑的烙印，激情刚刚爆发，刚刚显示出活力就被压制下去了吗？因为再也没有什么东西能使她重新获得她曾梦寐以求的幸福，那种想象得如此完美的幸福。她第一次洒落的真正的泪水，浇灭了第一次点燃她心田的圣火，她将因未能实现她可能实现的事而悔恨终生。由于想到这一点，每当欢乐重新出现，心中的苦味便油然而生，使她厌烦得转过脸去。她对人生的看法犹如即将离世的老人，尽管她觉得自己年轻，但是没有欢乐的日子沉重地压在她的心头，把她的心碾碎，使她未老先衰。她绝望地仰问苍天，她失去曾经帮助她活下去的爱情能否得到什么补偿。她寻思，在她如此贞洁、如此单纯的恋爱过程中是否思想比行动更有罪。她乐于认为自己有罪，这样就等于触犯社会，就可以缓解不曾跟她所哀悼的人完全结合的遗恨。如果两个人完全结合了，活着的人痛苦就会减轻，因为她相信自己已经完整地享受到幸福，已经完整地给人以幸福，确信自己身上已经烙有死去的那个人的印记。她心里很压抑，就像女演员没有演上她的角色。这种痛苦刺激着她的全部神经，打击了她的心脏和大脑。如果女子天性中最隐秘的愿望受到伤害的话，那么虚荣心受到的挫伤会不亚于导致自我牺牲的善心。再者，提出各种各样的问题，翻来覆去地剖析我们的社会、精神和物质几方面的生活，在这过程中她的心弦松弛下来了，在种种矛盾的思想中她没有能够抓住任何东西。每当大雾弥漫的时候，她打开窗户，头脑空空地待在窗口，机械地呼吸着空中飘浮的泥土气息，呆呆地站着不动，看上去好像发痴，因为痛苦引起的耳鸣使她既听不见万籁的和声，也听不见思想的魅人旋律。

一天，时近中午，天空已放晴，她的女仆不经吩咐径直进屋来对她说："本堂神父先生已经第四次来拜见侯爵夫人，他今天一再坚持，非见不行，我们不知该怎么回答他好。"

"他大概想为镇里的穷人要点钱，去拿二十五个路易，替我给他送去。"

"夫人，"女仆过了一会儿回来说，"本堂神父先生不要钱，他想跟您说话。

"那么让他来吧！"侯爵夫人回答的时候不由自主地做了一个生气的手势，预示着对神父的接待将是难堪的，毫无疑问，她将直截了当，三言两语把他打发走，免得他纠缠。

侯爵夫人从小失去母亲，她的教育自然受到大革命时期法国破除宗教束缚的放任主义的影响。虔诚是女人的德行，只在妇女们之间传授、继承，而侯爵夫人从小接受的却是她父亲推崇的 18 世纪哲学信仰。她没有参加过任何宗教仪式，对她来说，一个神父就是一个公务员，而且认为这类公务员的用处大可怀疑。在她目前的处境下，宗教的声音只能加重她的病痛。再说她根本不相信乡村教士和他们的说教，所以她决定让来访的教士安分一些；说话当然不要尖刻，以富人的方式行个善，把他打发走算了。教士来了，他的外貌没有改变侯爵夫人的想法。她眼见进来一个大腹便便的矮胖子，红脸膛，已经上了岁数，满脸皱纹，装出笑容可掬的样子，结果似笑非笑。光秃的脑门上横跨着许多很深的皱褶，脑壳像一个锃亮的圆球安放在脸上，使他的脸显得很小，后脑上有几根白发，朝双耳反梳过来。不过，这神父的相貌倒是一个天生的乐天派。厚厚的嘴唇，微翘的鼻子，重叠的下巴，显示出随和的性格。侯爵夫人起初只注意这些基本特征，但神父一开口讲话，她就对他柔和的声音产生了好感，于是较仔细地看了看他，注意到他灰白的眉毛下一双哭泣过的眼睛；从侧面看过去，面颊的轮廓使他的头部带有一种庄严的痛苦表情，侯爵夫人从这位本堂神父身上发现了男子汉的气息。

"侯爵夫人，富人只在他们痛苦的时候才属于我们。一个年轻、美貌、富贵的已婚女子，如果不是为失去子女或父母而悲伤，那么她的痛苦我们是猜测得出来的，她的哀痛只能由宗教来减轻。您的灵魂遇到了危险，夫人。现在我不是跟您讲等待着我们大家的另一个世界的生活！不，我不是在布道。但我有责任向您指明您的社会生活的前途，对不对？请您原谅老人的冒昧，但打扰您的目的是为了您的幸福。"

"幸福，先生，幸福已经跟我无缘了。我很快就将属于您的了，您说得对，不过是永远属于您的了。"

"不，夫人，您不会因痛苦而死去，尽管痛苦使您难受，尽管痛苦笼罩您的眉宇。如果您本该死于悲痛的话，您就不会来圣朗日了。我们很少因为悔恨而死，多半是因为希望破灭而死。我见过更加难忍的、更加可怕的痛苦，但并没有致人以死命。"

　　侯爵夫人显出不信的样子。

　　"夫人，我这个人受过大苦大难，相比之下，您就会觉得您的痛苦轻微了。"

　　也许因为长期的离群索居开始使她感到窒息，也许因为她乐于向一位朋友的心倾吐苦衷，她以询问的神态瞧着教士，她的心情教士一望便知。

　　"夫人，"神父接着说，"这个人有过家室，以前家里人口众多，后来只剩下三个孩子；他相继失去了他的双亲，其后又失去了他十分心爱的女儿和妻子。他只身一人在外省一个偏僻的小庄园里幸福地生活了很长的时间。他的三个儿子都从了军，每个人都得到了与服役的时间相称的军衔。百日政变的时候，大儿子调进禁卫军，当了上校；小儿子是炮兵营营长；二儿子的军衔是龙骑兵少校。夫人，这三个孩子爱他们的父亲，其程度不亚于他们的父亲爱他们。您知道，一般年轻人一旦为激情所驱使，就从不在家庭温情上花时间，而我只要举一个事实，您就可以看出这三个青年对这孤零零的可怜老汉的感情有多强烈，要知道这个老人是因他们活着，为他们活着的啊。这个事实就是，每个星期他必能收到一个儿子的来信。对于孩子们，他从来没有表现出软弱，因为这会削弱他们的敬意；他从来没有表现出无理的严厉，因为这会伤害他们；他从来不吝惜牺牲，因为这会使他们和他疏远。不，他不只是他们的父亲，而且成了他们的兄弟、朋友。最后，他们出发去比利时的时候，他到巴黎去跟他们告别，他想看看他们骑的是不是好马，看看他们还缺少什么东西。他们走了，父亲回到自己的家。战争开始后，他收到从弗勒吕斯、利尼[1]寄来的书信，一切顺利。滑铁卢战役打响后，其结果您是知道的，法国顿时举国报丧。家家户户忧心忡忡，焦急万分。至于他，您理解，夫人，他等待着，时时刻刻惦记着，每份报纸他必读，每天亲自去邮局。一天傍晚，有人向他通报他的上校儿子的仆人来了，他看到此人骑在他儿子的马上，不用问，什么都明白了，上校死了，被一颗炮弹炸成两段。夜幕降临时，小儿子的仆人徒步来到：小儿子死于战役的次日。最后，半夜时分，一个炮兵向他通报最后一个儿子的死讯，在这很短的时间间隔内，可怜的父亲曾把自己整个生命都寄托在最后一个儿子身上。唉，夫人，他们统统倒下了！"稍停片刻后，神父激动的情绪平息了，他用温和

1　弗勒吕斯、利尼均系比利时地名，1815年6月拿破仑在此大战普鲁士军。

的声音补充道："父亲还活着呢，夫人。他明白上帝让他留在世上，他就得在世上受苦。他现在还在受苦，但他已经投入宗教的怀抱。除此，他能干什么呢？"侯爵夫人举目望着本堂神父的脸，忧伤和忍耐使他的脸显得十分高尚。她等他把话讲完，这样一句话使她感动得落泪："当神父！夫人，他伏在祭台前接受圣职的时候，早已被泪水圣化了。"

一时沉默无语，侯爵夫人和本堂神父从窗口眺望雾蒙蒙的远景，好像能够从中看见去世的人们。

"我不是什么城里的神父，只是一个普普通通的本堂神父。"他接着说。

"在圣朗日吗？"她一边说，一边擦着眼泪。

"是的，夫人。"

朱丽从未感到过痛苦会如此庄严崇高，这一声"是的，夫人"如同流不尽的苦水落在她的心头，这悦耳的声音搅动着五脏六腑。啊！这正是不幸的声音，充实、深沉，仿佛带着一股沁人心脾的暖流。

"先生，"伯爵夫人颇为尊敬地问道，"要是我死不了，我该怎么办呢？"

"夫人，您不是有一个孩子吗？"

"是的。"她冷冷地回答。

教士向她看了一眼，这目光，犹如医生看着垂危的病人，决心竭尽全力从死神的手中夺回她的生命。

"您明白了吧，夫人，我们应该忍着痛苦活下去，唯有宗教能给我们真正的安慰。请您允许我以后再来让您听听一个同情一切苦难的人的声音，我想这样的人是没有什么可害怕的。可以吗？"

"可以，先生，再来吧，我感谢您想到了我。"

"那么，夫人，再见。"

这次访问可以说减轻了她心上的负担，先前她的心情受悲伤和孤独的刺激过分强烈了。神父在她心里留下了香脂的气味和宗教忠告的袅袅余音。她感到一种满足，犹如一个体察过孤独的深沉和铁链的沉重的囚徒，听到了隔壁的难友用敲墙的声音向他表达共同的思想，她得到了一个意想不到的知己。但是她很快又耽于悲苦的冥想，像那个囚犯一样，她认为一个患难之交解除不了她的羁绊，开拓不了她的前程。本堂神父不想在第一次访问中过分触动她完全利己主义的痛处，但他希望凭他的艺术能在第二次会晤中使她在宗教方面有所进步。第三天他果然来了，侯爵夫人对他的接待证明她希望他来。

"怎么样，侯爵夫人，"老人说，"您想过人类的痛苦没有？您是否举目望过苍天？您见到了广阔无垠的星云天象了吗？这茫茫的天际使我们感到自己渺小，使我们的虚荣心化为乌有，从而减轻我们的痛苦……"

"没有，先生，"她说，"社会的法规沉重地压在我的心头，把我的心压得粉碎，我哪儿能升入天国？但天国的戒律也许没有人世的习俗那么残忍。啊！人间社会！"

"夫人，我们应该既服从上天的戒律，又顺应人世的习俗。戒律是圣谕，习俗是社会的行为。"

"顺从社会？……"侯爵夫人不禁做了一个厌恶的手势，她接着说，"唉！先生，我们所有的痛苦都是从那儿产生的。上帝没有定过一条不幸的戒律，而人类聚在一起却践踏了上帝的业绩。我们妇女受文明的摧残已超过自然法则给我们造成的损害。自然规律强使我们肉体上受痛苦，你们男人使这种痛苦有增无减；为文明所发展的情感，你们不断加以愚弄。自然扼杀弱者，你们则要他们活着受罪。婚姻制度是当今社会的基石，却单让我们妇女承担全部重负：自由属男子，义务归女人。我们得一辈子对你们忠诚，你们则只需偶尔对我们尽责。总之，男子可以自由选择，我们只能盲目屈从。噢！先生，我对您什么都说了吧。嘿！婚姻，当今世界实行的婚姻，在我看来简直是合法的卖淫。我的痛苦就是由此而产生的。但是在婚配不幸的女人中间只有我一个应该忍气吞声！因为造成不幸的是我自己：是我要结婚的。"

她停住不说了，流着辛酸的眼泪，沉默不语。

"在这悲惨的深渊里，在这痛苦的海洋里，"她接着说，"我找到了几块歇脚的沙滩，供我自由自在地受苦。一阵飓风把一切都卷走了，只剩下我孤零零一个人，无依无靠，已无力抵抗暴风雨了。"

"只要上帝跟我们在一起，我们决不会软弱无力的。"神父说，"再说，即使在人世您没有感情可寄托，难道您就没有义务要履行吗？

"又是义务！"她颇不耐烦地嚷道，"但是谁对我有感情，使我们有力量履行义务呢？先生，一报还一报，以其人之道还治其人之身，这是精神上和肉体上最正确的法则之一。您想要这些树在没有液汁的情况下生叶开花吗？心灵也要琼浆玉液啊！在我身上液汁的源泉已经枯竭。"

"我不想跟您提及孕育忍耐精神的宗教情感，"神父说，"不过，母爱，夫人，总是要……"

"别说了，先生！"侯爵夫人说，"我实话对您说吧！唉！从今以后我不会对任何人说实话了，我不得不虚假对人。社会一直强制我们装模作样，命令我们顺从它的陈规陋习，否则就让我们蒙受耻辱。母爱有两种，先生，从前我不懂得有不同的母爱，现在我知道了。我只是半个母亲，最好这半个也不要。爱伦娜不是他的！喂！您听了别害怕！圣朗日是一个深渊，在这里淹没了许多虚假的感情，从这里发射出不祥的微光，在这里违反自然规律的不牢固的大厦倒塌了。我有一个孩子，这就够了：我是母亲，这是自然规律所要求的。但是您，先生，既然您悲天悯人，怀有恻隐之心，也许您能理解一个可怜女人的呼声，她不曾让任何虚假的感情潜入她的心田。上帝会对我作出判断，我心中的爱情是上帝给的，我不认为顺从心中的爱就是违背上帝的戒律。因此我想到，一个孩子，先生，难道不是两人结合的形象吗？难道不是两个人的感情自由融为一体的果实吗？如果他不跟我们的肌肤骨肉和心中的温情联系在一起，如果他不能使人忆起甜蜜的爱情、两人幸福的时刻和地点、他们喃喃低语的音乐声以及他们美妙的思想的话，那么这孩子便是误生的。是的，对他们俩来说，这孩子必须是一个可爱动人的缩影，集中了他们俩秘密生活的诗章，必须是他们俩丰富的感情源泉，既体现他们的过去，也体现他们的将来。我可怜的小爱伦娜是她父亲的孩子，义务的产儿，偶然的产物。从我这方面说，她只体现了女人的本能，自然规律不可抗拒地促使我们把小生命孕育在我们的腹胎里。从社会的观点来讲，我是无可厚非的，我不是为她牺牲了我的生命和我的幸福了吗？她的哭声震撼我的五脏六腑，如果她落进水里，我会立即不顾一切地去施救，但她在我心里已经不存在了。啊！爱情使我幻想一种更加伟大、更加完整的母爱。我曾经梦想怀一个孩子，这个孩子是先想要而后有孕的。总之，这朵芬芳的花儿在出世之前就在心灵里诞生了。而我跟爱伦娜的关系却是自然规律中母体和后代的关系。当她不再需要我的时候，事情便了结啦：因灭果亡。如果女性得天独厚地把母爱泽及孩子的终生，难道不应该把这种神圣的、经久不衰的感情归因于她光辉的道德观念吗？如果孩子出世时不带有母亲的灵魂包膜，那么母亲心中的母爱就中止了，就像动物一样。这是真的，我深有体会：我可怜的女儿一天天长大，我的心一天天缩紧，我为她所做的牺牲已经使我跟她疏远，而相反，要是对另一个孩子，我认为我的心将永远不会枯竭，因为对想要的孩子就无所谓牺牲了，一切皆是快乐。说到这儿，先生，理性、宗教、我身上的一切面对我的感情都是无能为力的。一个既非母亲亦非妻子的女人，她不幸已经看到爱情展现其全部的美景胜境，看到母爱可以带来无涯的欢乐，难道她想死有什么不对吗？她活着能干什么呢？我，我可以向您说出她的感受！只要稍不注意，一时没有克制住，某个回忆马上使我看见幸福的情景，这莫大的幸福超过我的想象，使我从头到脚，从四肢到心脏，全身战栗，次数之多白天达一百次，夜里达一百次。这种可怕的幻觉使我的感情变得浅薄了，我心想：我的生活会变成什么样，如果……"她双手捂住脸，痛哭起来。"这就是我的心里话！"她接着讲，"如果我有一个他的孩子，我愿意遭受最可怕的不幸！为世人承担一切罪孽的救世主会饶恕我这种致命的思想，但是我知道人间社会是无情的，一定认为我的话是亵渎神明。我藐视一切人间的法律，我要向社会宣战，砸碎和重新制定法律和习俗！我不是已经被社会击伤了吗？我的全部思想、全部肌体、全部感情、全部欲望、全部希冀，我的未来、现在、过去，不是统统被伤害了吗？对我来说，白日阴森无光。思想是一把匕首，内心是一道创伤，孩子是对我的否定。是的，当爱伦娜跟我说话的时候，我希望她发出另一个人的声音；当她看着我的时候，我希望她用另一个人的眼睛。她向我活生生地证明应当怎么做人和不应当怎么做人。她使我难以忍受！我向她微笑，我尽量给她补偿被我窃走的感情。我痛苦！啊！先生，我痛苦得活不下去。然而我将被誉为有德行的女人！我没有罪过呀！人家将给我荣誉！我抑制了一时软弱而产生的不由自主的爱情，但是如果说我的身子是清白的，难道我的心也是清白的吗？这颗心，"她一边说，一边把右手放在胸脯上，"这颗心永远只属于一个人。这一点我的孩子心里非常明白。母亲的神色、声调和手势，其力量能塑造孩子们的心灵。我可怜的女儿，当我抱她的时候，她感觉不到我的手臂发抖；当我对她说话的时候，她感觉不到我的声音在颤动；当我看着她的时候，她感觉不到我的目光变得柔和。她向我投以谴责的目光，使我经受不住！有时我发现她就是法庭，不容我辩护就把我判决了。上帝保佑不要在我们之间产生仇恨！上帝啊！还是打开我的坟墓吧，让我在圣朗日结束生命算了！我要去可以重新找到我的另一个灵魂的世界，在那里我将成为完整的母亲！哎呀！对不起，先生，我疯了，这些话一直压在我的心头，我说了出来。啊！您也哭啦！您不会瞧不起我吧。爱伦娜！爱伦娜！我的女儿，快来！"她听到她的孩子散步回来了，便起来绝望似的叫喊。

小姑娘笑着，叫着跑进来，她拿着一只她刚捉到的蝴蝶，但是看到她母亲在流泪，她便安静下来，走到母亲身边，让母亲吻她的前额。

"她跟她父亲长得一模一样。"侯爵夫人回答，一面热情抱吻她的女儿，好似要还清一笔债务或消除一个内疚。

"你身上好热啊，妈妈。"

"去吧，让我们谈话，我的天使。"侯爵夫人回答。

孩子无所谓地走开了，连看也不看她母亲一眼，能躲开一张哭丧的脸似乎颇为高兴，她已经明白母亲脸上的情感是对她不利的。微笑是母爱的特权，母爱的语言，母爱的表现。侯爵夫人笑不起来，她涨红了脸望着神父。她竭力想做出母亲的样子，但是她跟她的孩子一样，不会装假。确实，女子由衷的接吻好似把一颗心都放进了这温存的动作之中，甜蜜非凡，又好似一团透进身体的火焰，整个心都被它温暖了。缺乏这种甘露般甜蜜的接吻是苦涩的，干巴巴的。神父已经感觉有两类不同的母爱，他发现肉体的母爱和心灵的母爱之间确有天壤之别。所以他向她投去讯问的目光，他说道："您说得对，夫人，对您来说，宁可死了的好……"

"啊！我看得出您理解我的苦楚，"她说，"因为您是基督教神父，您能猜到、能赞成我因痛苦而决意弃世而去。是的，我曾想过自杀，但是我缺乏必要的勇气来执行我的计划。我的心坚强的时候，肉体却很怯懦，等我的手不发抖了，心又动摇起来！我不懂这种反复和斗争的奥秘是什么。无疑我是一个可悲的女性，缺乏坚忍不拔的意志，只会一味地爱恋。我瞧不起自己！夜里，等家人睡熟之后，我勇气十足地走到水池边，可是一到水边，我脆弱的本性又对死亡惊恐起来。我向您承认我的软弱。我回到床上，羞惭不堪，于是又鼓起勇气，一般在这种时候，我就吞服鸦片酊，但我只难过了一阵，没有死掉。我以为把一瓶鸦片酊全喝了，其实只喝了一半。"

"您已经迷途了，夫人，"教士严肃地说，他的声音充满了眼泪，"您会回到上流社会去的，您会欺骗上流社会，在那里四处寻求，寻求您认为能补偿您苦恼的东西，然后有一天您将承受您的欢乐带来的痛苦……"

"我，"她高声道，"难道我会把我心中最后的、最珍贵的财富随便交给玩弄情欲的骗子，为获得飘忽不定的短暂欢乐而葬送我的终身吗？不！我的灵魂将被一团纯洁的火焰烧尽。先生，所有的男子都有男性的肉欲，但是有灵魂的男性，能满足我们女性一切要求的男性在我们一生中是不会遇到两次的，我们女人的天性和谐得宛如一首乐曲，只有在感情的压力下才会动荡翻腾。我的未来是可怕的，这一点我知道，没有爱情的女人等于零，没有欢乐的美貌等于零。再说即使幸福降临于我，社会还不是照样要非议我的幸福？我不得不当我女儿的光彩的母亲。啊！我被一个铁圈箍住了，不蒙羞受辱是跳不出来的。没有报偿的家庭义务只能令我厌倦，我将诅咒生活。不过我的女儿至少有一个外表很体面的母亲。我可以给她珍贵的德行来代替我不能给她的珍贵的感情。我甚至根本不想领略孩子们的幸福给母亲们带来的欢乐。我不相信幸福。爱伦娜的命运如何？大概跟我一样吧。母亲们有什么办法保证为女儿找到称心如意的丈夫呢？你们羞辱为几个埃居卖身给过路男人的可怜虫，因为饥饿和需要，这种短暂的结合可以得到宽恕，然而社会却允许、鼓励一个诚实的姑娘跟一个她认识不到三个月的男子匆匆结婚，其实这种结合更为可怕，她被终身出卖了。代价实在太高了！你们说，虽然不容许补偿她的痛苦，但你们敬重她。其实不然，社会诽谤我们女人中最有德行的人！这就是我们的命运，正反两方面的命运：公开卖淫，结果是耻辱；秘密卖淫，结果是不幸。至于那些没有嫁资的可怜的姑娘，她们只能发疯，只能等死，对于她们不存在任何怜悯！美貌、德行在你们的人肉市场上是没有价值可言的，你们却把这种利己主义的虎穴狼窝称为社会。干脆剥夺妇女的继承权好啦！这样你们至少可以按自然规律选择你们的伴侣，按自己的心愿娶妻。"

"夫人，您的一席话使我看出，家庭精神也罢，宗教精神也罢，对您都已不起作用了，所以您不会在伤害您的社会利己主义和使您向往欢乐的个人利己主义之间游移不定了……"

"家庭，先生，难道存在什么家庭吗？父亲或母亲一死，社会就让家庭成员瓜分财产，各奔东西，我否定这种社会里的家庭，家庭是一种暂时的和偶然的协会，人一死，立即解散。我们的法律粉碎了家族，粉碎了继承，粉碎了典范和传统的永久性。在我的周围，我看到的只是残垣断壁。"

"夫人，只有等上帝的手按压到您的时候，您才会重新皈依上帝，我希望您有足够的时间跟上帝言归于好。您是低头向地寻找安慰，而不是抬头朝天寻找慰藉。诡辩哲学和个人利益侵蚀了您的心，您对宗教的声音充耳不闻，犹如本世纪的孩子们一样毫无信仰！人世的欢乐只会产生痛苦。您只能从一种痛苦换成另外一种痛苦，换汤不换药而已。"

"我将使您的预言破产，"她苦笑道，"我将永远忠于为我而死的那个人。"

"痛苦，"他回答说，"痛苦只能在受过宗教熏陶的心灵里开花结果。"

他诚惶诚恐地垂下眼睛，不让别人看见他目光里可能呈现的疑虑神情。侯爵夫人发自内心的强烈控诉，使他黯然神伤。他从中看出形态千变万化的人类的自我，他对感化这颗心已灰心失望，痛苦使这颗心枯萎，而没有使它柔化，福音的传播者在这颗心里撒下的种子发不出芽，因为他温柔的声音被利己主义的鼓噪声淹没了。尽管如此，他依然发挥传教士的顽强精神，几次三番诱导这颗崇高而傲慢的灵魂皈依上帝。但是当他发现侯爵夫人之所以乐于跟他谈话，是因为谈论死去的那个人能给她带来乐趣，于是他泄气了。他不愿意降低神职身份和别人大谈情欲。他停止了推心置腹的谈话，渐渐地只讲一些老生常谈。春天降临，侯爵夫人尽管仍然郁郁寡欢，但找到了一些消遣：在百无聊赖之余关心起她的田地来了，她还饶有兴味地指挥大田作业呢。到10月离开圣朗日古堡时，她已经在闲暇中恢复了鲜艳的气色和美貌。她的痛苦开始时十分剧烈，犹如刚刚用力抛出去的铁饼；最后她无力地陷入忧郁症，犹如铁饼慢慢减速最后晃晃悠悠地落在地上。忧郁症是由一系列相似的精神动荡引起的。最初的动荡引起绝望，最后的动荡引起快乐。年轻时，忧郁症犹如淡淡的曙光；老年时，忧郁症犹如苍茫的夜色。

一辆四轮轻便马车经过村子的时候，本堂神父正从教堂回他自己的住宅，侯爵夫人接受他的致意，但在还礼的时候，却垂下眼睛，转过头去不再看他。神父对这位以弗所的可怜的阿尔忒弥斯不以为然[1]实在太有道理了！

1　阿尔忒弥斯，希腊神话中的狩猎女神，即罗马神话中的狄安娜，以贞洁著称，但很残忍。此处指以贞洁自许的德·哀格勒蒙侯爵夫人。以弗所是爱琴海岸古城，原属希腊，现在土耳其境内，曾因建有阿尔忒弥斯神庙闻名于世。

三 时年三十岁

　　一个前程似锦的年轻人，参加了菲尔米亚尼夫人家举行的舞会。他出身名门世家，这种世家的姓氏，历尽沧海桑田，总是跟法兰西的光荣史紧密结合在一起。菲尔米亚尼夫人为他写了几封介绍信，推荐给她在那不勒斯的两三个女友。这位名叫夏尔·德·旺德奈斯的青年来向她道谢，同时向她告辞。旺德奈斯曾出色地完成过好几次使命，最近被任命为出席莱巴赫会议[1]的法国全权公使的随员，他想利用这次出国机会对意大利做一番考察。因此参加这天的盛会可以说是在告别巴黎的享乐、告别节奏飞快的生活、告别活跃的思想界和沸腾的狂欢，尽管这种生活常常招来非议，但是纸醉金迷毕竟令人神往。三年来，随着外交生

1　莱巴赫，即今斯洛文尼亚的首都卢布尔雅那，1821年初俄、奥、普和那不勒斯君主在莱巴赫开会商议镇压拿破仑党徒活动的办法，英、法均派全权公使参加。

涯的频繁变化，夏尔·德·旺德奈斯已习惯于出入欧洲各国首都，对这次远离巴黎，他并不感到十分遗憾。女人已经不能引起他的兴趣，也许他认为真正的爱情对政治家的生活来说太占时间，也许他感到表面献殷勤的低级趣味对一个有抱负的人来说未免无聊。我们大家都有出人头地的抱负，在法国，哪怕是碌碌无为的男子也不甘心仅仅被人看作聪明人，所以夏尔尽管年轻（刚刚三十岁），已经像哲学家般惯于观察思想、成果和手段，而大多数像他这种年纪的人却只看到情感、欢乐和幻影。他把年轻人特有的热情和激昂压制在他天生宽厚的心底。他训练自己沉着镇静、深谋远虑，他努力使他得天独厚的精神财富表现为翩翩的举止，迷人的风度，诱惑人的手段。这是地道的野心家的行当，是为了达到当今所谓的好地位而扮演的可悲角色。他到各个舞厅最后看一眼，大概想在离开舞会时把舞会的景象摄走，好似一个不看最后一场戏就不离开歌剧院包厢的观众。不过同时，德·旺德奈斯先生凭着一种很容易理解的兴致，想研究一下典型的法国人的行为，研究一下这个巴黎盛会艳丽的场面和含笑的脸，同时在脑子里和即将在那不勒斯看到的景象和面孔做比较。他打算在赴任前路过那不勒斯待几天。他好像在把千变万化，且已及时研究过的法国跟一个陌生的国家相比，那个国家的风土人情，他只是从一些自相矛盾的传闻中，或者多半写得十分蹩脚的书本中得知一二。此时他的脑子里涌现出了一些颇有诗意的思想——现在看来这些思想十分平庸，和他心中的隐愿或许暗暗相合。他心里与其说是看破红尘，不如说欲求正旺；与其说是萎靡不振，不如说是无所事事。他心想：

"这里聚集着巴黎最风雅、最富有、爵位最高的妇女，聚集着当代名流、论坛权威、政界显贵和文坛巨匠。喏，那些是艺术家；喏，那些是权倾一时的要人。然而透过外表，要看到的只是调情的小手段、注定要失败的爱情、毫无意义的微笑、无缘无故的蔑视、没有热情的目光、毫无目的地被浪费掉的大量才智。一张张白里透红的面孔与其说是在寻找快乐，不如说是在寻找消遣。没有任何真实的感情。当然，如果你只希冀漂亮的羽饰、凉爽的纱罗、美丽的时装、苗条的女人，如果你认为生活无非是过眼云烟，那么这里便是你的世界。但你必须满足于毫无意义的谈话、讨人喜欢的鬼脸，并且根本不指望什么真诚的感情。至于我，我厌恶这类无聊的诡计，其结果无非是结婚，当上个副区长或税务官之类，倘若事关爱情，则需私下安排，因为人们对类乎情欲的事还非常害臊哩。从这些富有表情的脸上我看不出任何一个人醉心于某种思想或痛心于某种过失。这里，谈笑风生无耻地掩盖了一切悔恨或不幸。我没有见到一个我乐于与之较量的女人，没有见到一个能使你随她堕入深渊的女人。巴黎何处能找到动力？在巴黎，一把匕首是挂在镀金挂钩上的古董，外面还套上一个漂亮的鞘子。女人、思想、感情，什么都是如此。激情不复存在了，因为个性消失了。门第、才智、财富被拉平了，我们统统穿上黑衣服，好像大家都在为死去的法兰西服丧。我们不爱同我们地位相同的人，在两个情人之间，必须存在有待消除的差别、有待填平的距离。爱情的魅力于 1789 年消失了！我们的烦恼、我们平庸的习俗正是政治制度造成的。至少在意大利，一切事物还具有鲜明的特色。意大利女人是凶恶的野兽，危险的美人鱼，不讲理智，不讲逻辑，然而有欲念，要像提防老虎那样提防她们……"

菲尔米亚尼夫人走过来打断了他的无声独白，他那些矛盾的、断断续续、杂乱无章的思绪是难以言传的。沉思默想的妙处全在于它的模糊不清，简直就是一种智力蒸汽！菲尔米亚尼夫人拉着他的手臂说：

"我要给您介绍一位夫人，她听到有关您的情况，很想认识您。"

她把他领进隔壁的一间客厅，以地地道道巴黎人的手势、微笑和眼色让他看一位坐在壁炉旁的女人。

"她是谁呀？"德·旺德奈斯伯爵急切地问道。

"一个您或褒或贬肯定不止谈论过一次的女人，一个离群索居的女人，一个货真价实的谜。"

"如果您有生以来发过慈悲，那么请开恩告诉我她的名字好吗？"

"德·哀格勒蒙侯爵夫人。"

"我要去向她请教：她居然使一个碌碌无为的丈夫当上法国贵族院议员，使一个无能之辈变成政治能人。不过，请告诉我，您认为葛兰维尔勋爵确实如某些女人说的那样是为她而死的吗？"

"也许是，不管是真是假，反正从这件奇事发生之后，这个可怜的女人就大变样了。她还没有重返社交界呢，在巴黎持续四年不进社交场所可不简单哪！您之所以在这里见到她……"菲尔米亚尼夫人停住不往下说，过了一会儿，又神情狡黠地补充道，"我忘了不该张扬。去跟她聊聊吧。"

夏尔站了一会儿，一动不动地轻轻靠在门框上，他注视着这个名气很大的女人，而谁也说不清她的名气是怎么得来的。社会上有许多这类稀奇古怪的反常现象。诚然，和某些始终埋头于一个未发表的杰作的人相比，哀格勒蒙夫人的名声不见得更令人奇怪。不肯发表统计数字的统计学家被认为是深谋远虑的；有的人靠在报上发表一篇文章就当上政治家；有些作者或艺术家总是把作品藏在文件夹里，有些学者和根本不懂科学的人在一起以显示其有学问。就像斯卡纳赖尔跟不懂拉丁文的人在一起就成了拉丁文学者[1]，此类人物在某一点上被公认为很有能耐，那就是领导艺术，或出使重任。这是一种专业，这句令人惊叹的话好像是由那些政界或艺术界的"无头动物"创造的。夏尔原没打算凝视这么长时间，他因自己为一个女人花费这么多心思感到不快，但是眼前这位女子否定了一分钟之前青年外交官对舞会的看法。

侯爵夫人时年三十岁，尽管体型孱弱，模样娇嫩，却十分美丽。她最大的魅力来自面部：镇静自若的神态显示出她心灵的惊人深邃。目光闪烁，却又仿佛总是蒙着一层思想的薄纱，泄露了她炽热的生命力和最大限度的耐性。她的眼皮几乎总是贞洁地低垂着，很少抬起。即使环顾四周，她的动作也是忧郁的，你一定会说她把眼睛里的火留起来进行神秘的冥想。因此所有杰出的男子都出于好奇而被这个温柔而娴静的女子所吸引。如果聪明人想揣测她从现在走向过去、从社会走向孤独的永恒运动的奥秘，那么探索这颗因痛苦而矜持的心灵的秘密也定会使他感兴趣。况且她身上的一切非常符合她最初给人的印象。几乎跟所有留长发的女人一样，她脸色苍白，但白得好看。她的皮肤细腻得出奇，这正是感觉敏锐的征兆，很少例外。加之她的面部轮廓完美得不可思议，犹如中国画家笔下的仙女

1　莫里哀的喜剧《屈打成医》第二幕第四场。

像。她的脖子可能略长了一点，但这样的颈项是最优美的，因为能让女人的头如扭动的蛇一般微微晃动，具有一种难以言传的美感，十分迷人。即使有些人的性格深藏不露，观察家只要仔细观察头部的动作和脖颈的扭动就能对一个女人作出判断，因为这些动作和扭动变化多端、富有表情。德·哀格勒蒙夫人的衣着跟指导她行为的思想很协调。宽宽的发辫在头上盘成高高的发髻，没戴任何首饰，她大概已经不再讲究穿着打扮了，所以在她身上找不到使许多妇女弄巧成拙的小花招儿。可是不管她上衣如何朴实，总不能完全掩盖她窈窕的身材。其次她的长摆连衫裙因为裁剪手艺高超而显得雍容华贵。如果容许从衣料的裁剪中探寻某些意图的话，那么可以说她的连衫裙密实而朴素的褶纹使她气度非凡。也许她对手脚的精心保养暴露了女人不可克服的弱点，但她若偶尔高兴露出了手脚，哪怕是恶意挑剔的情敌也难以说她矫揉造作，因为她做得那么自然，简直就是孩子气的习惯。何况即使她有这么一点做作的娇态，别人看到她优雅的慵倦神情，也就不责怪她了。整个相貌特征，所有这些使一个女人变丑或变美、诱人或讨厌的细节，唯有像在德·哀格勒蒙夫人身上那样，和灵魂发生联系，并与之融为一体才能显示出来。因此她的举止和相貌、衣着的特征非常协调。只有到达一定的年龄，少数杰出的女子才能让自己的姿态说话。究竟是忧伤还是幸福，使三十岁的（幸运或不幸的）女人掌握这种用姿态表情达意的诀窍呢？这将永远是一个活生生的谜，按不同的欲求、希冀，按不同的思想方法，各人有各人的解释。侯爵夫人双肘搭在安乐椅的扶手上，像扳弄弓指似的把双手的指尖对在一起，脖子微微弯曲，懒散而柔软的身体优雅地倒在椅子里。她随随便便地伸着腿，毫不注意自己的姿势，她的动作无精打采，这一切说明她是一个对生活无所欲求的女人，她不曾领略过爱情的欢乐，却梦想过这种欢乐，对往事的回忆沉重地压抑着她：这是一个对前途、对自己早已绝望的女人，一个把空虚当作虚无而无所事事的女人。夏尔·德·旺德奈斯欣赏了这幅美丽的画，他认为这幅画的手法比一般女人的手法要高明。他认识德·哀格勒蒙。第一眼看到这个他从未见过的女人，年轻的外交官便看出这对夫妻太不相称，用法律用语说，就是婚配不当，要侯爵夫人爱她的丈夫是不可能的。然而德·哀格勒蒙夫人的行为却无懈可击，她严守贞操；观察家在她身上揣测到的一切秘密因而具有更高的价值。旺德奈斯惊叹一番之后，竭力想寻找一个最妥当的方式和德·哀格勒蒙夫人攀谈，最后他决定用一种颇庸俗的外交伎俩接近她，他准备吻她，看看她对胡闹如何反应。

"夫人，"他边说边在她旁边坐下，"我很幸运，由于有人嘴快，我获悉我不知何故很荣幸地被您注意到了，我万分感激，因为我从来没有得到过这样的恩宠。从今以后我可不愿再默默无闻了，假如这是一个缺点，那责任该由您来负……"

"您错了，先生，"她笑着说，"应该把虚荣心让给那些腹中空空之辈。"

于是年轻人跟侯爵夫人攀谈起来，按习惯，他们在很短的时间内天南海北地扯一通，绘画、音乐、文学、政治、人物、大小事件，无所不及。其后不知不觉地转到法国人乃至外国人谈话的永恒主题：爱情、感情和女人。

"我们是奴隶啊。"

"不，你们是王后。"

这是夏尔和侯爵夫人之间颇为诙谐的谈话的概括，现在和以后谈的话归根结底就是这么简单的一个意思，但这两句话在某个特定场合就等于说："爱我吧！——我一定会爱您的。

"夫人，"夏尔·德·旺德奈斯温柔地嚷道，"您使我非常舍不得离开巴黎，在意大利我肯定遇不上像今天这样风趣的谈话。"

"您也许会遇上幸福，先生，总比每天晚上在巴黎听那些或真或假的才子高谈阔论要强。"

告别侯爵夫人之前，夏尔获准到她家向她辞行。他提出这个要求时表情十分诚恳，为此他还颇为自鸣得意。晚上睡觉的时候和次日一整天，他无法驱散这个女人的形象。有时他自忖为什么侯爵夫人单单注意到了他，对于她希望再见到他的真正用意，他作了各种各样的解释。有时他自认为找到了她的好奇心的缘由，随着他对这个巴黎常见的礼节作出不同的解释，他忽而心醉神迷，充满希望；忽而凉了半截，希望全无。时而觉得大局已定，时而觉得全部落空。总之，他竭力阻止自己爱上侯爵夫人，但他依然去了她家。常常有一些潜在的思想指导着我们的行动，我们自己却并未意识到这些思想的存在。这种说法看来十分离奇，不像真的，但是每个诚实的人一生中必定有许许多多这样的例证。夏尔去侯爵夫人家，就是听从早已存在的思想而行动的，我们的经验和心得，一般只是事后感觉出来的这些思想的发展。三十岁的女人对一个年轻人来说具有不可抗拒的吸引力，所以像侯爵夫人这样的女子和旺德奈斯这样的青年男子之间产生深切的好感，这种例子已屡见不鲜，没有更为自然、更为实在、更为先定的事了。确实，年轻姑娘的幻想太多，太没有经验，往往把性的问题和爱情问题搅在一起，很难叫青年男子满意；而成年妇女却懂得她所要做的全部牺牲。前者受好奇心支配，受并非爱情的诱惑所支配；后者却顺应自觉的感情。前者对男人让步；后者对男人选择，而选择本身不就是极大的奉承吗？妇人是有经验的，她们的见识几乎总是付出高昂的代价从不幸中获得，当她委身的时候，她给予的东西好像超出了她自身；而姑娘因无知，轻信，不懂事理，不会对比，不会品评，她只是接受爱情，体会爱情。妇人是教导人的，在我们喜欢听人指导并以服从为乐的年纪，她循循善诱；姑娘什么都想学，正当妇人温柔多情的时候，她们却表现得幼稚无知。姑娘对你来说只不过是一次胜利，妇人却迫使你不断争夺。前者只有眼泪和快乐，后者却是欢畅与内疚兼而有之。一个姑娘成为情妇，她准是堕落不堪了，人们会厌恶地把她抛弃，而妇人却有上千种手段既保持权力又保持尊严。前者过分屈从，使你过得舒适、安全，然而无聊，而后者做了大量的牺牲，必定会希望爱情生活丰富多彩。前者只让自己一个人名誉扫地，后者却为了你的利益毁灭整个家庭。姑娘只有一种风情，以为把衣服一脱，什么都解决了，而妇人却有万般的娇姿媚态，情深似海，含而不露，总之，她满足了一切虚荣心，而黄毛丫头只能满足一种虚荣心。再者，三十岁的女人心中会产生犹豫、恐惧、担忧、慌乱和风暴，而这一切在姑娘的爱情中是从来遇不到的。到了这个年纪，妇人要求青年男子归还她为他牺牲的尊严，她只为他活着，关心他的前途，愿他过美好的生活，并使他的生活光彩夺目。她服从，她祈求，她指导，她堕落，她升华；她善于在任何时机安抚慰问，而姑娘只会抱怨呻吟。总而言之，除了她的地位提供的种种有利条件之外，三十岁的女人可以变成姑娘，扮演各种角色，具有羞耻之心，甚至遭不幸之后会变得更美。在这两种女人之间有意料之中和意料之外的区别，有强和弱的区别，差别之大难以估量。三十岁的女人满足一切，而姑娘什么也满足不了，否则就不称其为姑娘了。上述思想在一个青年男子的脑子里发展成熟，使他产生最强烈的激情，这种激情之所以强烈，是因为它把风俗习惯所造成的人为感情与天性的真实感情结合在一起了。

女人一生中最重大和最关键的一步恰恰是她认为最无足轻重的事[1]。一旦结了婚，她便不再属于自己，她是家庭的王后，也是家庭的奴隶。女人的圣洁是跟社会的义务和自由不相容的。解放妇女，就是腐蚀妇女。允许一个外人进入家庭圣地，不就等于引狼入室吗？允许女人引外人进来，这不是一个错误吗？或确切地说，不是等于一个错误的开端吗？应该不折不扣地接受这个理论，要不然就得宽恕情欲。迄今为止，法国社会确实采取了 mezzo termine[2]：谁遭到不幸就嘲弄谁。正像斯巴达人只惩罚愚笨，法兰西似乎允许偷盗，但这很可能是一种贤明的制度。公众的蔑视成了最可怕的惩罚，它直刺女人的心房。妇女

1　指结婚。此处的论点，巴尔扎克曾在《婚姻生理学》中全面阐述。
2　意大利文：折中的办法。

应该保持，而且应该毫无例外地保持体面，因为没有尊重，她们就没法生活。妇女中最腐化的人甚至在出卖未来的同时首先要求宽恕过去，竭力使她的情人明白她情愿用难以舍弃的幸福来换取社会所拒绝给她的荣誉。没有哪个女人第一次在家里单独接见一个青年男子时不是这么想的，特别是接见像夏尔·德·旺德奈斯这样英俊、聪明的青年。同样，很少有青年人会不怀着某些秘密的心愿去见像德·哀格勒蒙夫人这样美丽、聪明和不幸的女人，因为他们认为对这样的女人产生爱情是天经地义的。所以侯爵夫人听见通报德·旺德奈斯的时候感到心慌意乱；而夏尔则几乎很难为情，尽管外交官通常是能保持镇定的。但是侯爵夫人很快做出亲切的神态，这是妇女们提防别人批评她们装腔作势的护身法宝。这种态度可以防止对方想入非非，既不是毫无情意，又用礼貌的形式使感情降温。女人可以在这种模棱两可的态度下不动声色地坚持下去，犹如处在十字路口：可以通向尊敬、漠然，也可以通向惊愕、热情。只有到了三十岁，女人才有在这种处境中应付自如的本领。她能够嬉笑、打趣、温情脉脉而不损害自己的名誉。这时女人已具备必要的触觉，能够恰如其分地拨动男人的全部感情之弦，然后研究这些弦上发出的声音。她的沉默和她的谈吐同样危险，你永远猜不透这种年龄的人说的是真话还是假话，是挖苦你还是真心诚意祝福你。在给了你跟她周旋的权利之后，说不定突然用一句话、一个眼色、一个手势——其威力她们自己是清楚的——中断来往，把你抛弃，继续牵动你心中的秘密。她们可以用一句笑话把你牺牲掉，也可以对你表示关心，而她们自己则既受到她们弱点的保护，也受到她们力量的保护。尽管夏尔第一次来访的过程中，侯爵夫人置身于中立地带，却仍保持着女人的崇高尊严。她内心的痛苦始终笼罩在虚假的快乐之上，犹如一层薄雾，把阳光遮掩得朦朦胧胧。旺德奈斯离开的时候，已经从这次谈话得到了无名的乐趣，但是他依然确信征服侯爵夫人这样的女人代价太高，试图爱她们是难以做到的。他起身告辞的时候，心想：

"这将需要似海的深情，需要比谋求荣升次官更大的耐心来追求，但如果我愿意的话……"这句要命的"如果我愿意的话"，往往使固执的人声名狼藉。在法国，自尊心会引起爱情。夏尔第二次来德·哀格勒蒙夫人家后，相信她乐于跟他谈话。他不想天真地追求爱情的幸福，而想扮演一个有双重身份的角色。他竭力装出已经被迷恋，然后冷静地分析这种私情的发展过程，想一身兼任情人和外交官。但是他厚道、年轻，这种剖析只会把他引向无边无垠的爱情，因为侯爵夫人不管是矫揉造作还是真诚自然，反正比他强得多。每次夏尔从德·哀格勒蒙夫人家里出来，他坚持他的怀疑态度，对自己心灵的逐步变化做严格的分析，用这种分析来扼杀自己的情感。

"今天，"在第三次访问后他心想，"她使我明白她非常不幸，生活很孤单，要是没有她的女儿，她非死不可，她只能逆来顺受。然而我并非她的兄弟，亦非她的忏悔师，为什么她对我诉说她的忧伤呢？她爱上我了。"

两天之后，走出德·哀格勒蒙夫人家的时候，他斥责现代的风尚：

"爱情带有时代的色彩。1822 年的爱情是空论派[1]的。从前爱情通过行动来考验，现在人们议论爱情，论证爱情，对爱情夸夸其谈。妇女被迫采用三种手段：首先，她们怀疑我们的感情，不承认我们能够像她们爱得那么深。这简直是装腔作势！是不折不扣的挑战！侯爵夫人今晚的举动就是这样。其次，她们装出非常不幸的样子，激发我们天生的同情心或自尊心。一个青年男子能安慰一个非常不幸的女子难道不引以为豪吗？最后，她们喜欢装出纯洁无瑕的样子！她想必以为我相信她还是个处女。她可以拿我的一片诚心做一次绝妙的投机。"

但是有一天，在反复怀疑之后，他寻思侯爵夫人也许确实是真诚的，这么多的痛苦怎么装得出来，为什么要假

---

[1] 指司汤达的论著《论爱情》，以及当时被称为空论派的自由保守派的理论。

装逆来顺受？她形影相吊，暗暗强忍哀伤，只在感叹的声调中稍稍有所流露。从这天起，夏尔对德·哀格勒蒙夫人产生了强烈的兴趣。然而当他照例登门拜访的时候，尽管这种心心相印的约会对双方都已不可缺少，旺德奈斯仍然感到她的女主人干练而不够真诚，他最后的结论是：确实，这个女人很有一手。他进屋后，看见侯爵夫人正摆出她最喜欢的充满伤感的神态。她抬眼望了他一下，没有动弹，只投以类似微笑的一道目光。德·哀格勒蒙夫人表达的是信任，是真正的友谊，但毫无爱情的成分。夏尔坐下，说不出一句话，他很激动，这是一种难以用言语表达的激动。

"您怎么啦？"她用同情的声调问道。

"没有什么，"他回答，"不过我在想一件您不关心的事情。"

"什么事情啊？"

"嗯……会议已经结束了。"

"噢，"她说，"您本应该去参加会议的？"

直接回答是最有说服力的，这是妙不可言的爱情表示，但夏尔没有这么做。德·哀格勒蒙夫人的神情表明了诚实的友情，使一切虚荣的打算落空，使一切爱情的希望破灭，使这位外交官的一切疑惑消失。她全然不知或装作完全不知道她被人迷恋着。而当惶恐不安的夏尔反躬自问的时候，他不得不承认他也的确没有做过任何事情，没有说过任何话，使这个女人认为有人爱她。德·旺德奈斯先生这天晚上觉得侯爵夫人一如往常：爽直而亲切，真心表露痛苦，为得到一个朋友而高兴，为遇上一个善于倾听她的心声的心灵而自豪。到此为止，不越出雷池一步，根本没有想到一个女人可能被诱惑两次。她已经经历过爱情，而且至今这带血的爱情还留存在心底。她想象不出幸福怎么可能使女人陶醉两次，因为她不但相信精神，而且也相信灵魂，对她来说，爱情不是一种诱惑，而是一切崇高的诱惑的结合。此时夏尔又变成年轻人，他被如此伟大的个性征服了，渴望探求被命运而不是被过错所摧毁的人生的奥秘。他请她解释为何极度哀伤，她的芳容为何总是浮现着一种宁静的忧郁，德·哀格勒蒙夫人只向他瞪了一眼，但这深沉的眼光却犹如山盟海誓的印记。

"别再向我提类似的问题啦，"她说，"三年前，也是这么个日子，爱我的人死了，能为他的幸福而牺牲我的名声的唯一的男人死了，而且是为了挽救我的名誉而死的。爱情正当青春时节，纯洁无瑕，充满幻想的时候，突然中断了。命运把我推向了一次热恋，但在我投身这次爱情之前，我被曾经毁过多少姑娘的假象诱惑了，被一个金玉其表、败絮其中的男人迷惑了。结婚以后，我的希望犹如飘零的秋叶，一点一点地破灭。如今我失去了正当的幸福，失去了人们称之为罪孽的幸福，这个幸福我还没有享受到就已失去了。现在我一无所有。如果说我没有死成，那么我至少应该忠于我的记忆。"

说这些话的时候，她没有哭，只垂下眼睛，轻轻地绞着手，把手指交叉在一起是她的习惯动作。这些话说得很朴实，但声调是绝望的，其深沉的程度不亚于她的爱情，所以没有给夏尔留下任何希望。她绞着手指用三言两语表达的这种可怕的生活，一个弱女子内心强烈的痛苦，一位美丽的女性头脑里这种深不可测的渊壑。一句话，三年[1]的悲伤，三年的眼泪使旺德奈斯着迷，他默不作声，在这位伟大和崇高的女子面前自惭形秽。他看见的不再是完整无缺、妙不可言的肉体美，而是超凡脱俗的灵魂美了。他终于遇到了理想的人。一切在激情中生活和热切追求激情的人，一切向往激情的收获然而未及享用便抱憾身已的人，都曾神魂颠倒地梦想过、惊天动地地呼唤过这种理想的人。

听到这样的话语，面对这个美丽而崇高的女性，夏尔感到自己思想狭隘。如此朴实而高尚的一幕，他一时竟不知如何应对，只得就妇女的命运问题，套用几句老生常谈：

"夫人，应该善于忘记自己的痛苦，要不然就得自掘坟墓。"

但理性与感情相比总是显得褊狭，理性如同一切讲求

1　按上下文推算，本应为四年。

实际的东西，本来就是有限的，而感情则是无限的。应当感知的时候却推理，这是没有作为的人的特征。旺德奈斯于是默不作声，久久凝望着德·哀格勒蒙夫人，然后告辞走了。这个女人的形象在他心目中越来越高大，他深深为这种新产生的思想而苦恼，犹如一个画家在画室中画过了庸俗的模特儿之后，突然见到博物馆里最美丽而最不受人重视的古代墨涅摩绪[1]塑像。夏尔深深钟情了。他以一片青春的赤诚，用初恋的满腔热忱钟情于德·哀格勒蒙夫人，他的热情具有一种不可言喻的魅力，一种即使爱情不衰，将来也不可能完整地保持下来的纯真。这是一种美不可言的激情，这种激情几乎总是由女人挑起，为女人所津津有味地品尝，因为三十岁的盛年是女人一生中诗意最浓的岁月，她们能统观整个一生，既能看到过去也能展望未来。这时候，女人们懂得爱情的全部价值，享受着爱情的欢乐，而又唯恐失去爱情，因为尽管她们的心灵还保留着青春的美，青春却已将她们抛弃，她们的激情因惧怕未来而与日俱增。

　　"我钟情了，"旺德奈斯这次离开侯爵夫人时心里想，"不幸的是我找到一个依恋往事的女人。跟死人竞争是困

---

[1] 墨涅摩绪，即记忆女神，她一连九夜跟宙斯结合，生下九个缪斯（女神）。

难的，因为死人已不在世，不会干蠢事，不会讨人嫌，而且人们只想到他的优点。要去消除回忆的魅力，扑灭与失去的情人相联系的希望，这岂不是想破坏完美吗？因为失去的情人只唤起过情欲，这是爱情最美、最诱惑人的内容之所在。"

由于心灰意懒和生怕不成功，一切真正的热恋开始时总是诚惶诚恐的，旺德奈斯这种悲观的想法是他越来越失灵的外交手段的最后一步棋。从此他失去了心机。变成了爱情的玩物，沉湎于靠一句话、一次沉默、一个依稀的希望这类细枝末节来维持的怪诞的幸福。他决意搞柏拉图式的恋爱，每天来呼吸德·哀格勒蒙夫人呼吸的空气，几乎死钉在她家里，形影不离地到处跟着她。他这种热忱是自私和绝对忠诚的混合物。爱情有一种本能，善于识别通往心灵的途径，宛如一只弱小的昆虫百折不挠、无所畏惧地向花儿挺进。所以凡是真挚的感情，其命运是毋庸置疑的。如果一个女人想到她的生活多少取决于她的情人欲求的真实性、强烈性、持久性，这难道不是很值得她大大恐慌一番吗？要一个妇人、一个妻子、一个母亲提防一个年轻男子的爱情是办不到的，她能做的唯一事情是，一旦猜测到了他心中的秘密——女人总是能猜测到的——便不再继续见他。但是这种做法未免太绝了，女人是不肯干的，因为女人到了觉得婚姻是一种负担的年纪，她便感到无聊和厌倦，即使她丈夫不抛弃她，夫妻的感情也已淡漠了。要是这女人长得难看，遇到有人把她当作美女来爱，肯定会受宠若惊；要是她年轻俊俏，诱惑她们的力量势必与她们自己的诱惑力旗鼓相当，因而具有磅礴的气势；要是她奉礼守节，一种人间崇高的情操会促使她们从自己为情人所做的伟大牺牲中找到某种宽恕，从艰苦的搏斗中找到荣誉；不管是哪一种情况，她们都要跌入陷阱。所以面对如此强烈的诱惑，任何教训都不过分。从前希腊、东方不许女子出闺门，现在英国也有这种风气，这是捍卫家庭道德的唯一办法，但在这种制度统治下，社会的乐趣消失了，社交、礼仪、优雅的风尚也就不复存在了。各个国家应当三思而后行。

就这样，第一次相逢数月之后，德·哀格勒蒙夫人感到她的生命已和旺德奈斯的生命紧紧结合在一起了。她奇怪自己跟他竟那么情投意合，不过她并不感到过分的不安，相反倒有几分高兴。是她采纳了旺德奈斯的意见，还是旺德奈斯迎合了她的所好？她根本不加过问。这位可敬可爱的妇人已经被卷进激情的洪流，却战战兢兢，假装诚恳地对自己说："噢！不可能！我将忠于为我而死的男人。"

帕斯卡尔说过："怀疑上帝，就等于相信上帝。"同样，一个女人只有当她被擒的时候才挣扎。侯爵夫人意识到有人爱上她的那天，思绪万千，百般矛盾。对经验的迷信使她顾虑重重。她能幸福吗？社会规定的礼法不管是对是错，她能无视礼法找到幸福吗？迄今为止，生活向她倾注的只是苦汁。由社会礼仪隔开的两个人结合在一起会有好的结局吗？幸福是否总有一天要付出高昂的代价？话说回来，如此热切渴望的幸福，人们如此自然地去追求的幸福，也许有朝一日她真能得到！好奇心总是为情人们辩护。正当她私下思想斗争的时候，旺德奈斯来了。他的出现使推理的玄学幽魂销声匿迹。如果说年轻男子和三十岁女子的感情迅速地不断起伏变化，那么总有这样一个时刻，差别消失了，种种推理化为一体，化成最后的思想，既为情欲所融解，又证实了情欲。抵制的时间越长，爱情的呼声越强。我们这门课程到此结束，如果我们借用画家惟妙惟肖的用语来形容，那么可以说关于这个去皮人体模型的研究到此告一段落，因为这个故事只解释了爱情的风险和理论，而没有对爱情进行描绘。不过，从现在开始，每天都要在这个骨架上着色敷彩，给它增添青春的风姿，恢复筋肉的元气，再生活动的能力，使它容光焕发、美丽动人，使它的感情具有诱惑力，使它的生命具有吸引力。夏尔发觉德·哀格勒蒙夫人若有所思，便问她："您怎么啦？"富有魔力的柔情使他的语调恳切感人，但她避而不答。这个甜蜜的问话促进了心灵的沟通。侯爵夫人凭她女性奇妙的本能懂得，叹息不幸或吐露不幸差不多等于主动接近。如果这些话每一句都已经有了他们俩心领神会的含义，她又有什么风险不能冒呢？她用清醒而明亮的眼光审视了自己之后，默然无语，她的沉默也感染了旺德奈斯。

"我身体不舒服。"她终于开口了，因为这一阵沉默的意义叫她害怕，此刻她眼睛的表情充分弥补了语言的不足。

"夫人，"夏尔回答，他的声音柔和，但非常激动，"心灵和肉体，两者是相辅相成的。如果您感到幸福，您就会青春常驻、容光焕发。为什么您不向爱情索取被其夺走的一切呢？您认为生命已终结的时候，其实您的生命刚刚开始。请您信任一个朋友的照应。被人爱是多么愉快的事啊！"

"我老了，"她说，"没有任何理由不继续像以前那样痛苦地生活。至于您，不是说应该恋爱吗？唉，我既不应当，也不能够。除了您的友情还能向我的生活洒下几滴甘露以外，我对谁都没有兴趣，谁都消除不了我的回忆。一个朋友我可以接受，但是一个情人我必须回避。此外，用一颗枯萎的心换取一颗年轻的心，接受我不能再相信的幻想，创造一个我根本不信或者胆战心惊生怕失落的幸福，这在我恐怕不大厚道吧？我可能用利己主义去回报他的一片忠诚，他感情丰富，而我则运用心机，他兴高采烈享受欢乐的时候，我的回忆可能大煞风景。不行，您说是吧，初恋是永远无法代替的。何况有哪个男人愿意付出这样的代价来要我的心呢？”

这些话装腔作势到了可恶的程度，是理智的最后挣扎。"如果他就此泄气罢手的话，那么我将独善其身，忠诚不渝。"这个想法浮上这个女人的心头，对她来说犹如一根纤细的柳枝，游水者在被激流卷走以前常常抓着这样的柳枝不放。听到这个决断，旺德奈斯不由自主地战栗了一下，然而这一下颤抖在侯爵夫人心上的作用胜过他以前全部孜孜不倦的努力。最能感动妇女的，莫过于在我们身上看出她们所具有的细腻、温雅和微妙的感情，因为在她们身上，细腻和温雅是真情的标志。夏尔战栗的动作表露出一种真正的爱情。德·哀格勒蒙夫人凭她的痛苦感受觉察到旺德奈斯情感的力量。年轻人冷冷地说："您也许说得对。新的爱情，新的神伤。"然后，他换了话题，谈了一些无关紧要的事，但是他的激动是显而易见的，他聚精会神地望着德·哀格勒蒙夫人，好像最后一次见她似的。最后他向她告辞时激动地说："永别了，夫人。""再见吧。"她娇滴滴地说。这种娇媚的秘诀只有优秀的女性才掌握。他没有回答便径自走了。夏尔走了，他坐的椅子却替他说话，她万分后悔，感到自己理亏。当一个女人意识到自己的行为不太宽厚或者伤害了某个高贵的心灵时，她的感情就会大大增长。在爱情上千万不要小看恶劣的情绪，这种情绪往往能拯救我们，女人只有受到德行的打击才屈服。徒有好愿望，也要下地狱，此话并非说教者的悖论。旺德奈斯几天没有登门。每天晚上通常约会的时刻，侯爵夫人万分内疚，焦急地等待着他。写信吧，这就等于吐露真情。何况她本能地感到他会回来的。第六天，仆人向她报告他来了。她听到这个名字从来没有这么高兴过，她的喜悦吓了她自己一跳。

"您罚得我好苦啊！"她对他说。

旺德奈斯呆呆地望着她。

"罚您？"他说，"为什么呀？"

其实夏尔很明白侯爵夫人的意思，但他想报复，他受了多大的痛苦，而且她竟曾怀疑他的痛苦。

"您为什么不来看我？"她微笑着问。

"没有人来看您吗？"他不直接回答她。

"德·龙克罗尔先生和德·玛赛先生，小德·埃斯格里尼翁来过这里，一个是昨天来的，另一个今天上午，待了近两个小时。我还见到了菲尔米亚尼夫人和令姐德·利斯托迈尔夫人。"

又多一层痛苦！有些人恋爱时带着虎视眈眈的专横和凶恶，芝麻大的事也会引起极大的妒忌，总是想使心爱的人儿避免受爱情以外的一切影响，不是如此恋爱的人难以理解旺德奈斯此时的痛苦。

"什么！"他心想，"她居然接待那些称心如意的家伙，她跟他们聊天，而我形影相吊，被撇在一边干倒霉！"

他强忍住忧伤，把爱情藏在心底，好像把棺材沉到海底。他的思想不向外表露，像酸类那样，造成损伤快，挥发得快。可是他的前额蒙上一层阴霾，德·哀格勒蒙夫人顺着女性的本能也忧伤起来，不过她并不明白那缘故。旺德奈斯觉察到她并非有意给他造成痛苦，于是吐露了他的境况和他的妒忌，他好像是在谈论一种假设，供情人们争论取乐。侯爵夫人一切都明白了，受到极大的感动，忍不住流下热泪。自此，他们双双进入爱情的天堂。天堂与地狱是两大诗题，我们的一生只以这两点为轴心转动：快乐或痛苦。天堂现在是，将来永远是人类感情之极的无涯的形象，而这个形象呈现在我们眼前的永远只是它的局部，因为幸福是单一的，而地狱却表现为痛苦对我们无穷无尽的折磨，由此我们可以写出诗篇，因为痛苦是各不相同的。

一天晚上，两个情人单独相会，默默地坐在一起，专心眺望美丽的苍穹，落日余晖向澄清的天空抹上淡淡的金黄色和淡淡的紫红色。在这白日将尽的时刻，逐渐暗淡的光线好像唤醒了温情，我们的激情缓缓蠕动，我们美滋滋地体察着寂静中某种莫名的骚动。大自然以隐隐约约的景象向我们暗示幸福。当幸福接近我们的时候，大自然邀请我们尽情享受；当幸福消逝的时候，大自然则教我们为之遗憾。在这充满奇观妙景的时刻里，在这柔和迷人、微光幽然的天幕下，自然景色动人的和谐与内心的诱惑结合在一起，要抵制魔力无穷的心愿是十分困难的啊！于是忧伤消融，其乐陶陶，但痛苦加剧。壮丽的晚景是吐露爱情的信号，鼓励他们倾心相爱。沉默比谈话更加危险，广漠无垠的天际所具有的力量全部映入他们的眼帘，并且从眼睛中反射出来。如果这时他们说话，一字一句都会具有无法抗拒的力量。声音里难道没有光彩？眼光里难道没有紫霞？天堂不就是在我们心中？或者说，我们不就是像在天堂里吗？旺德奈斯和朱丽叶[1]两人交谈起来，几天来她让旺德奈斯亲切地称她朱丽叶，而她则乐于叫他夏尔。不过他们谈话最初的题目都跟他们自己相差千里。如果说他们不知道自己到底说了些什么，那么他们却如醉如痴地倾听着话外的心声。侯爵夫人的手放在旺德奈斯的手里，她把手伸给他时并没有想到这是一种恩惠。

　　他俩偎依在一起观赏壮丽的景色，白雪皑皑，冰凌莹莹，奇峰异峦，山腰有乌云缠绕，如同一幅图画，火红和墨色对比分明，点缀着天际，富有无法模仿的、转瞬即逝

---

[1] 侯爵夫人忠于过去的爱情时称朱丽，而这时朱丽却喜欢人家叫她朱丽叶（喻指《罗密欧与朱丽叶》中的朱丽叶）。这个名字几乎是爱情的象征。

的诗意，这是包裹新生太阳的华丽的襁褓，收殓太阳的清白的尸布。这时朱丽叶的头发轻轻擦着旺德奈斯的面颊，她感觉到微微的接触，不由得强烈地颤抖了一下，而他颤抖得更厉害，因为他们俩逐渐到达了一个难以解释的关键阶段：寂静赋予感官一种非常敏锐的知觉，最轻微的冲击会使忧思重重的人痛哭流涕和悲痛欲绝，或者使飘飘然的恋人兴高采烈，得意忘形。朱丽叶几乎不由自主地压紧她朋友的手。这个富有感情的压力给了怯生生的情人以勇气。此刻的快乐和未来的希望全部融化在一片激情之中：初次的爱抚，夏尔在德·哀格勒蒙夫人面颊上纯洁、羞怯的亲吻，使他们俩激动不已，平日里愈胆怯，此时就愈胆大，而且愈危险。不幸的是，他们俩既不矫饰也不作假，这是两颗高尚灵魂的情投意合，他们被礼法隔离，却被天性结合。就在这时，德·哀格勒蒙将军进来了。

"内阁改组了，"他说，"令伯参加了新内阁。所以您很有希望当大使啊，旺德奈斯。"

夏尔和朱丽涨红了脸，互相望了望。两人同时害羞也是一种联系。他们俩有着共同的思想，相同的内疚，两个偷吻的情人之间的联盟，犹如刚杀人的两个强盗之间的联盟一样可怕而且牢固。总应该给侯爵一个回答啊。

"我不想离开巴黎了。"夏尔·德·旺德奈斯说。

"我们知道为什么，"将军接口道，他装出发现秘密的人的精明相，"您不愿离开令伯，为的是继承他的贵族院议员席位。"

侯爵夫人躲进自己的房间，心里狠狠骂了她的丈夫一句："他愚蠢到了极点！"

四 上帝的旨意

在意大利门和卫生检疫站之间有一条通往植物园的市内林荫道[1]，这里的景致能使艺术家赏心悦目，能使最倦于观赏美景的旅行家流连忘返。如果你走上道旁微微隆起的一个小丘——从这里始，浓荫蔽日的大道曲曲弯弯，宛如林间一条静悄悄的绿色小径，你可以看见一道幽深的河谷，谷地里半乡村式的工厂星罗棋布，有稀疏的青翠草木点缀其间，别弗尔河（或称戈伯兰河）[2]的浊流滚滚而过。山丘的那一面成千的屋顶鳞次栉比，好似万头攒动的人群，荫

---

1 意大利门位于穆夫塔街北端，这条街当时直达现今的意大利广场；卫生检疫站位于今圣雅各广场。当时巴黎的环城大道被入市税征收处分割成两部分。故事发生在市内，环城道现称布朗基大道。故事发生的确切地点是在靠该大道双号一边的爱德蒙·贡迪内街和保尔·热韦街之间。
2 别弗尔河发源于凡尔赛，分两支注入塞纳河。14世纪冉·戈伯兰在别弗尔河畔建厂，后人也称戈伯兰河。染坊和制革业使用河水，造成现在人们所说的污染。

庇着圣马尔索区的穷苦人。先贤祠宏伟的穹顶、慈谷军医学院灰暗凄凉的圆顶，高傲地俯视着整个阶梯形的城镇，阶梯的台坡由曲曲弯弯的街道构成，显得奇形怪状。相形之下，这两个建筑物巨大无比，居高临下，似乎把摇摇欲坠的民房和山谷里最高大的杨树踩在脚下。左边，天文台好像一个又黑又瘦的幽灵，因为从这里望去，日光透过窗户和走廊会产生难以形容的幻觉。远处，在卢森堡区一片青灰色的建筑和圣絮尔皮斯教堂的灰色钟楼之间，荣军院漂亮的尖顶闪闪发光。这一带建筑掩映在青枝绿叶之中，消失在模糊的阴暗处，随着天空的色彩、光线或云朵的不断变化而显示出万千气象。远方，高楼大厦布满天际，近处，树木起伏荡漾，乡间小路蜿蜒蛇行。右边，景色别致，你从宽阔的空隙望去，圣马丁运河的水面犹如长长的白练，两岸砌着红色的石块，岸旁种着菩提树，其间耸立着公仓[1]的罗马式建筑。最远处，美城区烟雾弥漫的高地背负着房屋和磨坊，起伏的地势和峥嵘的云脚浑然一片，竟难以辨认。沿山谷排列的屋宇和依稀如童年回忆的地平线之间，有一座你看不见的城市，一座巨大的城市，消失在广慈医院的屋顶和东城公墓的山顶之间的深渊里，沉浮在痛苦与

---

[1] 公仓用来储存防饥荒的粮草，此处公仓建于1807年，位于现今的布东大道。

死亡之间。城市发出沉闷的隆隆声，犹如大海在悬崖的后面咆哮，它好像在怒吼："我在这儿哪！"如果太阳向巴黎的这个侧面倾泻光芒，廓清尘埃，使万物豁然开朗；如果太阳映入几扇玻璃窗门，照亮屋顶，投射在金色的十字架上，刷白墙垣，使空气变成一块透明的轻纱；如果太阳给奇幻的阴影造成千差万别的对比；如果天空蔚蓝、地面熙熙攘攘；如果大钟鸣响；那么你可以从那儿欣赏到难以想象的人间仙境，你会为之倾倒，如同见到那不勒斯、伊斯坦布尔或佛罗里达的美景那样心荡神驰。这支管乐队乐器齐全，既有人世的喧哗，又有孤独的诗人平静的吟唱，既有万物的气息，又有上帝的声音。在拉雪兹神父公墓宁静的柏树下，沉睡着这样一座城市。

一个春天的早晨，正当太阳使这美丽的景色大放光彩的时候，我倚着一棵榆树观赏风景，任那春风吹拂树上的黄花。面对这一派壮丽多彩的景致，我辛酸地想到我们对当今祖国的轻蔑，甚至在书籍里也有反映。我诅咒那帮可怜的富人，他们厌弃我们美丽的法兰西，用高价购买蔑视他们祖国的权利，举着单柄眼镜，走马看花地观赏已经变得俗不可耐的意大利风景。我怀着深情厚谊凝望着现代的巴黎，不禁沉浸在梦想里。突然一个响亮的接吻声扰乱了我的清静，驱散了我的哲理思索。我站在山谷陡峭的坡顶一条与大道平行的小路上，坡下是淙淙的流水。朝戈伯兰桥那边望去，我看见一个在我看来还相当年轻的妇人，穿着雅致大方，她那温存的面容好像和甜蜜明快的景色交相辉映。一个英俊的年轻男子正把一个少见的漂亮男孩放在地上，所以我不知道这个响吻是亲在母亲的脸颊上呢，还是亲在男孩的脸颊上。两个年轻人的眼睛、举止、微笑都反映出他们有一致的温柔而活跃的思想。他们迅速而轻松地挽起手臂，相互靠拢时，配合之默契令人惊叹。这当儿，他们只想到自己，根本没有察觉我在场。不过旁边还有另一个孩子，这孩子闷闷不乐，赌气地背对着他们，向我投来的目光里有一种令人刺心的表情。这孩子让弟弟一个人奔跑，弟弟忽而跑在他母亲和年轻人的后面，忽而跑在他们前面。她的穿着跟弟弟一样，也那么招人怜爱，但举止更柔和，一声不响，常常发呆，仿佛一条冻僵的蛇。这是一个小女孩。美丽的妇人和同伴的散步有一种说不出的机械性。也许为了消遣，他们只限于在小桥和停在大道拐弯处的马车之间很小的空地上来回走动，时而停下步，彼此瞧瞧，相对而笑。他们的谈话变化无常，忽而气氛活跃，忽而无精打采，忽而疯疯癫癫，忽而严肃认真。

　　我躲在大榆树后面欣赏这个美妙的场面，如果我没有发现若有所思、沉默寡言的小女孩脸上有一种和她年龄不相称的深思的迹象，我多半不会注意到他们的秘密。当她母亲和年轻人走过来挨近她时，她常常阴郁地歪着头，如同对弟弟一样向他们偷偷瞟一眼，这是一种实在奇特的目光。每当小男孩撒娇想跟他们走在一起时，美丽的妇人或青年男子总是抚摸他的金黄鬈发，亲切地拍拍他细嫩的脖子或白色细布绉领。这时，眼圈略青的女孩脸上立即出现敏锐的反应、天真的恶意、粗野的目光，简直无法描述。无疑，这个奇怪的小女孩柔弱的容貌上有一种大人的激情。她不是在苦恼便是在思索。不过，对这些年华似锦的人来说，究竟是什么更为致命呢？是埋藏在胸中的痛苦呢，还是吞噬着刚诞生的心灵的早熟思想？一个母亲也许知道吧。至于我，我认为最令人寒心的事莫过于看到孩子的额头上呈现老人的思想，相比之下，贞女出言亵渎神明还没有这么可怕。所以这个已经开始动脑筋的小女孩木讷的神情，她那少得出奇的动作，这一切引起了我的兴趣。我好奇地注视着她。凭着观察家天生的想象力，我把她跟她的弟弟做了一番比较，企图捕捉他们之间的关系和差别。女孩是深色头发，黑眼睛，健壮，早熟；小男孩是金黄头发，海绿色眼睛，体力单薄。两人形成强烈的对比。姐姐大概有七八岁，弟弟不到六岁。[1] 他们的穿着打扮完全相同。可是仔细瞧瞧，我便注意到他们的衬衣圆绉领有点相当细微

1　由于本段原系独立的短篇，人物的年龄与前文有矛盾。按前文，爱伦娜生于1817年，朱丽与旺德奈斯相爱是在1825年以后，两个孩子的年龄至少应相差八九岁。

的差别，但这点细微的差别后来给我揭示了整整一段往事，同时给我揭晓将来发生的整个悲剧。确实算不了什么，褐发小姑娘的圆绉领上只简单绣上一圈折边，而弟弟的圆绉领上却镶着漂亮的刺绣，这暴露了母亲心中的一个秘密，一种无言的偏爱。孩子们能看透母亲的心事，好像上帝的圣灵附在他们身上。金发男孩无忧无虑，欢欣雀跃，长得像个小女孩，因为他的皮肤白皙细嫩，动作文雅，容貌温柔，而姐姐尽管强壮，五官端正，面色红润，却像一个病态的小男孩。她活泼的眼睛已失去孩子那种迷人的水汪汪的光彩，好似那种低三下四的人被心火烧干的眼睛。总之，她的白皙缺少某种光泽，白里带青，恰是性格刚强的征兆。她弟弟两次来找她，用动人的神态和美丽的目光，用肯定会使沙尔莱[1]眉飞色舞的表情，把他玩的小喇叭递给她："喏，爱伦娜，你要吗？"她却每次都恶狠狠地瞪他一眼作为回答。小姑娘在无忧无虑的外表下显得阴沉可怕，每当她弟弟走近她，她就颤抖，甚至马上脸红起来，但是看上去弟弟根本没有察觉到姐姐情绪恶劣，他那纯真的童心所表现出的无忧无虑、关心别人的神情和小姑娘脸上表现出来的成年人的老谋深算形成强烈的对比。在她身上已经笼罩了成人的阴影。

---

1 尼古拉-图桑·沙尔莱（1792—1845），法国当时的著名画家、雕刻家。

"妈妈，爱伦娜不愿意玩。"小男孩高声说，他抓住她母亲和年轻男子在戈伯兰桥上静默无言的时机发出抱怨。

"随她去，夏尔[1]，你知道她老赌气。"

母亲漫不经心地说道，接着很快地转身和年轻人一起走了。这句话使爱伦娜难受得落泪，她偷偷吞下眼泪，向她弟弟望了一眼，目光深沉，带着难以理解的表情。她先不怀好意地朝弟弟站在上面的陡坡望望，然后瞅瞅别弗尔河、瞧瞧桥、风景和我。

我怕被这一对快活的男女发现，因为我可能打扰他们的谈话。我悄悄躲开，藏在一排接骨木形成的绿篱后面，树叶把我挡得严严实实，谁也看不见。我悠然自得地在陡坡高处坐下，静静地观望，时而欣赏变幻的美景，时而凝视孤僻的小姑娘，我把头倚在接骨木上，正好和大路相平，所以透过树丛的空隙或者根部我还能看见她。爱伦娜见不着我，显得很不安，她的黑眼睛以一种难以形容的好看的目光朝小径的远处、林木的后面到处找我。她为什么对我发生兴趣呢？这时小夏尔天真的朗朗笑声在宁静的空中回响，犹如小鸟在歌唱。跟他一样有金黄头发的英俊青年把他抱在怀里颠来颠去，一边亲吻他，一边说些没头没尾、失去原意的话。我们对孩子亲昵地说话时常常是这样的。

---

1 小男孩的名字。

母亲微笑着看他们闹着玩，时不时轻轻说几句话，大概都是肺腑之言，因为她的伴侣非常快乐地停了下来，用火一般热情的蓝眼睛瞧着她，神情痴迷。他们的声音夹杂着男孩的声音，有一种说不出的温柔。他们三个人都很可爱动人，在这美丽的风景里，这美妙的场景使人感到一种难以想象的温馨。一个美丽、白皙、含笑的妇人，一个爱情产生的男孩，一个青春焕发的男人，一片澄清的天空，总之，自然界的一切都那么协调和谐，使人心旷神怡。我突然发现自己也在微笑，好像这种幸福是属于我的。英俊的青年听到钟鸣九下。他温柔地吻了他的女伴之后，往回走向他的轻便双轮马车，这时车子已由一个老仆人驾着慢慢迎上来。他的女伴变得严肃起来，甚至有一点忧郁。年轻人一边听那可爱的孩子天真幼稚的絮语，一边最后亲吻了他几下。然后，年轻人上了车，妇人呆呆地听着马车滚动，望着林荫大道的滚滚尘土，就在这时候，夏尔朝站在桥边的姐姐跑来，我听他用银铃般的声音向她问道："你为什么不来向我的好朋友告别呀？"

爱伦娜看见弟弟到了陡坡上，她朝他恶狠狠瞪了一眼，眼睛里燃起一团火，其他任何孩子都没有这样可怕的目光，她愤怒地把他猛然一推。夏尔沿着陡坡滑下去，碰到了树根，被猛烈地弹到岩壁锋利的石块上，他的前额撞破了，鲜血直淌，接着他滚进了污浊的河水。美丽的金发脑袋扎进水里，溅起无数褐色的水柱。我听到了可怜的孩子的尖叫声，但很快就被河水淹没了，他"扑通"一声重重地掉进水里消失了，好似一块石头被投入水底。这事故像闪电一样迅速。我忽地站起来，从一条小路跑下去。吓呆了的爱伦娜发出令人心碎的嘶叫："妈妈！妈妈！"母亲已经来到，站在我身旁。她是像鸟一般地飞快跑来的。但母亲的眼睛也好，我的眼睛也好，都无济于事，我们认不出孩子淹没的确切地点。黑浪在宽阔的河面上翻腾。别弗尔河床在这一带有十尺深的污泥。孩子大概已经死在里面，救他是办不到的了。这天是星期天，在这个时辰，一切都在休息。别弗尔河上没有船只，也没有渔夫。我既找不到竿子来探测这段臭河，远处也找不到一个人。我何必要向人讲这场灾祸呢？何必要泄露这个不幸的秘密呢？爱伦娜也许替她父亲报了仇。她的妒忌或许是上帝的旨意。然而我望着她母亲，心中不寒而栗。她的丈夫，她的永恒的审判官，将要对她进行何等可怕的审问呢？她的身边始终拖着无法否认的证人。孩子的额头和面色是透明和半透明的，谎言对孩子来说犹如一盏灯，照在他脸上，连眼睛都要红的。这可怜的妇人还没有虑及回到家里会有怎样的灾难，她只顾向着别弗尔河水发呆。

　　这样一个事件在一个女人的生活中一定会引起可怕的反响，许多十分骇人的回声时时惊扰着朱丽叶的爱情生活，这里要讲的就是其中的一次。

两三年之后，一天晚饭后在德·旺德奈斯侯爵家里，他当时正为父亲服丧，有一件继承的事要办，所以邀请了一位公证人。这个公证人可不是斯特恩笔下的小公证人[1]，而是巴黎常见的那种又粗又胖的公证人，是值得尊重的人，这等人一板一眼地干蠢事，重重踩着别人包藏起来的伤口，还要问别人为什么叫苦连天。这种人一旦得知他们所干的害人傻事的缘由，便说："说真话，我事先可一点儿也不知道啊！"总而言之，这公证人是一个地地道道的笨蛋，除了证书契约之外，对生活一窍不通。外交官有德·哀格勒蒙夫人在身旁。德·哀格勒蒙将军没有等饭吃完就彬彬有礼地退了席，带着两个孩子看戏去了，去大马路的昂必居喜剧院或者快活剧院。尽管情节十分刺激，这种剧在巴黎却被认为可以让孩子们看而没有危险，因为无辜者总以胜利告终。父亲没有吃饭后果点就走了，因为女儿和儿子一个劲儿地缠着他，催他在开幕前到达剧院。

公证人，这个沉着镇静的公证人，完全想不到德·哀格勒蒙夫人为什么把孩子们和父亲打发去看戏，自己却不陪他们一起去。他打从吃晚饭起就如钉在椅子上似的不动弹。他和主人的一场讨论延长了吃饭后果点的时间，仆人

---

[1]　指斯特恩的小说《感伤的旅行》中的人物。

们也就推迟上咖啡。这些意外的事消耗了无疑十分宝贵的时间，引起美丽的妇人做出不耐烦的表示。我们可以把她比作一匹赛跑前的纯种马，前蹄不断踢蹬。对马和女人一窍不通的公证人天真地认为侯爵夫人是一个生气勃勃、活泼愉快的女人。公证人为能跟一个时髦女人和一个著名的政治家在一起感到高兴，竭力卖弄聪明：他把侯爵夫人敷衍的微笑当作赞许，其实她极不耐烦，而他却越来越起劲。主人当然明白女伴的意思，他已经多次以沉默来回答公证人盼望得到的赞扬，但是在这些意思很明确的静场时，这个鬼家伙眼睛瞧着火，搜肠刮肚地寻找逸事趣闻。后来，外交家不耐烦地看表。最后，美丽的妇人戴上帽子准备告辞，当然并没有走。但公证人视而不见，听而不闻，什么也没有明白，美滋滋地十分得意，满以为他的话使侯爵夫人很感兴趣，使她待着不动。"我肯定能使这个女人当我的主顾。"他心想。侯爵夫人站着，戴上手套，绞着手指，一会儿看看跟她一样不耐烦的德·旺德奈斯侯爵，一会儿看看层出不穷耍小聪明的公证人。每次这个可敬的人说话稍停的时候，这对漂亮的男女便松一口气，互相表示："他总算要走啦！"但是不，他仍待着不动。这简直是精神上的一场噩梦，终于激怒了两个热恋的人。公证人的行为犹如一条蛇缠着两只鸟儿，迫使他们采取生硬的态度。公证人津津有味地叙述一个得宠的代理人如何运用卑劣的手段发财致富，其卑鄙的行为又是如何被一个聪明绝顶的公证人不折不扣地识破，这时外交官听到钟敲九响，他看出他的公证人不折不扣是一个笨蛋，只能干脆下逐客令，于是他毅然决然用一个手势打断他的话。

"您想要火钳吗，侯爵先生？"公证人问道，一边把火钳递给他的委托人。

"不，先生，我不得不赶您走了。太太要去找她的孩子们，我得陪她去。"

"已经九点了！跟殷勤可爱的人在一起，光阴似箭啊！"公证人说，其实是他一个人唠叨了一个小时。

他取了帽子，又回过来站在壁炉前面，忍不住打了一个饱嗝，根本没有注意侯爵夫人雷击般的目光，他对他的委托人说："我们归纳一下吧，侯爵先生。正经事要紧，明天我们就给令弟发一张传讯，催告一下。我们先着手清点财产，然后，毫无疑问……"

公证人完全没有明白他的委托人的意图，他把主人刚才的逐客令理解成相反的意思。这桩遗产继承纠纷太微妙，旺德奈斯出于无奈，不得不更正笨拙的公证人的意见，由此引起了一场争论，又耽误了一些时间。

"听我说，"外交家在年轻妇人的暗示下最后说，"您搞得我头昏脑涨，请明天九点钟跟我的诉讼代理人一起来吧。"

"但是请允许我提醒您，侯爵先生，我们不一定能在明天见着德罗什先生，而如果催告书不在中午以前发出，那就要过期，而且……"

这时一辆马车驶进院子，听见马车声，可怜的妇人生气地转过脸，掩饰涌上眼眶的泪水。侯爵拉铃叫人说他不在家，但突然从快活剧院回来的将军抢在仆人的前面，一手拉着哭红眼睛的女儿，一手拉着快快不乐的小儿子。

"你们发生了什么事啦？"妻子问丈夫。

"我以后再对你说吧。"将军一面回答，一面朝旁边开着门的小客厅走去，他看见里面有报纸。

烦躁的侯爵夫人失望地斜靠在一张长沙发上。公证人自认为应当和孩子们表示亲近，用矫揉造作的声调对男孩说："怎么啦？我的小乖乖，看了什么戏啦？"

"《洪流滚滚的河谷》[1]。"居斯塔夫悻悻地说。

"说句公道话，"公证人说，"我们现在的作家八成是疯子！《洪流滚滚的河谷》！为什么不说《河谷的洪流》呢？一个河谷完全可能没有洪流，而要是说'河谷的洪流'，作者就可能表达得更明确、更确切、更明显、更明白。这先不去管它。现在，请想想在一道洪流里，在一个河谷中，

1　《洪流滚滚的河谷》，又名《孤儿与凶手》，是迪佩蒂·梅雷的三幕情节剧，1816年首次在圣马丁门上演。剧中有一个男人推一个小男孩入水的情节。

能产生一场戏吗？你们会反驳我说，如今这类演出主要的魅力在于布景，要是这样，这个题目倒是挺合适的。您玩得很高兴吧，我的小少爷？"他一边说一边在孩子面前坐下。

当公证人询问洪流里能发生什么悲剧时，侯爵夫人的女儿慢慢转过身去哭了起来。母亲心里很不愉快，根本没有注意女儿的行动。

"噢！先生，我倒是觉得挺好玩的，"男孩回答说，"戏里有一个小男孩，他很可爱，不过他孤零零一个人生活，因为他的爸爸不要他了。哦，当他走到急流上面的桥头时，一个大胡子的坏蛋，穿一身黑衣服，把他推进了河里，就在这个时候，爱伦娜哭了起来，呜呜哭个不停，全场的人都嘘我们，我爸爸就赶紧，赶紧把我们领出来了……"

德·旺德奈斯先生和侯爵夫人两人惊得呆住了，好似突然发了病，使他们失去了思想和行动的能力。

"居斯塔夫，你给我住嘴，"将军喊道，"我叫你不要说剧场里发生的事情，你忘了我的叮嘱。"

"请大人原谅他吧，侯爵先生，"公证人说，"我不该问他，但我不知道事情如此严重……"

"他不该回答。"父亲说道，一边生气地看着儿子。

孩子们和父亲突然回来的原因，看来外交家和侯爵夫人是十分清楚的。母亲望着女儿，见她哭泣不止，便起身向她走去，不过同时紧紧板起了脸，声色俱厉、毫不宽容地对她说：

"够了，爱伦娜，到小客厅去擦干你的眼泪。"

"这个可怜的小姑娘，她怎么啦？"公证人问，他既想平息母亲的怒火，又想安慰哭泣的女儿，"她长得多么好看，数得上世界上最乖的小姑娘啦，夫人，我敢肯定她只会使您快乐，是不是啊，小姑娘？"

爱伦娜哆哆嗦嗦地望着母亲，擦擦眼泪，尽力克制脸上的抽搐，然后躲进小客厅里去了。

"诚然，"公证人滔滔不绝地往下讲，"夫人，您是一个绝顶的好母亲，不会偏爱孩子的。再说您情操高尚，不会产生这种可悲的偏爱，偏爱的恶果我们公证人看得特别清楚。社会让我们经手这类事情，所以偏袒的感情在我们眼中表现为最丑恶的形式——利益。譬如，一个母亲为了她所偏袒的孩子们的利益，想要剥夺她丈夫的孩子们的继承权，相反丈夫有时执意要把财产留给母亲所憎恨的孩子。于是导致钩心斗角、担惊受怕，于是签订什么证书契约，搞什么秘密文件，伪造变卖文件，委托遗赠，等等。总之，一片混乱，可悲可怜，说良心话，实在是可悲可怜！又如，有些父亲一辈子专门想方设法剥夺孩子的继承权，窃取他们妻子的财产……是的，'窃取'一词用得十分恰当。当然我们说的是悲剧喽！我敢向您肯定，如果我们可以披露赠予的秘密，我们的作家准能写出惊心动魄的资产阶级悲剧。我不知道妇女们有什么神通能达成她们的欲望，别看外表，别看她们娇滴滴的，最后总是她们获胜。嘿，不过，她们却唬不住我。我总能猜出她们偏爱的原因，这些原因上流社会的人总是彬彬有礼地推托说难以捉摸。但是丈夫们永远也猜不透，应该为他们说一句公平话。您一定会反驳我说……"

爱伦娜跟着父亲从小客厅回到大客厅，仔细听着公证人说话，她非常明白公证人说的话，怯生生地向她母亲瞟了一眼，凭童年的本能预感到这种情况将导致母亲对她加倍严厉。侯爵夫人脸色煞白，心惊胆战地向伯爵[1]示意瞧瞧她的丈夫，她丈夫正若有所思地盯着地毯上的花纹。此时，外交官的教养无论怎么好，再也忍耐不住了，他狠狠瞪了公证人一眼。

"到这边来一下，先生。"他一边对公证人说，一边急速向客厅的前屋走去。

公证人战战兢兢地跟着他，连话也没有说完。

德·旺德奈斯侯爵猛地关上客厅的门，把那对夫妻留在客厅里，然后强忍住心中的怒火对公证人说："先生，吃晚饭以来，您尽干蠢事，尽说傻话，看在上帝的分上，请您走吧，弄不好您要惹大祸的。如果您是一个优秀的公

---

1 巴尔扎克忘了把旺德奈斯伯爵改成侯爵。

证人，您就待在您的事务所里得了，您若是偶然来到上流社会，还是识相一些为好……"

说完，他根本没有理睬公证人，便径直回到客厅，公证人惊得目瞪口呆，一时丈二和尚摸不着头脑。等头晕耳鸣过去之后，他好像听到客厅里有人在呻吟，有人在来回走动。他怕再见到伯爵[1]，双脚总算恢复了逃走的元气，他找到了楼梯，但到达门口时，他撞在急急忙忙来到主人面前听命的仆人怀里。

"这帮大老爷原来都是这样的啊，"他一边想一边在街上寻找轻便马车，"他们鼓励你说话，请你说话时还恭维一番，你以为逗乐了他们，没那个事儿！他们对你言行放肆，对你疏远，甚至把你赶出门外而毫不在乎。其实，我才智横溢，我没有说过任何不明智、不稳重、不得体的话。他劝我识相点儿，说实话，我识相得很哪！活见鬼！我是法律公证人，公证人公会的会员。唔，这定是大使的俏皮话，这些人没一句正经话，明天让他给讲清楚我怎么在他家里尽说傻话，尽干蠢事。我要他赔礼，就是说，我要求他讲出道理。归根到底，也许我错了……说实在的，我何必自讨没趣！跟我有什么相干呢！"

公证人回到家里，把这个谜交给了他的公证婆，

---

1 应为侯爵，同上。

一五一十地把晚上发生的事向她讲了一遍。

"为什么呢？"

"我亲爱的克罗塔，大人说你尽干蠢事，尽说傻话，一点也不错啊。"

"我亲爱的，我可以对你说，不过这不妨碍你赶明儿到别处重蹈覆辙。只是我再次劝你在交际场所只谈事务为好。"

"如果你不愿对我说个究竟，我明天就去向……"

"天哪，最大的笨蛋也会想方设法把这类事情掩盖起来，你想一个大使会说出来吗？真是，克罗塔，我从来没见过你这么糊涂。"

"谢谢，我亲爱的！"

五 两次相遇

从前拿破仑的一个传令官，我们只称他为侯爵或将军，在王政复辟时期发了迹。春暖花开的日子他来到凡尔赛，住在位于教堂和蒙特勒伊门之间的一座乡间别墅里，这里可直通圣克鲁大街。他在王宫的职务不允许他离巴黎太远。

这幢别墅是从前某个大贵人用于偷情的隐庐，有着宽阔的属地。别墅处于花园的正中，左、右离城门边的茅屋和蒙特勒伊最边沿的房子一样远。这样，这幢花园式住宅的主人在不太孤独的情况下，离城不远但又能享受清净的乐趣。与这一点形成奇怪对比的是房子的正面和大门正好朝着道路，也许以前这条道很少有人经过。这个假设似乎站得住脚，如果我们想到这条道通向路易十五为德·罗曼小姐建造的雅致的别墅，如果我们想到如今游客们在到达别墅之前可以看到好几个地方有娱乐场，娱乐场室内的摆设和装饰暴露出我们聪明的祖先的奢侈生活。尽管他们的放荡受责难，他们寻找的却是幽静和神秘。

　　一个冬天的夜晚，侯爵、他的妻子和孩子们单独待在这幢僻静的房子里。他们的仆人告假去凡尔赛参加他们之中一个人的婚礼，刚好这天又是圣诞节，隆重的节日气氛给他们在主人面前提供了一个很好的借口，他们便毫无顾忌地尽情作乐，比准假的时间多玩了一会儿。但是将军素有严守信用的美名，所以到了回家的时间，偷闲者们虽然还在跳舞，心里不无内疚。十一点的钟声刚敲过，一个仆人都没有回来。田野里笼罩着一片寂静，只不时听到北风带着哨音吹过黑压压的树林，北风在房子周围呼啸，或猛烈地吹进狭长的走廊。严寒净化了空气，硬化了田地，冻结了石子路，一切都干得发脆，这种现象往往使我们吃惊。一个迟归的醉汉沉重的步伐，或一辆回巴黎的马车的声音，都显得特别响亮，也比平时传得更远。枯叶被突如其来的旋风卷得满地飞舞，在庭院的石块上发出瑟瑟声，使寂静的夜晚发出声息。总之，这是一个严酷的冬夜，这样的夜晚，往往从我们自私的心里引出怜悯穷人或旅客的无用的哀叹，从而使我们特别依恋火炉。这时候，将军一家人团聚在客厅里，既不因仆人们不在感到不安，也不为无家可归的人们担忧，更不曾想到寒夜难眠的诗意。妻子和孩子们信任一个老兵的保护，陶醉在内心生活产生的快乐里，没有一句不合时宜的高谈阔论，这时感情上不受拘束，亲昵和坦率使言语生动、目光有神、游戏活跃。

将军坐在，或说得更确切一点，埋在壁炉旁一张又高又宽的安乐椅里，炉火熊熊，发出灼人的热气，表明屋外非常寒冷。这位诚实的父亲把头靠在椅背上，略略倾斜着，他坐的姿态懒洋洋的，看得出他十分平静，喜悦甜滋滋地涌上心头。手臂软绵绵地伸出在安乐椅的外面，好像已失去知觉一般，更显出心情的舒畅。他端详着最小的孩子，一个刚五岁的男孩。那孩子脱了一半衣服，不肯让母亲给他换睡衣。侯爵夫人有时挥动衬衣和睡帽吓唬他，于是那孩子捂着绣花绉领，躲避睡衣睡帽。母亲叫他的时候，他朝她笑，因为他看见母亲因他的淘气也在发笑。然后他又跟姐姐一起玩起来，他姐姐跟他一样天真，却比他更调皮，说话也比较清晰，父母听不太清楚他们隐隐约约的谈话和含含糊糊的意思。小莫依娜比他大两岁，已经会用女性的媚态和不断的笑声来逗引弟弟，那笑声好比不断迸发的烟火，常常无缘无故地爆发。看到他们两个在炉前打滚，毫无拘束地袒露着可爱的圆滚滚的身体和白净细嫩的肌肤，看到他们黑色和金黄色鬈发绞在一起，红扑扑的脸庞互相厮磨，脸上笑容荡漾，露出自然的酒窝儿，这时，一个父亲，尤其是一个母亲，是理解这些幼小的心灵的，在他们看来，这些心灵已经带上了他们的特性，已经浸透了他们的感情。这两个天使水汪汪的眼睛、红润的双颊、白皙的肤色，使柔软的织花地毯也失去了光彩。地毯成了他们嬉戏的舞台，他们在上面跌倒摔打而毫无危险。母亲坐在壁炉另一角的一张椭圆形双人沙发上，面对着她的丈夫，周围堆着散乱的衣服，手上拿着一只红鞋，姿态十分悠闲。她的表情略微有些严厉，不过被嘴唇上和蔼的微笑冲淡了。她将近三十六岁[1]，因为五官罕见的端正，依然十分美貌，这时热气、亮光和幸福使她脸上焕发出神奇的光彩。她常常不看孩子们而睁着一双温柔的眼睛望着丈夫严肃的面孔，有时夫妻俩的目光相遇，便交换着无声的喜悦和深沉的感想[2]。将军的脸色黝黑，宽阔而明朗的前额上垂着几绺灰白的头发。他那闪闪发亮的蓝眼睛射出坚毅的光芒，他那布满皱纹的干枯的面颊上带着英武的神采，这表明他付出了艰辛的努力才换得别在上衣饰孔上的红色勋章。此刻他的两个孩子天真的喜悦反映在他那苍劲、刚强的脸上，使他的脸透出难以言传的纯朴、厚道。这个年老的军事家轻而易举地返老还童了。那些历尽人世苦难终于承认暴力的可悲、

1　由于前面已经提到的原因，朱丽的年龄又与前文不一致。朱丽结识旺德奈斯时已经三十岁，后又生了四个孩子，最小的已经五岁，因而按理此时应不止三十六岁。

2　这是《人间喜剧》中少有的幸福家庭场面，当巴尔扎克写这个姐妹篇时，一点没有想到德·哀格勒蒙先生和夫人，但后来修改时也很少改动。莫依娜是爱情的产物，阿贝尔是义务的产物。夫妻俩经历了若干曲折之后，达到了巴尔扎克在《婚姻生理学》第十四节中所称道的家庭和睦。

弱者的可亲的士兵不是都对儿童表现出疼爱吗？较远的地方有张圆桌，由一排星光油灯照亮，明亮的光线使壁炉上的烛光显得苍白无力，桌前坐着一个十三岁的小伙子，正快速地翻阅一本大书。他弟弟妹妹的吵闹声一点都没有使他分心，他的脸表露出青年人的好奇心。如果我们知道他念的是《一千零一夜》的迷人故事，看到他身穿中学生制服，那就能理解他为什么如此聚精会神了。他端坐不动，带着沉思的神态，一只肘搁在桌子上，手托脑袋，雪白的手指插在褐色的头发里。灯火垂直地泻在他的脸上，而身体的其他部分却是暗的，很像拉斐尔那一类色调暗淡的自画像，画家歪着脑袋全神贯注地沉思着未来。在这张桌子和侯爵夫人之间，一个颀长窈窕的姑娘在做活计，她坐在织毯机前，脑袋上下来回俯仰，精心梳理的乌发反射出光亮。单凭爱伦娜一个人就可构成一个场景。她的美是一种罕见的健美。她的头发向上拢起，显出一圈鲜明的线条，但因为头发太密，仍有几缕不听梳子的指挥，顽强地卷曲在后颈上。整齐的浓眉在白皙明净的前额上显得很突出。人们甚至可以从她的上唇看出她颇有点胆量，因为在线条极为精美的希腊式鼻子下有一道浅浅的茶褐色。但是丰满可爱的体型，面部其他部分的纯朴表情，细嫩晶莹的肤色，柔软多情的嘴唇，完美的鹅蛋脸，特别是处女圣洁的眼神，使这个茁壮成长中的美人富有女性的温柔、迷人的端庄，这正是我们赋予和平天使和爱情天使的特性。不过，这个少女身上没有任何脆弱的成分，她的心性温和，体态柔美，灵魂刚强，面庞迷人。她像她的中学生弟弟一样静静地不出声，好像沉浸在少女不可避免的遐想里，这类遐想父亲往往是猜不出的，甚至聪明的母亲也难以捉摸，所以当一些变化无常的阴影从她脸上掠过时，就像澄清的天空浮起薄薄的乌云，很难看出是因为灯光晃动的关系，还是由内心的隐痛引起的。

夫妻俩这时已经完全忘记了这两个大孩子。不过将军询问的目光多次扫视大孩子的静默场面，这幅家庭画面的前景中孩子们吵吵嚷嚷所表达的希望已经在置于中景的无声场面里完美地实现了。这些人物用难以觉察的渐变解释了人生，构成一首生动的诗歌。客厅里琳琅满目的豪华装饰，客厅里的人物不同的神态，五颜六色的服装，不同年龄的容貌，灯光下越发突出的不同的脸部轮廓，在人类生活的这些篇章里给雕刻家、画家、作家提供了瑰丽多彩的素材。最后，寂静与严冬、孤独与夜色，给这个高尚而纯朴的场景增添了庄严的气息，这是大自然绝妙的功力。家庭生活这种神圣的时刻确有难以形容的魅力，也许是憧憬另一个美满世界的结果吧。苍天的光辉无疑照射到这种场面，作为人类一部分悲伤的补偿，并叫人类接受现世的生活。宇宙好像在我们面前显露出迷人的形状，展现出自己伟大的思想规律，而社会生活也好像在用未来的前景为自己的规律辩护。[1]

　　然而，尽管阿贝尔和莫依娜发出一阵阵欢笑声时，爱伦娜向他们投以动情的目光，尽管当她偷偷注视父亲时，光润的脸上浮起幸福的神态，但一种深沉的哀怨情绪表现在她的手势、姿态里，尤其明显地表现在她藏在长长的眼帘后面的眸子里。她那双雪白而有力的手，在灯光的照耀下显得红润透明，几乎要化为晶莹的液体，唉，这双手在颤抖。只有一次她的目光和侯爵夫人的目光相遇而没有互相猜疑。爱伦娜的目光暗淡、冷漠、恭敬，而母亲的目光阴沉而逼人，她们于是从对方的目光中看到了对方的心。爱伦娜赶紧低下眼睛专心看着织机，敏捷地挑针，许久不抬头，好像她的头沉得抬不动似的。母亲莫非对女儿太严厉了？她认为这种严厉有必要吗？她妒忌爱伦娜的美貌吗？她不是还可以用衣着打扮的魔力来跟女儿争艳吗？或许是女儿如同许多开始懂事的姑娘一样，发现了母亲的秘密？这位妇人表面上忠于自己的职责，以为已经把这秘密深深埋在心底，犹如深埋在坟墓里一般。

　　爱伦娜已经长大，纯洁的心灵开始变得严厉起来，而在这样的年纪，严厉的态度往往超过了正常的感情范围。

1　巴尔扎克认为家庭是整个社会的基础，这是他的基本思想之一。

有些人把自己的过失看作罪恶，于是用想象来折磨自己的良心，年轻姑娘因为把自己的错误看得很严重，往往加倍地惩罚自己。爱伦娜好像觉得自己比谁都低贱。以前生活中的一个秘密，也许是一个意外事故，她起先并不理解，慢慢地由于宗教意识的影响，她越来越敏锐地感受到这个秘密的压迫，最近更像是把自己看得一钱不值。她行为的变化是从她读了新近翻译出版的《外国名剧选》中席勒的著名悲剧《威廉·退尔》开始的。母亲看见女儿把书掉在地上，先是责怪她，随后发现引起女儿心灵震撼的，正是诗人描写杀一人以救全民族的威廉·退尔和弑君者约翰之间的某种友谊[1]。爱伦娜从此变得谦卑、虔诚和内向，她不再去参加舞会。她对父亲从未像现在这样温存，侯爵夫人不在场的时候，她对父亲更是百依百顺。然而爱伦娜对母亲的感情很冷淡，不过很少表露出来，将军尽管珍视家庭的和睦，竟一点也没有觉察。任何一个男人的眼光都不够敏锐，都看不透这两个女性的心，一个年轻高尚，一个敏感矜持；一个宽容仁厚，一个精细多情。如果说母亲以女性巧妙的专横使女儿伤心，那么这也只有受害者才觉察得到。再说只有发生意外的事件，才会出现尴尬的局面。一

---

1 该剧第五场中，奥地利弑君者约翰杀害合法国王、自己的亲伯父之后，逃到威廉家，威廉当时正杀了地区的暴君。但诗人并没有描写他们之间的友谊，相反，威廉对约翰说："我跟你毫无共同之处啊。"

直到这天夜里为止，她们还没有发生过龃龉，但是在她俩和上帝之间肯定已经有了某种不祥的秘密。

"行了，阿贝尔，"侯爵夫人趁莫依娜和弟弟玩累了，既不说话，也不动弹的时候，高声说，"好，来，我的儿子，你该睡了……"她向他投去一道命令的目光，不容分说地把他抱在自己膝上。

"怎么回事？"将军说，"已经十一点半了，怎么一个用人也没回来？啊，这帮家伙！"他转身对他的儿子说，"居斯塔夫，我给你这本书的时候，说好只许看到十点，到了规定的时间本该按你许诺过我的那样，自觉地把书合上，自己去睡觉。如果你想成为一个杰出的人，就应当把自己的话当作信条来恪守，像重视你的荣誉那样重视你自己的话。英国最伟大的演说家之一福克斯[1]，最为突出的是他崇高的品格。他最主要的优点就是恪守自己所作的保证。在他童年的时候，他的父亲，一个公认的正直的英国人，给福克斯扎扎实实地上了一课，使这个年轻的孩子永世不忘。当时的福克斯正是你现在的年纪，放假时回父亲家住，他父亲跟所有富裕的英国人一样，在古堡周围拥有一座相当大的花园。花园里有一座老亭子要拆毁，另在一个景致

1　福克斯（1749—1806），英国政客，辉格党领袖，议会中的著名演说家。

好的地方造一座新亭子。孩子们都喜欢看拆房子，小福克斯想在家多待几天看拆房，但是他父亲要求他在开学的时候按期返校，这样父子间产生了争执。他的母亲，跟所有的妈妈一样，祖护小福克斯。于是父亲答应儿子等他下次放假回来再拆房子。福克斯回学校去了。父亲以为小孩子学习忙，大概忘了这件事，就让人拆毁了旧亭，在另一个地方新修了一个。哪知道执拗的小男孩一心想着亭子。当他回到父亲家时，他关心的第一件事便是看老亭子，结果他非常伤心，吃饭时他对父亲说：'您欺骗了我。'这个英国绅士十分羞愧，不过同时庄严地宣布：'是的，我的儿子，但我将弥补我的过错。信守自己的诺言，应该胜于守住自己的家财，因为信守诺言能发家致富，而任何万贯家财都不能因失言而消除良心上的污点。'父亲于是下令在原来的地方照原样重建了旧亭子，等旧亭子建好之后，他又下令当着他儿子的面把亭子拆毁。但愿这个故事，居斯塔夫，你将引以为戒。"

居斯塔夫专心听了父亲讲的故事，立刻把书合上。一时无话，将军趁机抱起跟睡魔格斗的莫依娜，把她轻轻搂在怀里。小姑娘的脑袋在父亲的胸口摇晃，很快就入睡了，美丽的金黄色鬈发披散在身上。就在此刻，一阵急促的脚步声在街道上响起，突然三下叩门声使整个房子发出回响。这三下重重的叩门声很像一个生命垂危的人的呼号。看门狗狂叫起来。爱伦娜、居斯塔夫、将军和他妻子惊得颤抖起来，但刚让母亲戴上睡帽的阿贝尔和莫依娜却没有被惊醒。

"他很急啊，这个人。"军人大声说，一边把女儿放在安乐椅上。

他急匆匆走出客厅，没有听见他妻子的祈求：

"我的朋友，别上那儿去……"

侯爵到他卧室里取了两支手枪，点上他的遮光提灯，急速走向楼梯，闪电似的飞快下楼，很快来到大门口。他儿子一直大胆地跟着他。

"外面是谁？"他问道。

"请开门！"一个声音回答，由于急促的喘气，回答的声音几乎被窒息了。

"你是朋友吗？"

"是的，是朋友。"

"你是一个人吗？"

"是的，快开门，他们追来了。"

将军刚把门打开一半，一个人影如幽灵般闪进门廊，陌生人一脚把门踢上，将军来不及阻挡，只好把手松开。门一关上，陌生人便紧贴在门上，好像唯恐门再打开。将军突然朝陌生人的胸口举起他的枪和提灯，不许他乱动。他定睛一看，只见一个中等身材的人，裹着一件老人穿的皮袄，又长又大，看样子不是他的。不知是出于谨慎还是由于疏忽，逃亡者的帽子一直压到眉梢，把整个额头都遮住了。

"先生，"他对将军说，"请您垂下枪口，没有您的允许，我决不赖在您家，但要是我出去的话，我就会死在城门口，多惨啊！将来您在上帝面前如何交代！我请求您接待我两个小时，请考虑一下，先生，尽管我在求您，但是我所要求的非做到不可。我要求阿拉伯式的接待[1]，就是说我对于您来说是神圣的，要不然，就请打开门，让我死在外面。您必须保守秘密，给我一个藏身之地，给我一些水喝。啊，给一点水行吗？"他气喘吁吁地说。

"您究竟是谁？"将军问道，他对陌生人激动地说个没完感到吃惊。

"噢，一定要问我是谁吗？那么，开门吧，我走就是了。"那人用强烈的嘲讽口吻回答。

不管侯爵如何摆弄他的灯光，他只能看清陌生人脸的下部，这半张脸丝毫也不令人感到可以满足如此怪诞的要求：他的脸颊在抽动，脸色铁青，脸上的线条紧张得吓人。在帽檐的阴影下，两眼放出炯炯的光芒，使暗淡的烛光越发显得昏暗了。不管怎么样，总得给他回答。

---

1 即摩尔人式的接待，就是说主人应把这种接待看作神圣的义务。

"先生，"将军说，"您说的话未免太奇怪了，要是您处在我的地位……"

"您掌握着我的生命。"陌生人嚷了起来，用可怕的声音打断了主人的话。

"两个小时？"侯爵犹豫不定地说。

"两个小时。"那人重复道。

但是他突然用绝望的手势把帽子往上一推，露出了前额，他好似要做最后一次努力，向将军瞪了一眼，那明亮锐利的目光直射将军的心田。这种机智和意志的迸发犹如一道闪电，像霹雳一般势不可当。有时人真具有一种难以解释的力量。

"好吧，不管您是谁，您在我家里是平安无事的。"住宅的主人严肃地接着说，他觉得自己被某种无从解释的本能所驱使。

"上帝将报答您。"陌生人赶紧补上一句，深深松了一口气。

"您有武器吗？"将军问。

作为回答，陌生人掀开皮大衣，然后机警地拢上，刚好让将军瞧了一眼。表面上看不出他有武器。只见他穿一身青年人参加舞会的衣服。狐疑的军人尽管只是飞快地看了一眼，但已经看得分明，不由大声问："这么干燥的天气您怎么滚一身污泥？"

"提不完的问题！"他傲慢地回答。

这时候，侯爵发现儿子站在身旁。他想起刚才要儿子严格遵守诺言，感到十分尴尬。他心里很不高兴，怒冲冲地说：

"怎么，小鬼，你也在这儿，怎么没有去睡觉？"

"因为我想如果遇到什么危险，我对您是有用的。"居斯塔夫回答。

"得了，上楼回房间去吧，"父亲听了儿子的回答，气消了一半，然后他向陌生人说，"您，请跟我来吧。"

他们都不作声，好似两个赌徒，彼此提防。将军甚至开始产生不祥的预感。陌生人已经像噩梦似的压在他的心上，但是他想到必须信守诺言，还是领着陌生人穿过走廊，登上楼梯，把他带进三层楼上的一个大房间。这个房间正好在客厅上面，没有人住，冬天用来晾衣服，跟别的房间不相通，四壁发黄，空空如也，只有一面旧房主留下的蹩脚镜子，安置在壁炉上方；还有一面大镜子，侯爵搬进来的时候派不上用场，暂时挂在壁炉对面。这间宽敞的顶楼房间从来不打扫，空气冰冷，两张破椅算是全部家具了。

将军把提灯往炉台上一放，对陌生人说："为了您的安全，您就藏在这间破旧的顶楼房间里吧。因为我答应您保守秘密，我也请您让我把您关在这里。"

那人低头表示同意。

"我只要求一个藏身之地，要求保密，还要点水喝。"他补充道。"我去给您取水。"侯爵回答，一面小心地把门关上，摸索着下楼到客厅取一只烛台，准备亲自到厨房找长颈水瓶。

"喂，先生，出什么事啦？"侯爵夫人急不可待地问她的丈夫。

"没出什么事，我亲爱的。"他镇静地回答。

"可是我们听得很清楚，你刚才领了一个人上楼……"

"爱伦娜，"将军接着说，边看着抬头望他的女儿，"请记住，你父亲的荣誉取决于你们严守秘密。你们得装作什么也没听见。"

姑娘会意地点点头。侯爵夫人呆若木鸡，丈夫强迫她沉默使她心里很生气。将军去取了一个长颈水瓶，一只玻璃杯，又上楼到那个人的房间去。他看见陌生人靠在壁炉边的墙上，光着头，帽子扔在一张椅子上。陌生人大概没有预料到会有这么强的灯光照到自己身上，当他的眼光和将军炯炯有神的眼光相遇时，他皱起了眉头，脸上显得忧虑不安，但他立刻变得温和了，显出和蔼可亲的表情，以示对他的保护者的感谢。将军把玻璃杯子和长颈水瓶放在壁炉台上，陌生人向他投去一道火焰般的目光，开口打破了沉默。他的嗓子不像刚才那样痉挛了，但仍旧有一种从心底发出的战栗。他说：

"先生，我又要使您感到奇怪了，请原谅某些必要的任性。如果您要待在这儿，我请您不要看着我喝水。"

老得听一个他不喜欢的人指挥，这叫将军很不愉快，但他还是立即转过身去。陌生人从口袋里抽出一块白手绢，包扎在右手上，然后抓起长颈水瓶，一口气喝尽瓶里的水。侯爵并没有想违背自己默许的保证，他只是机械地瞧着镜子，然而两面镜子互相映照，他仍旧把陌生人的一举一动看得清清楚楚。他看到陌生人的双手沾满了鲜血，手绢立刻变得通红。

"啊！您瞧我了，"陌生人大声说，这时他已喝完水，裹上大衣，神情狐疑地端详着将军，"我完了，他们来了，我听见他们了。"

"我什么也没有听见啊！"侯爵说。

"您不像我那样会听远处的声音。"

"您怎么满身鲜血，莫非您决斗了？"将军问道，他见到客人的衣服上沾着大块大块的血斑，心里很不安。

"是的，是一场决斗，您说对了。"陌生人重复道，嘴唇上掠过一丝苦笑。

这时，好几匹奔马急骤的蹄声从远处传来，声音很轻微，宛如熹微的晨光。将军有经验的耳朵识别出这是骑兵队训练有素的马队。

"这是宪兵队。"他说。

他向由他摆布的人看了一眼，这道目光使陌生人打消了因他脱口而出的这句话产生的疑团。他拿走了灯，回到客厅。他刚把上面房间的钥匙放到壁炉上，马队的声音就响起来了，并很快地接近别墅，他不由打了一个冷战。马队果然在门前停下。一个骑兵跳下马，猛力敲门。将军不得不把门打开，宪兵出现在他面前，他们军帽上的银饰在月光下闪闪发亮，他禁不住心里暗暗吃惊。

"大人，"宪兵队长对他说，"刚才您没有听见一个人朝城门跑去吗？"

"朝城门？没有。"

"您没有给任何人开过门吗？"

"我平时亲自开门吗？"

"呃，对不起，我的将军，这时候，我觉得……"

"啊，行了，"侯爵用气恼的腔调大声说，"您想跟我开玩笑吗？您有权……"

"没有，没有，大人，"队长忙温和地说，"请您原谅，我们公务在身，不敢怠惰。我们知道一个法国贵族院议员是决不会贸然在夜里这个时辰接待一个凶手的，我们只不过想打听一些情况……"

"一个凶手！"将军惊喊道，"那么是谁被……"

"德·莫尼男爵刚才被一斧子砍死了，"队长接着说，"我们正在紧急追捕凶手。我们确定他就在附近，我们一定能逮住他。请原谅，我的将军。"

队长一边说一边上马，侥幸得很，他没有看见将军的脸，因为宪兵队长有怀疑一切的习惯，也许这时将军的脸会使他起疑心：将军的内心活动在脸上暴露无遗。

"知道凶手的姓名吗？"将军问。

"不知道，"骑在马上的人回答，"他放过了塞满黄金和钞票的写字台，连碰都没有碰。"

"那么这是仇杀喽！"侯爵说。

"啊！对一个老人有什么仇呀？……不是，不是，这个家伙一定是来不及下手了呗。"

说完，宪兵队长追赶已经走远的同伴们去了。将军不知所措地愣了一会儿，这当然是可以理解的。不久，他听见仆人们一路争争吵吵，好不热闹地回来了，他们人还在蒙特勒伊，声音就传到了这里。他们到家的时候，将军的气正好没处出，就对他们大发雷霆，他的声音雷鸣般地震荡着房子。但他突然平静下来，因为他的随身侍从，仆人中最大胆、最机灵的家伙，解释晚回来的原因，说他们被阻拦在蒙特勒伊门。宪兵和警察正在追捕一个杀人犯，将军默不作声了。仆人的话提醒了他在这样特殊的处境中应当承担的责任，他生硬地命令所有的人立刻去睡觉，仆人们都纳闷，怎么他如此轻易地就相信了随身仆从的谎言。

正当这些事情在庭院里发生的时候，一件表面上无足轻重的小事却改变了这个故事里其他一些人物的处境。侯爵一走出客厅，他的妻子便来回看顶楼房门的钥匙和爱伦娜，最后终于俯身向她的女儿轻声说道："爱伦娜，你父亲把钥匙留在壁炉上了。"

莫名其妙的姑娘抬起头，怯生生地望着她母亲，只见母亲的眼睛闪烁着好奇的光芒。

"什么意思，妈妈？"她声音慌张地问道。

"我很想知道上面发生的事情，要是有人，怎么没有声音，快去看看呀。"

"我去？"姑娘吓了一跳。

"你害怕吗？"

"不怕，夫人，但我好像听出是一个男人的脚步声。"

"要是我自己能去，我就不会请你上去了，爱伦娜，"她母亲冷淡而威严地说道，"如果你父亲回来，看见我不在，他也许会找我的，但他不会发现你不在这儿。"

"夫人，"爱伦娜回答，"如果您命令我去的话，我就去，但是我将失去父亲的信任……"

"怎么！"侯爵夫人用讥讽的口吻说，"既然你把一句玩笑话当真，那么我就命令你上去看看。喏，钥匙在这儿，我的女儿！你父亲嘱咐你对家里发生的事严守秘密，并没有禁止你到楼上房间里去啊。去吧，你得知道一个母亲是不应当由女儿来评头论足的……"

侯爵夫人觉得被女儿顶撞了，讲这番话时声色俱厉，然后她拿起钥匙塞给爱伦娜，女儿一句话也没说，站起来离开了客厅。

　　"我母亲总有办法得到他的原谅，但是我，我完了，父亲会看不起我的。莫非她想叫我失去父亲的疼爱，从而把我赶出家门？"

　　这些想法突然在她脑子里涌现，她一边想一边摸黑沿着走廊向神秘的房间走去。她走到房门口时，纷乱的思想中已有了一种宿命的成分，一直压抑在心底的各种感情，被这种杂乱无章的思索搅得翻腾起来了。她也许已经不相信有什么幸福的未来，在这可怕的时刻，她对自己的生活已经完全绝望。她把钥匙往锁眼里送的时候，颤抖得痉挛起来，她的情绪极度兴奋，不得不稍停一下，把手放在心口，好像能够平息心脏深沉而响亮的跳动。她终于打开了门。铰链的声响大概没有惊动凶手的耳朵。尽管他听觉非常灵敏，他仍好似贴在墙上，一动不动，犹如陷于昏迷状态。灯笼的光圈微微照亮着他，在这半明半暗的地方，他像一尊阴沉的骑士塑像，站在哥特式小教堂下某个黑洞洞的墓穴旁。一滴滴冷汗在他黄黄的宽额头上往下淌，在他紧张的脸上有一种难以置信的果敢气概。他明亮的眼睛冷冷地注视着前方，好似眼前的黑暗中正在进行一场战斗。从他脸上可以看出纷繁杂乱的思想迅速从他头脑中掠过，他的神情坚毅而严峻，显示出一颗卓越的灵魂。他的体格，他的姿态，他身体各部分的比例都跟他野蛮的天性很相称。此人是力量的化身，威力的体现。他面对着黑暗犹如在瞻望他未来的图景。将军看惯了簇拥在拿破仑周围的强有力的伟人，而且他刚才被这个人奇特的气质吸引住了，没有注意这个奇特的人与众不同的外貌特征。而爱伦娜却像所有的女人一样，十分注意外表的印象。灯光与阴影，她心中的崇高感和激情交织在一起，震慑着她，陌生人富有诗意的狼狈相使她感到他很像东山再起的路济弗尔[1]。霎时间，此人脸上翻腾着的狂风巨浪奇迹般地平息了，一种无法描写的魔力在陌生人的四周如洪水般泛滥开来，迅速而有节奏，其本源和体现便是他自己，而他可能并不自知。当他脸上的线条恢复了自然的形态，千万种思绪便涌现在他的前额。姑娘也许因这奇特的会见感到兴奋，也许因为她闯入了一个秘密而心醉神迷，她看出这张温和而有趣的面容是值得惊叹的，她一时如入寂静的魔境，眼花缭乱，心上泛起从未有过的慌乱。但不一会儿，或许是爱伦娜情不自禁发出一声惊叹或做了一个动作，或许因为凶手从理想世界回到了现实世界，听到了另一个人的呼吸声，陌生

---

[1] 她感到如果帮助路济弗尔（撒旦的别名，即魔鬼）赎罪，她自己也能得救。

人把头转向房主人的女儿，模模糊糊看见一个女人高贵的脸庞和丰盈的体态。那女人站着不动，身影恍惚，他还以为是天使显圣了哩。

"先生！"她用扣人心弦的声音说。

杀人凶手战栗了一下。

"一个女人！"他脱口而出，但声音很轻，"怎么可能呢？"他接着说，"请您走开吧，我不让任何人怜悯我、宽恕我，也不让任何人指责我。我应该一个人单独活着。去吧，我的孩子，"他做了一个无比威严的手势，又说，"如果我让住这幢房子的人来跟我呼吸同样的空气，那么我就辜负了主人的一片好意。我必须服从社会的礼法。"

最后一句话的声音很低，内心的直觉让他深深感受到这个可悲的思想所引起的痛苦。他向爱伦娜投去一道蛇似的目光，直射进这个怪僻的年轻姑娘的心底，至今仍然沉睡的思想一齐骚动起来，如同一道光芒，给她照亮了未知的境界。她的灵魂被击败、被制服，毫无力量抵抗这道目光的魔力，尽管是无意向她投来的。她感到羞耻，颤抖着走出房门，只在父亲回来之前一小会儿才回到客厅，所以没来得及向母亲说什么。

将军忧心忡忡，叉着双臂，迈着规则的步伐在临街的窗户和朝花园的窗户之间默默地踱来踱去。他的妻子守着熟睡的阿贝尔。莫依娜蜷缩在安乐椅上，好似一只蹲在窝里的小鸟，无忧无虑地睡着。大姐一手拿着丝线球，一手拿着一枚针，凝望着炉火。深沉的寂静笼罩着客厅，屋内和屋外，只听到一个个去睡觉的仆人拖沓的脚步声，参加婚礼的余兴未消而发出的窃窃笑声，到房门口一边说话一边开门关门的声音。然后从他们的床边传来一些沉闷的声响，一把椅子翻倒了，老车夫轻轻地咳嗽，后来咳嗽声也消失了。这时正是午夜，沉睡的大地上空处处覆盖着庄严的黑幕，唯有星星在闪烁。寒冷冻结了大地，没有生物的声息，没有生物的动静。只有炉火在轻轻地噼啪作响，似乎要让人明白夜阑人静了。蒙特勒伊钟楼敲响了一点钟。这时从楼上隐约传来非常轻微的脚步声。侯爵和他的女儿确信已把杀害德·莫尼先生的凶手锁在房间里，以为这是某个女佣发出的声音，所以听到客厅前屋的开门声并不感到惊异。突然间，凶手出现在他们眼前，侯爵一时愣住了，母亲觉得好不奇怪，女儿也大吃一惊，凶手于是径直向客厅中央走来，他用特别镇静的抑扬顿挫的声音对将军说：

"大人，两个小时的期限快到了。"

"是您！"将军惊喊道，"您用了什么神通？"他用可怕的目光询问他的妻子和孩子。爱伦娜的脸变得火一般通红。"您，"军人的口气很坚决，"您居然和我们在一起！一个沾满鲜血的凶手居然来到这儿！您玷污了这个场景！出去！出去！"他怒不可遏地喊道。

听到"凶手"一词，侯爵夫人不禁叫了一声。至于爱伦娜，这个词好像决定了她的终身，她的脸上没有显露出丝毫惊异，她好像在等待这个人。她思绪万千，归结成一个意思，就是上天对她的过错的惩罚降临了。姑娘认为自己跟他一样罪孽深重，所以泰然地望着他，她是他的伴侣，他的妹妹。对她来说，上帝的意旨在此时此景显灵了，几年以后，理智也许会否定她的良心责备，但此时良心的责备使她失去了理性。陌生人冷冰冰站着不动，一丝轻蔑的微笑从他眉宇间和厚厚的红嘴唇上流露出来。"您完全不理解我对待您的高尚态度，"他慢条斯理地说，"我不愿意用手接触您给我解渴的水杯，我也根本没有想到要在您家里洗我的血手，我走出您家门的时候，只想让您知道我的罪行（说这话的时候，他的嘴唇在抽搐），而不留下罪行的痕迹。最后，我并没有允许您的女儿……"

"我的女儿！"将军惊喊，一边恐怖地向爱伦娜瞪了一眼，"啊！卑鄙的家伙，滚出去，否则我打死你。"

"两个小时还没有到呢，您不能够打死我，也不能出卖我，要不然您和……我，都将名誉扫地。"

听到最后一句话，大惊失色的军人想仔细打量一番这个罪犯，但他受不住罪犯眼里喷出的火焰，不得不垂下眼睛，他又一次心慌意乱了，他担心自己会软下来，而且已经意识到他的意志动摇了。

"杀害一个老人！难道您从来没有见过家庭吗？"他一边说，一边用家长的神态将自己的妻子和孩子们指给他看。

"是的，杀了一个老人。"陌生人重复道，他的额头微微皱了皱。

"快走吧，"将军高喊道，但不敢正视他的客人，"我们的契约解除了，我不会杀害您的，不！我永远不向断头台提供对象。但是，您走吧，您使我们厌恶。"

"我知道，"罪犯顺从地答道，"法国的土地上已无我立足之地了，但是如果法庭能跟上帝一样对具体事情作出具体审判，如果法庭肯调查究竟凶手是魔鬼，还是被杀者是魔鬼，那我就可以正大光明地留在人们中间。难道您想象不出被我砍死的那个人以前犯下的罪恶吗？我既是法官也是凶手，我取代了无能为力的人类法庭，这就是我的罪行。别了，先生。尽管您对我殷勤的关照中不免有些苦涩，我仍然永世难忘。将来在我的心目中，若有一个人值得感激的话，这个人便是您……不过，我本希望您会更大度一些。"

他向门口走去。这时姑娘向她的母亲俯过身子，在她的耳边说了一句话。

"啊！……"妻子的叫声使将军浑身一哆嗦，好像看见莫依娜死了。爱伦娜已经站起来。凶手本能地转过身，脸上显出替这个家庭担忧的神色。

"您怎么啦，我亲爱的？"侯爵问道。

"爱伦娜要跟他走。"她说。

凶手脸红了。

"我母亲并没有把她几乎是情不自禁地发出惊呼的原因说出来，"爱伦娜低声道，"还是让我来成全她的愿望吧。"

姑娘向四周扫了一眼，目光傲慢得近乎粗野，然后垂下眼睛，保持着令人赞叹的谦卑姿态。

"爱伦娜，"将军问道，"你到上面那间房里去过啦？"

"是的，父亲。"

"爱伦娜，"由于紧张得颤抖，他的声音都变了，"你是第一次见这个人吧？"

"是的，父亲。"

"那么，你的想法是不合情理的……"

"如果说不合情理，那至少是真的，父亲。"

"啊！我的女儿！"侯爵夫人低声道，但让她丈夫能听见，"爱伦娜，你违背了我尽力在你心中培育的荣誉、谦逊、贞洁等道德准则，如果直到这决定命运的时刻你还要继续欺骗，那你走了也不值得惋惜。是因为这陌生人有一种精神上的完美吸引了你呢，还是因为他身上有一种犯罪者所不可缺少的力量？我过高估计你了，想不到……"

"哦！您怎么想都可以，夫人。"爱伦娜冷冷地回答。

尽管她此刻表现出坚强的性格，但她眼睛里的火焰也很难烧干滚烫的泪水。陌生人从女儿的眼泪中明白了母亲的话，他像鹰似的瞪着侯爵夫人，以一种难以抵抗的力量迫使她正视这个可怕的诱惑者。而当她的目光碰到这个人明亮的目光时，她感到心里一阵凉，好比我们看到毒蛇或者碰到莱顿瓶[1]，免不了猛然一震。

"我的朋友，"她向丈夫喊道，"这个人是魔鬼，他什么都猜得到……"

将军站起身，想去拉铃绳。

"他要害您。"爱伦娜对凶手说。

陌生人笑笑，上前一步，拉住侯爵的手臂，目光逼视着他，侯爵愕然了，失去了力量。

"我准备报答您的接待，"他说，"这样你我就两讫了，我去自首，您也就不会背上坏名声，再说，我现在活在世上还能干什么呢？"

"您不妨忏悔过去！"爱伦娜一边说，一边满怀希望地望着他，只有少女的眼睛里才会闪烁这种希望的光芒。

"我绝不后悔。"凶手说，他声音洪亮，高傲地昂起头。

"他双手沾满了鲜血。"父亲对女儿说。

"我可以给他擦净。"她回答。

---

1 莱顿瓶是一种电容器，于1745年由荷兰人发明制造。

"但是，"将军接着说，他不敢用手指陌生人，"你知道他要你吗？"

凶手走近爱伦娜，她的容貌有种典雅含蓄的美，此刻从内心闪出的一道光辉，仿佛把她脸上最细小的部位和最纤巧的线条全都照亮了，叫人看得格外分明。他向这个妩媚动人的姑娘温和地看了一眼，不过他眼里可怕的火焰仍未熄灭。他激动地说："出于对您的爱，也为了抵偿您父亲卖给我的两个小时生命，我必须拒绝您的牺牲精神，是不是？"

"原来您也嫌弃我！"爱伦娜惊叫道，那声调令人心碎，"那么我和你们大家永别了，我只能去死。"

"这是什么话？"她父母同声说。

她意味深长地向侯爵夫人投去质问的目光，然后低下头，不再作声。将军和他妻子费尽唇舌，想尽办法抵制陌生人在他们家中享有的莫名其妙的特权，陌生人则以他眼中喷射出的令人头晕目眩的光芒来还击。结果将军和他的妻子陷于无法解释的昏沉状态，他们的理智变得麻木了，竟抵抗不住这股神奇的力量，只能听其摆布。他们感到空气沉闷，呼吸困难，而对压抑他们的人又无从责怪起，尽管他们内心有一个声音告诉他们，正是这个有法力的人使他们变得软弱无力。在这种精神濒于崩溃的时刻，将军意识到应该设法影响女儿摇摆不定的思想，于是他挽着女儿的腰，把她领到离开凶手较远的窗口，低声对她说：

"我亲爱的孩子，虽然你心中突然产生了某种怪诞的爱情，可是你清白的生活、你纯洁而虔诚的灵魂向我证明你性格坚强，你有足够的毅力来克制一个异想天开的举动。你这样做说明你有难言的苦衷。你知道，我的心是宽宏大量的，你可以向我推心置腹说出来，即便你说的话使我心碎，我也能忍受，孩子，而且永远为你的心里话保密。你忌妒我们喜欢你的弟弟妹妹？你心里是不是有失恋的悲伤？你在这儿感到不愉快？你说话呀？告诉我什么理由使你扔下你的家，抛弃你的家，使你的家失去最可爱的人；你有什么理由要离开母亲，离开弟弟，离开你的小妹妹？"

"父亲，"她回答，"我不忌妒任何人，也没有爱过任何人，包括您的朋友，外交官德·旺德奈斯先生。"

侯爵夫人脸色顿时变得惨白，女儿见她的模样，住嘴不说了。

"我迟早不是要受一个男人的保护吗？"

"这倒是真的。"

"难道我们能知道我们的命运跟谁结合在一起吗？"她继续说，"我，我相信这个人。"

"孩子啊！"将军提高嗓子说，"你该想一想你会受到多大的痛苦。"

"我想到的是他的痛苦……"

"多么不幸的生活啊！"父亲说。

"一个女人的生活呗。"女儿喃喃回答。

"你多会说话啊！"侯爵夫人终于找到话说了。

"夫人，询问迫使我回答，但要是您愿意的话，我还可以说得更清楚点儿。"

"你说好啦，什么都可以说，我的女儿，我是母亲。"女儿听到此话看了母亲一眼，侯爵夫人因此稍停了一会儿，"爱伦娜，如果你要指责我，你尽管指责好了，我可以忍受，这总比看着你跟这个大家避之唯恐不及的人走要好些。"

"您瞧，夫人，事情很明白，没有我，他将会只身飘零。"

"别说了，夫人！"将军喊道，"我们只剩下一个女儿了。"他瞧着熟睡的莫依娜，然后转向爱伦娜道，"我将把你关进修道院。"

"好吧！父亲，"她回答，语气冷静得令人绝望，"我将死在那里，您只有在上帝面前才对我的生命和他的灵魂负有责任。"

她说完话，出现一阵深沉的静寂。这里发生的一切触疼了社会生活的世俗感情，使在场的人不敢互相正视。突然侯爵瞥见他的手枪，他抓起一支手枪，迅速装上子弹，对准陌生人。听见子弹上膛的声音，陌生人转过身来，目光镇静而锋利地盯着将军，将军的手臂不由得软了，沉重地垂了下来，手枪落到了地毯上……

"我的女儿，"父亲说话了，他已经被这场恶斗耗得精疲力竭，"你自由了。吻别你的母亲吧，如果她同意的话。至于我，我不想再见到你，不想再听到你说话了……"

　　"爱伦娜，"母亲对女儿说，"想一想你将要受的苦呀！"

　　一阵沉重的喘气声从凶手宽阔的胸膛里迸发出来，大家不由得转过脸去。凶手脸上挂着一副轻蔑的神情。

　　"我接待了您，使我付出了高昂的代价，"将军站起身大声说，"刚才您只是打死了一个老人，在这里，您却杀害了整个家庭，无论发生什么情况，这个家都免不了祸患。"

　　"但如果您的女儿幸福呢？"凶手问道，眼睛盯着将军。

　　"如果她跟您在一起能感到幸福，"父亲竭尽全力回答，"那我就不为她难过了。"

　　爱伦娜怯生生地在她父亲面前跪下，用动人的声音对他说："哦，父亲，我爱您，敬重您，无论您对我宽宏大量，还是对我严厉鞭挞……但是我恳求您，希望您最后的那句话不是气话。"

　　将军不敢端详他的女儿，这时陌生人走上前来，向爱伦娜微笑，笑得既像魔鬼又像天使，他说："您是上天派来的天使，凶手吓不倒您。既然您决意把您的命运交托给我，那就跟我走吧。"

"简直不可思议！"父亲惊喊道。

侯爵夫人向她女儿异乎寻常地瞟了一眼，张开她的双臂，爱伦娜急忙哭着扑到她的怀里。

"再见，"她说，"再见吧，母亲！"

爱伦娜大胆地向陌生人把手一挥，他不由得一颤。她亲了亲父亲的手，勉强地、匆匆地吻别莫依娜和小阿贝尔，和凶手一同走出大门。

"他们往哪儿跑呢？"将军听着两个潜逃者的脚步声大声说，过了一会儿，他对妻子说，"夫人，我在做梦吧，我觉得这事里面有鬼，您该知道吧。"

侯爵夫人打了一个冷战。

"这些日子，"她回答，"您的女儿变得异常浪漫，狂热得出奇。尽管我一直用心纠正她性格中的这种倾向……"

"这并没有说清楚……"

将军觉得好像听见花园传来他女儿和陌生人的脚步声，他不再往下说，冲过去打开窗户。

"爱伦娜！"他大声喊道。

喊声沉没在黑暗中，犹如无人理睬的预言。将军叫出这个世上再也无人回答的名字时，突然像得到了什么法力，摆脱了魔鬼的力量对他的迷惑。似乎有一个神灵从他眼前掠过，使他清晰地看到了刚才发生的情景。他诅咒自己的软弱,他不明白自己为什么会这么软弱。一股热流从心口冲到脑门,传到脚底,他恢复了本来的面目,变得凶狠,渴望报仇。他发出可怕的喊声:

"来人呀!来人呀!……"

他奔向铃绳,死命地拉,铃发出奇怪的当当声,所有的人都惊醒了。他一个劲儿地大喊,打开了沿街的窗户,呼喊宪兵,拿起他的手枪,朝天开枪,想让骑兵快点赶来,让他的用人快点起床,让他的近邻闻声快来救援。狗辨出主人的喊声,纷纷狂叫起来,马也跟着嘶鸣,踢蹬前蹄。顿时宁静的夜晚乱哄哄闹成一片。下楼来追赶女儿的将军,见到惊慌失措的用人从四面八方向他跑来。

"我的女儿呢?爱伦娜被人劫走了。快到花园去!守住街头!给宪兵队开门!抓杀人凶手啊!"

他在狂怒中拽断了拴住看门狗的链子,对狗喊道:

"追爱伦娜!追爱伦娜!"

狗像狮子似的向前一纵,狂叫着奔向花园,速度之快,使将军无法跟上。这时马队的声音从街上传来,将军赶紧亲手把门打开。

"队长,"他大声说道,"请切断杀害德·莫尼先生的凶手的后路。他们是从我的花园逃跑的。赶快,封锁庇卡底小丘的各条小道,我要到所有的地里、园里、屋里仔细搜索。你们其余的人,"他对用人们说,"都去把守街道,从城门到凡尔赛层层布岗。大家立即行动！"

他抓起随身仆从递过来的一支步枪，奔向花园，一边对狗嚷着："快找！快找！"可怕的狗叫声从远处向他呼喊，他朝着隐约听见狗喘气的方向赶去。

早晨七点，宪兵队、将军、用人以及邻居的搜索毫无结果。狗却没有回来。侯爵精疲力竭，由于悲哀显得苍老，他回到客厅，尽管他的其他三个孩子在，他仍感到客厅里十分凄凉。

"您对您女儿太冷漠了，"他瞧着妻子说，"这就是她给我们留下的唯一的东西。"他指着织毯机，看见上面有朵花刚织了一个开头，又说，"刚才她还在那儿，现在，完了！完了！"

他哭了，双手捧着头，好一阵子不作声，不敢看客厅，这个客厅曾使他看到家庭幸福最美妙的图景。熹微的晨光在跟奄奄一息的烛光争辉，蜡烛已经烧着了托底的纸花，一切都和这个父亲绝望的心境一样悲凉。

"得把这个毁掉，"一阵沉默之后，他指着织毯机说，"我不能够再看见任何使我们想起她的东西……"

在这个圣诞节之夜，侯爵夫妇不幸失去了他们的长女，他们无法抵抗抢走他们女儿的这个人身上那种奇特的力量，尽管这个人带走他们的女儿并非有意。这个可怕的圣诞节之夜好像是命运对他们的一次警告。一个证券经纪人的破产毁了侯爵。他抵押了他妻子的财产，尝试一项投机事业，想要凭此举重振家业，但这一着使他彻底破了产。将军无路可走，只得离开祖国去海外冒险。他出走的六年中，家里很少收到他的消息，但是在西班牙承认美利坚合众国独立的前几天，他通知家里他要回国了。

一个晴朗的早晨，几个腰缠万贯的法国商人乘一艘西班牙双桅帆船到了离波尔多几法里的海面上，他们在墨西哥或哥伦比亚历尽艰辛，出生入死，发了大财，现在急于返回祖国。旅客们聚集在甲板上，目不转睛地欣赏风景，他们躲过了大海的威胁，又受到好天气的吸引，纷纷登上甲板，仿佛出来向祖国的大地致意。这时一个受劳累或悲伤的煎熬已显出未老先衰模样的男子靠在舷樯上，好像对眼前的景色无动于衷。大部分旅客望眼欲穿地想看到隐藏在远处地平线上几朵峥嵘的白云后面的塔灯、加斯科涅的建筑、科尔杜安的灯塔[1]。大海是那么平静，要是没有船头溅起的流苏般的银色浪花，要是没有船尾拖着的随生随灭的长长的波纹，旅客们很可能认为自己被固定在大海之中了。天空明净得可爱，高高的苍穹呈深蓝色，往下渐渐变淡，

1　科尔杜安灯塔，法国吉伦特湾海面科尔杜安岛上的灯塔，建于1584至1610年。

最后跟淡蓝的海水相接，海天一色，天与海交界的地方是一条明亮的线，好似一串星星一样耀眼。阳光倾泻在万顷碧波之上，反射出万道金光，广阔的海面比浩渺的苍穹更为灿烂。柔和的海风，鼓起片片船帆。雪白的布帆、迎风招展的黄色信旗、纵横交错的桅索，在澄净明亮的大气、天空、海洋的背景上，显得格外清晰，除了轻盈的船帆投下的阴影之外，海洋上没有任何暗淡的色彩。晴朗的天空，习习的海风，祖国的景色，平静的大洋，一声凄婉的鸣响，一艘孤单的帆船在洋面上滑行，好似一位淑女奔赴约会，这是一幅色彩调和的图画，在这里，人类的心灵能够从一切皆动的地方把握静止的空间。孤独和生活，寂静和喧闹，它们的对比是那么鲜明，然而，人们又不知何处是喧闹和生气，何处是太虚和寂静。所以，没有人出声来打破这仙境般迷人的意境。西班牙船长，水手，法国人，有的坐着，有的站着，人人都沉浸在充满回忆的宗教般的迷醉状态之中。四周弥漫着懒洋洋的空气，笑逐颜开的面庞表明这些人完全忘却了过去的痛苦，他们在轻轻摇晃的船上仿佛在金色的梦中漂游。可是靠在船舷上的老乘客颇为焦急地眺望着远方。他脸上的每个部位都烙有对命运的疑惧，他好像在担忧不能很快到达法国的国土。此人便是侯爵。命运并没有辜负他绝望的呐喊和绝望的挣扎。经过五年的奋斗和惨淡经营，他终于积累了相当可观的财富。他心急如焚地想重返家园，给家庭带回幸福，于是他效仿几个在哈瓦那的法国商人，随着他们乘一艘开往波尔多的西班牙货船回国。他已经疲于预测祸患，头脑里只浮现着过去幸福生活中最美好的图景。当他见到远处灰褐色的一线大地时，他仿佛看见了妻子和儿女，他仿佛已经坐在家里的老位置上，感到又劳累，又亲切。他想象着莫依娜，美丽、颀长，俨然一个大姑娘。这幅虚幻的图景渐渐变得真切了，泪水涌上了侯爵的眼眶，他为了掩饰激动的心情，把眼光从那烟雾朦胧的一线土地上转过来，向相反方向的海平线望去。

"就是它，"他说，"它跟着我们呢！"

"什么东西？"西班牙船长高声问。

"一艘船。"将军低声说。

"我昨天就见着了。"高梅茨船长回答，他打量着法国人，好像要问什么，然后他俯在将军的耳旁说，"它一直追逐我们呢。"

"我不知道为什么它赶不上我们，"老军人接着说，"这艘帆船比您这该死的圣费迪南号强多啦。"

"它一定有损伤，吃水线下有漏洞。"

"它追上来啦！"法国人惊呼。

"这是一艘哥伦比亚的海盗船，"船长在他耳边说，"我们离陆地还有六法里[1]，可惜风势弱下来了。"

"这船不是在航行，简直在飞行，好像知道再过两个小时，它的猎物就要逃出虎口了。它简直是在玩命！"

"那还用说吗？"船长大声说，"嘿，这艘船叫奥赛罗号不是没有道理的。最近它击沉了一艘西班牙的三桅战舰，可是它的炮数还不到三十门呢！我怕的就是这艘船，因为我知道它在安的列斯海游弋……"他停了一会儿，看看自己的船帆，"啊！啊！起风了，我们快到了，靠岸就好了，巴黎船长是手下无情的。"

"可是它也赶到了！"

奥赛罗号只有三法里之遥。尽管船员们没有听见侯爵和高梅茨船长的谈话，但这条帆船的出现却把大部分水手和乘客吸引到这两个人身边，几乎所有的人都把这艘双桅帆船当作一艘商船，饶有兴味地瞧着它驶来，突然一个水手一字一顿地惊呼："圣雅各保佑，我们完蛋了，这可是巴黎船长啊！"

听到这个名字，船上立即出现一片惊慌，混乱嘈杂得无法形容。西班牙船长激励他的水手，暂时鼓起了他们的勇气，在这危急的时刻，他决意不惜一切代价到达陆地，他下令迅速挂起右舷和左舷各层的辅助帆，使横桁上的帆

1　法国旧时长度单位，1法里约合4千米。

统统迎风张开。但是帆挂得很不顺利，因为这里缺乏战舰上那种令人赞叹的协调一致。奥赛罗号尽管配有顺着风向的转帆，快如飞燕，但表面上看来行驶得并不太快，所以这些不幸的法国人产生了欣慰的幻想。在高梅茨打着手势亲自大声指挥下，水手们熟练地挂起了船帆，圣费迪南号加快了速度，这时舵手突然操作失误，帆船横转过来，这失误无疑是故意的。海风从侧面吹来，猛击船帆，发出啪啪的声响，使船身大部分逆着风向，辅助帆桁折断，船完全失去控制。船长的心中升起无名怒火，脸变得比船帆还白，他纵身一跃，扑向舵手，猛地将一把匕首向他捅去，因用力过猛，没有刺着，却把舵手推下海去。他抓过舵柄，竭力想把在正直而勇敢的水手中出现的可怕混乱平息下去。他伤心欲绝，泪水在眼眶中滚动，因为我们明智的努力被一次背叛付诸东流，这使我们比临近死亡更感到悲伤。但是船长越是咒骂，事情越是糟糕。他亲手放炮报警，希望岸上听见。这时海盗船以无可比拟的速度赶来，它回敬一炮，炮弹落在离圣费迪南号十图瓦兹[1]的地方。

"天杀的！"将军惊叹，"瞄得多准哪！他们有特制的大口径短炮。"

"嘿！这家伙，您瞧见了吧，它一开口啊，咱们就得

1　法国旧长度单位，1图瓦兹相当于1.949米。

当哑巴啦，"一个水手凑上来说，"巴黎船长连英国船也不怕……"

"大局已定，"船长绝望地嚷道，他瞄了一下望远镜，看不清岸上任何东西，"我们离法国远着呢。"

"您发什么愁呀？"将军说，"您的乘客都是法国人，是他们租用了您的船。这海盗是巴黎人，是不？那么把白旗挂起来就行了……"

"他照样叫我们沉到海底。"船长回答，"他要掠夺大笔钱财时，根据情况，他自会明白应该以什么样的面目出现。[1]"

"这么说，他是海盗喽。"

"海盗！"那个水手凶狠狠地说，"哼！他可是有合法证件的，人家该咋办就咋办。"

"那么，"将军抬头望着天空说，"听天由命吧。"他的眼泪几乎要流出来，但他还是忍住了。

他话音未落，第二炮打来，这次瞄得更准，炮弹击中了圣费迪南号，打穿了船体。

"下帆停止前进。"船长神情沮丧地说。

刚才替巴黎船长辩护，说他不是坏人的水手敏捷地和其他水手一道执行了这个无可奈何的决定。全体船员垂头

---

1 意即海盗船会根据掠夺对象，挂出不同的旗帜，装扮成敌国的船只。

丧气地等待着，半小时之中船上像死一般的静寂。圣费迪南号上的五个乘客有四百万皮阿斯特[1]，光将军的财产就值一百一十一万法郎。奥赛罗号终于到了步枪射程十倍的地方，可以看见十二门准备开火的大炮张着狰狞的大口。船行如飞，好像有魔鬼在后面为它鼓风。其实老练的水手很容易弄明白其中的奥秘。只要稍稍仔细地看一看便会发现：那艘帆船船头尖尖的，船身又长又窄，桅杆很高，布帆裁剪得法。缆绳索具轻盈，全体船员团结得像一个人一样，熟练地操纵着船帆，白色的帆齐刷刷地迎风张开。船上的一切都显示出一种难以置信的威力。

"我们也有炮啊！"将军抓住西班牙船长的手嚷道。

船长向老军人看了一眼，目光充满勇气，可也充满失望，对他说："那么人呢？

侯爵看了一眼圣费迪南号的船员，心里凉了半截。四个商人面如土色，四肢打战，水手们聚在一个水手的周围，好像在商议去奥赛罗号入伙，他们眼巴巴望着海盗船。只有水手长、船长和侯爵默然相对，眼光中流露出坚强的决心。

"唉！高梅茨船长，我从前告别家乡和家庭时，真是痛不欲生，如今眼看就要给孩子们带回欢乐和幸福，难道我又得离开他们不成？"

---

1 埃及等国货币名。

将军转过身去，一滴愤怒的泪珠掉进海里，正巧看见圣费迪南号的舵手游向海盗船。

"这一回啊，"船长回答，"您大概要跟他们永别了。"

法国人痴痴呆呆地瞅了西班牙人一眼，把西班牙人吓了一跳。这时两艘船几乎已经相碰了，看到敌船上的人，将军相信了高梅茨的不祥的预言。每一门炮旁边站着三条好汉，个个膀大腰圆，相貌粗暴，手臂赤裸，青筋暴起，乍一看像是群青铜塑像，就是死神找到他们，他们也不会倒下。水手们全副武装，精神抖擞，机灵健壮，一个个纹丝不动，全都是些英武强壮的汉子，脸膛晒得黝黑，身体锻炼得十分结实。一只只闪亮的眼睛如同点点火花，表现出他们矫健而机智，欢乐而阴沉。甲板上人和帽子黑压压一片，鸦雀无声，证明他们纪律严明，有一个强有力的意志使这帮人间的恶魔俯首帖耳。首领站在主桅杆下，叉着双臂，没有带武器，只有一把斧子放在脚边。为了挡太阳，他头戴一顶宽边毡帽，帽影遮住了他的脸。炮手、士兵、水手，好似一群躺在主人脚下的狗，一会儿瞧瞧他们的船长，一会儿瞧瞧商船。当两船相碰时，一阵震动惊醒了沉思的海盗，他朝身旁一个年轻军官附耳说了几个字。于是大副喊道：

"钩绳接舷！"

于是圣费迪南号转眼之间被钩住，靠上了奥赛罗号的船舷。根据海盗轻声说出，由大副重复发出的命令，手下的喽啰井然有序地走到束手就擒的商船甲板上，如同修道院修士去做弥撒，他们按各人的分工，有的捆住水手、乘客的双手，有的去抢夺财宝。顷刻之间，一桶桶的银钱、粮食，连同圣费迪南号的全体人员，全都运到奥赛罗号的甲板上。将军被捆住双手，像货物一样被扔到一个包裹上，他觉得好像是在一场噩梦之中。海盗、大副和一个像是水手长的人物在一起开了会。短短的讨论结束之后，水手长打一个呼哨，把人召集来，命令一下，他们立即全部跳上圣费迪南号攀桅爬竿，在绳索里钻来钻去，动手把横桁、布帆、索具统统剥了下来，动作之利落犹如战场上士兵剥死去的同伴的衣物，贪婪地扒下他的皮鞋和大衣。

"咱们完了。"西班牙船长镇静地对侯爵说，他一直在冷眼观察三个头目商谈时的动作和水手们在商船上进行的彻底劫掠。

"怎么完了？"将军也镇静地问道。

"他们拿我们有什么用处？"西班牙人回答，"他们无疑断定很难在法国或西班牙港口把圣费迪南号拍卖掉，所以他们打算把船弄沉，免得受累。至于我们，您以为在他们不知道把我们扔到哪个港口的情况下，肯给我们饭吃吗？"

船长话音未落，将军便听见一阵令人毛骨悚然的呼喊，接着是好几个人体落海发出的沉闷声响。他转过身去，四个商人已经无影无踪，八个凶神恶煞的炮手还未从空中收回胳膊。他恐惧地望着他们。

"我刚才跟您说的没错吧。"西班牙船长镇静地说。

侯爵猛地站了起来，海水已恢复平静，他甚至寻不到蒙难旅伴落水的地方，他们被捆住手脚在波涛下翻滚，要不然就已经喂鱼了。离他几步远的地方，背信弃义的舵手和方才吹捧巴黎船长神通广大的圣费迪南号水手已经跟海盗们一见如故，他们用手点着，告诉海盗他们认为哪些水手可以加入奥赛罗号一伙，剩下来的人，尽管他们发出难以入耳的咒骂，还是被两个小水手捆起了双脚。挑选完毕，八个炮手拖起被绑的人，毫不留情地把他们扔进了大海。海盗们幸灾乐祸地瞧着他们堕入海中的模样、他们的痛苦表情以及垂死的挣扎。不过海盗们脸上毫无表情，没有嘲笑，没有惊愕，也没有怜悯，在他们看来，这是一件平常的事，好像已经司空见惯了。年纪较大的海盗感兴趣的是放在大桅杆脚下装满皮阿斯特的木桶，他们瞅着这些木桶，脸上露出一抹阴沉而坚定的微笑。将军和高梅茨船长坐在包裹上，用几乎呆滞的目光默默地互相探视。很快他们便成了圣费迪南号全体人员最后的两个幸存者，被两个奸细选中的七个西班牙水手已经兴高采烈地换上了秘鲁人[1]的服装。

"残忍的混蛋！"将军突然叫了起来，他义愤填膺，忘记了痛苦，也忘记了谨慎。

"他们也是不得已，"高梅茨镇静地说，"如果您再见到其中的任何人，您难道不会用剑把他穿透吗？"

"船长，"大副转过身来对西班牙人说，"巴黎船长听说过您，他说您是唯一熟悉安的列斯海海道和巴西海岸的人。如果您愿意……"

船长轻蔑地喝住了年轻的大副，回答道："我宁愿死，也不愧为海员，不愧为忠诚的西班牙人，不愧为基督教徒。你明白吗？"

"扔下海！"年轻人喝道。

一声令下，两个炮手上来架住高梅茨。

"你们是一些卑怯的无赖！"将军嚷道，两个海盗闻声停下来。

"老家伙，"大副对他说，"火气别太旺。您的红绶带引起了我们船长的注意，可我才不管这些呢……一会儿就轮到跟你聊几句了。"

这时，一个沉闷的响声使将军明白正直的高梅茨死了，他没有发出一声呻吟，不愧是海员。

1　巴尔扎克大概忘了前面说这是一艘哥伦比亚船。

"我跟你们拼啦！"将军怒火万丈地狂叫。

"嘿！您倒蛮通情达理的嘛，"年轻的海盗冷笑着回答，"现在您放心，我们要给您一点颜色看看……"

说完，大副一示意，两个水手上来准备捆住法国人的脚，但他出其不意勇猛地把他们打倒，以迅雷不及掩耳之势夺过大副腰间的大刀，敏捷地挥舞起来，显出了老骑兵将军的本色[1]。

"啊！强盗们！你们甭想把拿破仑的老兵像牡蛎似的扔进水里。"

手枪几乎顶着顽抗的法国人[2]射出了几发子弹，枪声引起了巴黎船长的注意，当时他看着水手们按他的命令把圣费迪南号的索具搬过来，他不动声色地转到勇敢的将军背后，迅速地擒住他，把他拖到船边，准备像扔废杉木板似的把他扔下水。就在这一瞬间，将军看见了抢走他女儿的那个人猛兽般的眼睛。岳父和女婿立刻互相认了出来。船长做了一个相反的动作，非但没有把将军扔下海，反而轻轻地把他放到主桅杆的旁边，动作之轻快利落，好像侯爵没有重量似的。甲板上议论纷纷，海盗向他的喽啰们瞪了一眼，下面立即鸦雀无声。

---

1 巴尔扎克忘了将军的手是被绑着的。
2 居然没有打中他，这里显然是作者的疏忽。

"这是爱伦娜的父亲，"船长用清晰而坚定的声音说，"谁不敬重他谁就倒霉！"

　　甲板上响起了一片兴奋的欢呼，声音直冲云霄，仿佛是教堂里的祈祷，仿佛感恩赞美诗的第一声呼唤。小水手们在绳索上摇来荡去，水手们把帽子抛向空中，炮手们使劲跺着脚，所有的人都情绪激昂，呼喊、呼哨、赌咒，响成一片。这种狂热的欢腾使将军惴惴不安，心中黯然。他觉得这疯狂的感情一定和某种骇人听闻的秘密有关，所以他冷静下来的第一句话便是："我的女儿，她在哪儿？"海盗向将军射去一道深沉的目光，不知道什么缘故，这种目光每每能使最顽强的人心慌意乱。将军顿时哑口无言。水手们十分得意，他们看到他们的首领能制服任何人。海盗带着将军走向一道楼梯，领他走下去，来到一间船舱门前，他激动地推开门，说道："她在这儿。"

　　他说完就走了，任老军人看着眼前的情景发愣。爱伦娜听到房门突然打开，从她休息的沙发上站起来，看到侯爵，惊讶得叫出了声。她的模样大变了，唯有父亲的眼睛才认得出来。热带的太阳给她白皙的面孔涂上了一层棕色的油彩，一层神奇的光泽，使她更加漂亮，而且富有诗意。她气宇轩昂，端庄凝重，那深沉的感情，哪怕最粗野的人见了也会深受感动。她的头发又长又密，波浪形的发髻披散在高贵的脖颈上，给这张充满豪情的脸庞增添了威严的影像。爱伦娜的姿势和体态充分表现出她意识到自己的权力。红润的鼻孔微微张开，流露出得意扬扬的神情，她美丽的容颜每个部分都在告诉你她过着恬静幸福的生活。她身上同时具有处女的温柔和受人宠爱而特有的矜持。她既是奴隶，又是王后，她愿意服从，因为她能够统治。她的服饰华丽，穿着迷人而优雅，全身上下都是印度绸。沙发和垫子蒙着开司米，宽敞的船舱地板上铺着波斯地毯。她的四个孩子在她的脚边嬉戏，他们用珍珠项链、珍贵的首饰和贵重的物品在拼搭稀奇古怪的宫殿。几个由雅科托[1]夫人描绘的塞夫勒瓷瓶里插着馨香的奇花异卉，其中有墨西哥的茉莉，还有山茶花，几只驯养的美洲小鸟在山茶花枝上盘旋，这些小鸟好似用红宝石、蓝宝石和金子做成的。这间客厅里放着一架钢琴，板壁上挂着黄绸，还挂着几幅画，虽然都是小幅的，但都出自名家之手。居丹[2]的一幅《夕阳西下》和一张泰尔比尔[3]的画挂在一起，拉斐尔的《圣母像》跟吉罗德一张诗意盎然的草图争辉，一幅热拉尔·道的画使小德罗林[4]的画相形见绌。在一张中国漆的桌上放着

1　玛丽-维克图瓦·雅科托（1778—1855），工艺美术家，曾为塞夫勒造瓷场在瓷器上复制大师们的杰作。
2　居丹（1802—1880），法国画家。
3　泰尔比尔（1617—1681），荷兰画家，以画肖像著称。
4　小德罗林（1752—1817），室内装饰画家。

一个金盘子，装满了美味的水果。总之，爱伦娜好像大帝国的皇后坐在自己的小客厅里，身为帝王的丈夫给她收集了全世界最高雅的东西。孩子们的眼睛亮晶晶，生气勃勃地望着他们的外祖父，他们过惯了风里来雨里去的动荡生活，很像大卫画的《布鲁图斯》[1]里喜欢流血战斗的小罗马人。

"这怎么可能呢？"爱伦娜惊呼，她抓住父亲，好像要证实眼前的景象是真实的。

"爱伦娜！"

"父亲！"

两人拥抱，但老人搂着女儿既不太有力也不太热情。

"您刚才待在这艘船上？"

"是的，"他神情忧郁地回答，一边在沙发上坐下，一边瞧着围着他的孩子们，他们天真地端详着他，"我差一点死了，要是没有……"

"要是没有我的丈夫，"她打断了他的话，"我猜到了。"

"唉！"将军叹道，"干吗要让我这样跟你团聚呢？我的爱伦娜，我为你流过多少泪啊！我还得继续为你的命运叹息！"

"为什么？"她微笑着问道，"您难道不乐意听说我是世界上最幸福的女人吗？"

---

1 大约是指《侍从官给布鲁图斯送回他的孩子们的尸体》，现存卢浮宫。

"最幸福的女人！"他吃惊地跳了起来。

"是的，我的好父亲。"她接着说，一边拉过她父亲的双手，吻了吻，紧贴在她突突跳动的心口，一边又娇憨地把头一歪，眼睛里闪烁着意味无穷的喜悦的光芒。

"你到底情况怎么样？"他问道，很想知道他女儿的生活，见她喜形于色，他把别的什么都忘记了。

"您听我说，父亲，"她回答，"我的情人、丈夫、仆人、主人，是一个心胸开阔似这无边大海的人，是一个性情温和如蓝天的人，总之，他是一个神明！七年来，他始终对我温柔体贴、情深意切，从来没有一句话、一个神情、一个手势叫我难过的。他看着我的时候，嘴上总是挂着亲切的微笑，眼里总是闪着快乐的光芒。在船舱上面他雷鸣般的声音常常盖过风暴的呼啸，压住枪炮的轰鸣，可是在这里，他的声音温柔动听，听他说话就好像聆听罗西尼的音乐。凡是女人异想天开需要的东西，我都能得到，甚至往往超过我的愿望。总之，我统治海洋，我像一个女王，别人对我都恭恭敬敬。"她停了一会儿接着说，"啊！幸福！'幸福'这个词不能表达我的快乐。我拥有一切女人的快乐！心里感到对自己所爱的人一往情深，一片忠诚，同时体会到在心里，在他的心里感情深厚无涯，能容纳得下一个女人的全部心灵，而且始终如此。您说，这难道不是幸福吗？我一个人要上千人供养。这里只有我一个女人，这里我能发号施令。从来没有别的女人登上过这艘高贵的船，维克托总是和我寸步不离。"她停了一下，神情狡黠地接着说，"他跟我形影不离，就像船尾总跟着船头。七年啦！七年始终如一的爱情，受七年之久考验的爱情，难道能简单地称之为爱情吗？不！啊，不能！这超过了我对生活的一切要求……人类的语言难以表达天堂里的幸福。"

泪水从她火一般灼热的眼睛中夺眶而出，四个孩子见了齐声呜咽，像四只小鸡向他们的母亲跑过去，大孩子一边捶打将军，一边狠狠地瞪着他。

"阿贝尔，我的天使，"她说，"我是高兴得哭的啊。"

爱伦娜把他抱在膝盖上，孩子亲热地抚摸她，双臂搂住她美丽的脖子，好似小狮在跟母狮玩耍。

"你不感到无聊吗？"将军大声问道，他被女儿这番热情洋溢的答话弄得不知所措。

"也感到无聊，"她回答，"我们到陆地去的时候就感到无聊，虽然并没有离开我的丈夫。"

"可是你以前那么喜欢节日、舞会、音乐！"

"音乐嘛，他的声音就是音乐；我的节日，就是用心为他梳妆打扮。要是他喜欢我某种打扮，岂不等于全世界在赞美我吗！仅仅由于这个原因我才不把这些钻石，这些项链，这些宝石发饰，这些财宝，这些鲜花，这些艺术珍品扔下海去。他慷慨给我这一切的时候对我说：'爱伦娜，既然你不去世上享受富贵荣华，我就要让世上的富贵荣华来找你。'"

"但是这条船上尽是些男人，一些胆大妄为的男人，可怕得很，他们是不顾一切地……"

"我明白您的意思，父亲，"她微笑着说，"您放心。从来没有哪个皇后像我这样受人敬重。这帮人很迷信，他们认为我是神灵，保护着这条船，保护着他们的行业，保护着他的成功。但是他才是他们的上帝！有一天，只有一次，一个水手对我不尊敬，出言不逊吧，"她哈哈笑着说，"还没等维克托知道，船上的人便把他投下海，其实我已经原谅他了。他们爱我如爱天使，我给他们治病，有幸救活了几个人，他们死里逃生，是因为我像妻子那样坚持不懈地看护他们。这些可怜的人既是大汉，也是小孩子。"

"要是交火呢？"

"我已经习惯了，"她回答，"第一次交火的时候，我害怕得发抖……现在我的心已经习惯冒风险……甚至……因为我是您的女儿，"她说，"我爱这种冒险生活。"

"要是他遭不幸呢？"

"我就跟着他死。"

"那么孩子们呢？"

"他们是在海洋和危险中出生的，他们跟父母共命运……我们的存在是一体的，不可分割的。我们共同生活在一起，我们的生活被记录在同一页历史上，我们知道，我们是同舟共济的一家人。"

"你爱他爱到如此程度，真是胜过一切啊！"

"是的，胜过一切，"她重复道，"行了，别再探测这个秘密了。您瞧！这个可爱的孩子，将来就是第二个他！"

说完，她使劲抱着孩子，贪婪地在他的脸颊上、头发上亲吻。

"可是，"将军高声道，"我忘不了他刚才把九个人扔进大海。"

"那他一定是不得已才这么做的，"她回答，"他可仁慈宽厚啦。他尽可能避免流血，以便保全他手下的小天下和这个小天下的利益，以便保护他所捍卫的神圣事业。您可以跟他谈谈您认为不好的事情，您信不信，他准使您改变看法。"

"那么他的罪行呢？"将军说，他好像在自言自语。

"什么罪行？"她冷静而庄重地反驳，"如果这是德行呢？如果是因为人类的法律不能替他报仇雪恨呢？"

"替自己报仇！"将军喊道。

"什么叫地狱？"她问道，"不就是因某天犯了几个错误而受到永世的报复吗？"

"啊！你已迷入歧途。他使你着了魔，使你堕落。你在胡言乱语。"

"您在这里待一天试试，父亲，要是您愿意听听他的意见，看看他的为人，您会喜欢他的。"

　　"爱伦娜，"将军严肃地说，"我们离法国只有几法里了。"

　　她不禁颤抖了一下，从房间的窗口朝外望了望，指着一片绿波荡漾的茫茫大海，脚尖拍着地毯，回答说：

　　"这就是我的祖国啊！"

　　"你不去看看你的母亲、你的妹妹、你的弟弟？"

　　"哦，要去的，如果他肯去，如果他能陪我去。"

　　"你一无所有啊，爱伦娜，"军人严肃地接着说，"你没有祖国没有家庭……"

　　"我是他的妻子，"她神情自豪地反驳，语气十分庄严，"七年来我第一次尝到不是直接来自他的幸福，"她抓起父亲的手，吻了吻，补充道，"七年来这是我听到的第一声责怪。"

　　"你的良心怎么想？"

　　"我的良心！我的良心就是他。"这时，她猛地颤抖了一下，"他来了，"她说，"甚至在战斗激烈的时刻，我在众人的脚步声中也能识别出他在甲板上的声音。"

　　她的双颊顿时飞起一片红云，变得神采奕奕，两眼闪闪发光，脸色也发白了……在她的肌肉里，在她蓝色的血管里，在她周身情不自禁的颤抖里，渗透着幸福和爱情。

她这样感情激荡，打动了将军的心。果然，不一会儿，海盗进屋来，坐在安乐椅上，抱起他的大儿子，跟他玩起来。一时大家无言，将军陷入沉思，一种朦胧的感情把他带入梦幻。他凝望着这个雅致的船舱，它很像一个翠鸟窝。七年来这一家在海洋上航行，在天空和海浪之间漂泊，靠着一个人的信念，历经战斗和风雨的艰险，就像一个家庭要在一家之主的带领下闯过社会上的种种祸患……他不胜欣赏地望着女儿，她那如海上仙子般神奇的身影，鲜艳妩媚，洋溢着幸福。她的心灵丰满，眼睛晶莹闪烁，她身上和她周围荡漾着一种无法言喻的诗意，相形之下，连四周的珍宝也黯然失色了。这奇特的情景使将军惊异莫名，其中的激情和道理无比崇高，平庸之辈是难以理解的。社会上冷酷、狭隘的阴谋手段在这幅图景面前都将无地自容。老军人感觉到这一切，同时明白他女儿决不会放弃如此广阔、如此丰富多彩而又充满真情实爱的生活。再说，要是尝到一次遇险的滋味而没有受惊，那么她就决不会再回到平庸、狭隘的社会小天地里来了。

"我妨碍你们吗？"海盗看着妻子，打破沉默问道。

"不，"将军回答说，"爱伦娜什么都对我讲了，我看她已经永远跟我们分离了……"

"不，"海盗急忙说，"再过几年吧，等时效[1]过了之后，我们就可以回法国了。只要良心是纯洁的，虽然违反了你们社会的法律，却服从了……"

他不说了，不屑为自己辩护。

"可是您怎么能够，"将军问，"对在我眼前犯下的新凶杀没有任何内疚呢？"

"我们断粮了。"海盗镇静地回答。

"但是可以把这些人送到海岸上去啊……"

"他们可能设法派军舰切断我们的后路。我们就到不了智利了……"

"在他们从法国通知西班牙海军部之前不行吗？"将军打断他的话。

"但是法国也会认为一个被重罪法庭追究的人抢了波尔多人租借的商船是一件坏事。话说回来，您在战场上有时难道不也多放了几发炮弹吗？"

将军被海盗的目光镇住了，只好不开口，他女儿看着他，神情里既有胜利也有忧伤……

"将军，"海盗用深沉的声音说，"我自己定下一条规矩，绝不滥行掠夺，但是毫无疑问我的收获比您的财富

---

1 在没有判决的情况下，时效为期十年，再等三年，他便可免于受审判罪，但并不等于恢复权利和地位。

要可观得多。请允许我用现钱来补还您的财物……"

他从钢琴的抽屉里抽出一捆钞票，不点数就递给侯爵，足有一百万。

"您知道，"他接着说，"我看着波尔多岸上人来人往并不开心啊……好吧，除非您喜欢我们充满危险的波希米亚式的生活，除非您喜欢南美的风光、热带的夜晚，除非您喜欢我们的战斗，乐于让一个新兴的国家取胜，或者说在西蒙·玻利瓦尔[1]的旗帜下战斗，否则我们得分手了……一只小艇和几个忠实的人在等着您。希望我们有第三次相遇，一次完全幸福的相遇……"

"维克托，我想让我父亲再待一会儿。"爱伦娜气鼓鼓地说。

"多十分钟或少十分钟，很可能使我们遇到舰艇。也好，我们可以开开心！我们的人烦闷得慌呢。"

"嘻！那您走吧，父亲，"海盗的妻子说，"给妹妹、弟弟们，我的……母亲，"她加了一句，"带上这些留作纪念吧。"

她抓了一把宝石、项链、首饰，用一块开司米包了，

1　西蒙·玻利瓦尔（1783—1830），南美自由党领袖、将军和政治家。"巴黎船长"似乎是站在玻利瓦尔一边以反对西班牙而斗争的哥伦比亚海盗。但巴尔扎克在时间安排上有误，因为玻利瓦尔自1819年已取得委内瑞拉和新格拉纳达的独立，从而建立了大哥伦比亚。

有些不好意思地递给她父亲。

"我代你向他们说些什么呢？"他问，好像注意到了她说出母亲一词之前犹豫了一下。

"嘻，您还怀疑我的心愿呀！我每天都在祝愿他们幸福。"

"爱伦娜，"老人又问，一边目不转睛地瞧着她，"我再也见不着你了吗？我难道永远不能知道你出走的原因吗？"

"这个秘密不在我这边，"她语气严肃地说，"我也许应该告诉您，可现在可能还不到告诉您的时候，我曾经受了十年不可思议的痛苦……"

她没有往下说，只把送给家里人的礼物递给她父亲。将军在战争中见过世面，对战利品的看法颇为开通，他接受了女儿的礼物，心里高兴地想到巴黎船长在爱伦娜纯洁的灵魂、崇高的心地感召下，跟西班牙人作战，仍不失为正派人。对勇士的喜爱在他身上占了上风，心想要是假正经未免荒唐可笑，于是他有力地握了握海盗的手，拥抱了爱伦娜，他唯一的女儿[1]，其感情的流露是士兵们所特有的，他的一滴眼泪掉在女儿脸上，她带着刚强而高傲的表情一再向他微笑。海盗深受感动，拖起孩子们让他祝福。最后，大家再一次用充满热情的目光表示再见。

---

[1] 作者暗示莫依娜是德·旺德奈斯的私生女。

"祝你们永远快乐！"外祖父大声祝愿，一面急忙奔向甲板。

海面上，将军眼前出现了一个奇特的景象。被火焰吞没的圣费迪南号在熊熊燃烧，好似着了火的一大堆草。水手们在沉没西班牙双桅帆船的时候，发现船上有一桶朗姆酒，这种酒在奥赛罗号上多的是，他们为了寻乐，便点燃大碗酒，让它在海上漂游。这帮人海上生活单调，有机会就想活跃一下生活，所以这种娱乐是情有可原的。将军下船登上由六个壮实水手操作的圣费迪南号小艇，他不由自主地回首凝望起火的圣费迪南号和他的女儿，但见她偎依着海盗，两人站在船尾。种种往事涌上将军的心头。爱伦娜的白色连衫裙迎风飘动，宛如船上的一片白帆。在这广袤的大海上，将军清晰地辨认出她那张脸，那么美丽、那么崇高，带着统治一切，甚至统治大海的庄严神情，军人的乐天态度使他忘记了他恰好在正直的高梅茨的坟墓上行舟。在他的头顶上空，一股巨大的烟柱如乌云翻滚，灿烂的阳光透射烟云，洒下富有诗意的闪光。这是第二重天，一个阴暗的天穹，下面金光闪烁，上面展现着万里晴空，这暂时的衬托使天空显得格外美丽。这条烟柱的颜色稀奇古怪，时而黄澄澄，时而金灿灿，时而红通通，时而黑漆漆，各种颜色云雾般团团融合在一起，弥漫在西班牙商船的上空，船上不断发出爆破声、断裂声和各种尖厉的声响。火焰呼呼作响，吞噬着绳索，窜进整个船舱，犹如城市平民暴动，沿街抢劫。朗姆酒燃烧的蓝色火焰摇摇晃晃，仿佛海鬼狂舞的炬光，又仿佛大学生在狂欢的酒宴上挥动的酒火。但太阳嫉妒这肆无忌惮的火光，发出更加耀眼的光芒，使这火光的色彩几乎难以分辨。火光犹如一张网，一块头巾，在直泻而下的阳光里轻轻飘荡。奥赛罗号掉转船头，利用仅有的一点风力，逃之夭夭。它一会儿歪向左侧，一会儿歪向右侧，宛如空中一只摇晃的风筝。这条漂亮的帆船向南抢风航行，时而从将军的视线中消失，隐没在右边笼罩着海面的奇形怪状的烟柱后面，时而潇洒地露出船身，向远方驶去。爱伦娜每一次从船上远远看见父亲，便挥动手绢向他告别。

不一会儿，圣费迪南号沉没了，在发出一阵沸腾般的声音之后，立刻被海洋吞没。海面上只剩下一片烟云，在和风的吹拂下缓缓飘荡。奥赛罗号已经远去，小艇朝海岸靠拢。烟雾弥漫在这艘小艇和双桅横帆船之间，通过这片翻滚的烟云的裂隙，将军最后一次瞥见他的女儿。多么带有预言性的景象啊！茶褐色的背景上只能看见白手绢、连衫裙。帆船已经隐没在绿水和蓝天之间，爱伦娜只是依稀可辨的一个点，一条飘逸的线，一个云霞中的天使，一个印象，一个回忆。

侯爵在重振家业之后，因劳累过度死去。1833年，他死后几个月，侯爵夫人不得不带莫依娜到比利牛斯海滨疗养。任性的孩子提出上山去观赏风景，等她回到海滨，发生了一幕可怕的场景。

"我的上帝，"莫依娜说，"我们万不该离开山里，母亲，在那里多住几天才好哩！我们在那里比在这儿强多了。你听见了没有？隔壁该死的孩子哭了整整一宿，不幸的母亲唠唠叨叨哄她，她大概说的是土语，我一句也没有听懂。真倒霉，碰到这样的邻居！这是我一生中最难熬的夜晚。"

"我什么也没有听见，"侯爵夫人回答，"好吧，我亲爱的孩子，我去见老板娘，把隔壁这间房间也要过来，我们单独住一套好啦，这样我们就听不见吵闹声了。今天早上你觉得怎么样，还累吗？"

说着，侯爵夫人起身来到莫依娜的床边。

"怎么样啦？"她一边问，一边拉女儿的手。

"啊，别碰我！母亲，"莫依娜回答，"你的手冷着呢。"

说完，小姑娘一扭头，赌气地把脸埋在枕头里，但是那娇滴滴的样子，母亲是不会生气的。就在这时，从隔壁房间传来呻吟声，声调低沉而悠长，叫女人们听了心里难过。

"整整一夜你听到的就是这个声音？为什么不喊醒我呢？我们也好……"一声更为深沉的呻吟打断侯爵夫人的话，她惊喊道，"那边有人快死了！"她连忙走出房间。

"把波利娜给我叫来，"莫依娜喊道，"我要穿衣服了。"

侯爵夫人迅速下楼，在院子里见到老板娘，几个人正围着她仔细听她说话。

"太太，您在我们旁边房间安排的那个人好像病得很重……"

"嗐，甭提啦！"旅馆女主人大声说，"我刚派人去找镇长。请想想，一个女人，一个可怜的遭难的女人，昨天晚上到的，步行来的啊。从西班牙来的，没有护照，没有钱。背着的孩子都快要死了。我不能不接待她呀。今天一早，我还去看过她呢，因为昨天她刚到的时候，她那个样子真叫我心疼，可怜的女人！她跟孩子睡在一起，两个人都快死了，还都在挣扎。她一边摘下手指上的金戒指一边对我说：'太太，我只有这个东西了，您拿着就算是我的房钱吧，这也足够了，我不会在这儿久住的。可怜的小宝宝，咱们死在一起吧。'她一边说一边瞧着孩子。我收下她的戒指，我问她是谁，但她硬是不肯说出自己的名字……我刚派人去找医生和镇长……"

"嗬，请您想尽一切办法救她吧，"侯爵夫人大声说，"我的上帝！或许还来得及救她呢！她的一切费用由我给您支付……"

"嘿！夫人，她的样子可傲气啦，我不知道她乐意不。"

"我去看看她……"

侯爵夫人立即上楼去找那个她并不认识的女人，没有想到自己穿着丧服，奄奄一息的病人见了会害怕。侯爵夫人一见这个临死的女人，脸色顿时煞白。尽管极度的痛苦使爱伦娜美丽的容貌变了样，侯爵夫人还是认出了自己的大女儿。而爱伦娜见到一个穿黑丧服的女人，立即坐了起来，恐怖地尖叫一声，然后又慢慢躺了下去，她发现这个女人正是她的母亲。

"我的女儿！"德·哀格勒蒙夫人说，"您要什么吗？波利娜！……莫依娜！……"

"我什么也不需要，"爱伦娜声音微弱地回答，"我原希望能重新见到我父亲，但既然您的丧服已经向我表明……"

她没有把话讲完，紧紧把孩子贴在胸口上，好像要用身体暖和她。她吻吻孩子的额头，然后向母亲看了一眼，眼光里责备的神情仍依稀可辨，尽管已经被宽恕冲淡了。侯爵夫人不愿看见这种责备，她忘记了爱伦娜当年是在眼泪和痛苦中孕育的，是义务的产物，忘记了这个孩子曾经引起了她多么大的痛苦。她慢慢走近她的长女，脑子里只记得爱伦娜第一个使她尝到生育的愉快，母亲热泪盈眶地吻她女儿，一边喊道："爱伦娜，我的女儿……"

爱伦娜不作声，她感觉到她的最后一个孩子咽下了最后一口气。

这时，莫依娜、她的随身女仆波利娜，老板娘和医生进屋来。侯爵夫人双手拉着女儿的手，凝视着她，悲痛十分真切。但是水手的遗孀刚刚从海船遇险中死里逃生，整个美满的家庭只救出一个孩子，这一不幸使她悲愤难平，所以她声色俱厉地对母亲说："这一切都是您造成的！如果您从前对我能像对……"

"莫依娜，出去，你们统统出去！"德·哀格勒蒙夫人放大嗓门，压住了爱伦娜的声音。

"发发慈悲吧，我的女儿，"她接着说，"在这样的时刻旧事别提了吧……"

"好吧，我不说啦，"爱伦娜回答，她做出了超人的努力来控制自己，"我也是母亲，我知道莫依娜不该……我的孩子在哪儿？"

莫依娜出于好奇探头进来。

"姐姐，"这个娇生惯养的孩子说，"医生……"

"什么都不用了，"爱伦娜说，"唉！为什么我十六岁那年不死，我当时真想自杀啊！越出礼法绝不会有幸福……莫依娜……你……"

她断气了，头歪倒在她痉挛地抱住的孩子的头上。

德·哀格勒蒙夫人回到自己的房间，痛哭流涕，她接着爱伦娜刚才的话对莫依娜说："你姐姐大概想对你说，莫依娜，对一个姑娘来说，浪漫的生活是绝不会有幸福的，因为越出了传统的思想，特别是因为远离了自己的母亲。"

六 一个有罪母亲的晚年

　　1844 年六月上旬的一天，中午时分，在巴黎翎毛街[1]一座大公馆的花园里，一位五十岁左右的贵妇沿着一条小径在太阳下散步，她看上去比实际年龄显得苍老。小径略有曲折，她在这里走来走去，是为了能看见一个套房的窗户，看来这个套房吸引了她的全部注意力。转了两三圈之后，她坐到一张半乡间式的椅子上，这些椅子是用带皮的新树枝做的。贵妇人坐在这别致的座位上，透过铁栅栏院墙，可以看见市内林荫道，大街上巴黎荣军院雄伟的金色圆顶高高耸立在密密丛丛的榆树树梢之上，十分壮观；同时她也能看见荣军院的并不十分宏伟的花园，后面是圣日耳曼区一座最美丽的公馆的灰色门脸。邻近邸宅的花园，大街，荣军院，一切都是静悄悄的，因为这个贵族区一天

1　现巴黎第七区乌迪诺街。

的生活从中午才开始。除非有人心血来潮，或是某个年轻的贵妇非要在早晨骑马，或是某个老外交官有什么非应付不可的礼宾任务，一般在这个时辰，不论仆人还是主子，要么在沉沉酣睡，要么是大梦初醒。

这位早起的老妇人正是德·哀格勒蒙侯爵夫人，是这座漂亮公馆的主人德·圣埃雷安夫人的母亲。侯爵夫人把这幢房子让给了她女儿，把全部财产都给了她，自己只留下一份养老金。莫依娜·德·圣埃雷安夫人是德·哀格勒蒙夫人存活在世的唯一一个孩子。为了使她嫁给法国一个阀阅世家的继承人，侯爵夫人牺牲了一切。这也是情理之中的事，她相继失去了两个儿子，一个是居斯塔夫·德·哀格勒蒙侯爵，死于霍乱；另一个是阿贝尔，在出征君士坦丁堡的过程中死于非命。居斯塔夫留下遗孀和几个孩子，但是德·哀格勒蒙夫人对两个儿子的感情原本就不太热烈，到了孙子辈就更淡薄了。她对德·哀格勒蒙少夫人以礼相待，只保持表面的感情，符合对待近亲的情理和礼仪。死去的两个孩子的家产安排得合情合理，她把自己的积蓄和自己的财产留给了她亲爱的莫依娜。莫依娜自幼美丽动人，一直是德·哀格勒蒙夫人偏爱的对象。富豪人家的母亲总存在这类天生的或无意的偏爱，这种命中注定的好感似乎是难以解释的，其实观察家知道得一清二楚。[1] 莫依娜妩媚动人的面孔，这个宝贝女儿的声调，她的风度、步履、表情、动作，无一不使侯爵夫人深深为之激动，这种激情能鼓舞或扰乱母亲的心，能使母亲心醉神迷。她过去、现在、将来的生活动力全在这个少妇的心里，为了这颗心，她耗尽了全部财富。五个孩子中，莫依娜幸运地活了下来。德·哀格勒蒙夫人很悲惨地失去了一个可爱的女儿，下落几乎是不明不白的——许多有身份的人都这么说。另外还有一个男孩，五岁上惨遭横祸夭折了。命运好像为她最心爱的女儿留下了生路，侯爵夫人一定认为这是一种天意，所以她对被死神夺走的几个孩子记忆淡薄，他们在她的心目中犹如战场上的累累坟头，久而久之便被遍地的野花淹没了。侯爵夫人的冷漠心肠和偏宠偏爱本会招来世人的非议，但是巴黎社会一心关注接踵而来的事件、时装、新思想，德·哀格勒蒙夫人的一生几乎被人忘却了。谁都想不到给她加上冷淡、健忘的罪名，人们对此毫无兴趣，相反她对莫依娜的疼爱倒引起很多人的注目；这固然是一种偏执，却也令人肃然起敬。再说，侯爵夫人很少去交际场所，认识她的人家多半都觉得她善良、温和、虔诚、宽容。既然社会满足于这些表象，我们又何必深究呢？何况，老人已经销声

1　暗指莫依娜是爱情的产儿，故母亲十分偏爱。

匿迹，只愿成为人们的一个回忆，对他们还有什么不可原谅的呢？总之，德·哀格勒蒙夫人是子女向父亲、女婿向岳母津津乐道的楷模。她早就把财产给了莫依娜，对年轻伯爵夫人的幸福满心欢喜，因她才活着，为了她而活着。假使有几个老成持重的长者，几个忧心忡忡的叔伯辈人责备这种行为，说什么"德·哀格勒蒙夫人也许有一天要后悔把财产给了她的女儿，纵使她了解德·圣埃雷安夫人的心，难道她对女婿的为人也有把握吗？"，那么这种预言会引起公愤，而且远近各方都对莫依娜颂扬备至。

"应当替德·圣埃雷安夫人说句公道话，"一个年轻妇人说道，"她母亲的生活环境并没有发生任何变化。德·哀格勒蒙夫人仍旧住得富丽堂皇，她有一辆车听她使唤，照旧可以到任何交际场所去啊……"

"除了意大利歌剧院，"一位老食客低声道，这等人自以为有权向朋友们随便说俏皮话，表示自己并不随声附和，"老夫人喜欢音乐，而她那个娇生惯养的女儿对音乐什么的却一窍不通。当年她是多么出色的音乐家啊！如今伯爵夫人的包厢里总是挤满年轻的花蝴蝶，她在那儿碍小人的事，人家已经在说她的女儿是个风骚女人了，可怜的母亲再也不去意大利歌剧院了……"

"德·圣埃雷安夫人为她母亲举行很有趣味的晚会呢，"一个该出嫁的姑娘说，"那个沙龙，全巴黎的名流都去。"

"在那个沙龙里谁也不注意侯爵夫人。"老食客说。

"事实上德·哀格勒蒙夫人总是有人陪伴的。"一个花花公子辩解道，他是年轻贵妇的应声虫。

"上午，"老观察家低声道，"上午，亲爱的莫依娜要睡觉。四点钟亲爱的莫依娜要去森林。晚上，亲爱的莫依娜去舞会或滑稽剧院[1]……不过，德·哀格勒蒙夫人确实可以在她亲爱的女儿换衣服的时候，或者亲爱的莫依娜偶尔跟亲爱的母亲一起吃晚饭的时候，见着她亲爱的女儿。就在一个星期以前，先生，"食客拉住一个新到主人家的腼腆的家庭教师的手臂说，"我见到了这位可怜的母亲，孤零零一个人愁眉苦脸地坐在壁炉旁。我问她：'您怎么啦？'侯爵夫人朝我笑笑，但是看得出，她哭过了，她回答我说：'我在想，生了五个孩子，到头来还这么孤独，真是天大的怪事，这是我们命中注定的吧！不过话说回来，当我知道莫依娜玩得痛快，我心里挺高兴的。'她可以对我推心置腹，我从前认识她的丈夫，她丈夫是个可怜的人，娶了这个妻子可走运了，多亏她，他才当上贵族院议员，还在查理十世的宫廷里找到了差使。"

上流社会人士的谈话有很多虚妄不实之词，往往轻率地造成严重的创伤，所以风俗史家们不得不谨慎地掂量那

---

1 当时对巴黎的意大利歌剧院的一种称呼。

些信口雌黄、不负责任的说法。总而言之，孩子和母亲到底谁是谁非大概永远也搞不清了。对这两颗心，只有一个审判官可以评断，那便是上帝！上帝往往在家庭内部进行报复，总是利用孩子反对母亲，利用父亲反对儿子，利用人民反对帝王，利用王公国戚反对自己的国家，利用一切反对一切，而在精神领域里，则用这样一些感情代替那样一些感情，犹如春天的新叶代替枯叶，根据一个万古不变的规律行事，其目的只有上帝自己才知道。也许是万物趋本，或说得更确切一些，万物归本吧。

这些宗教思想，在老人们心中非常自然，同样也在德·哀格勒蒙夫人心灵上弥漫浮动，半明半暗，时隐时现，犹如狂风大作时水面上翻腾的浪花。她懒洋洋地坐着，因长时间的沉思遐想疲惫了，在这类梦境中，人的一生往往展现在预感到死亡来临的人们眼前。

这个未老先衰的女人，对某个在马路上游逛的诗人来说，简直是一幅趣味横生的图画。中午她坐在一棵槐树的瘦影下，谁见了都能从她苍白而冷静的脸上看出点故事来，甚至在温暖的阳光下也是如此。她那表情丰富的脸上有某种比风烛残年的人更为严肃的神情，或者比饱经风霜而消沉的人更为深沉的神情。她这一类人物若置身于成百上千因毫无性格而引人注目的人中间，会使你驻足，使你思索，犹如你置身在挂着成百上千幅画的博物馆里，或为牟利罗[1]描绘母亲痛苦的那幅杰出的头像所感动，或被贝阿特丽丝·桑西[2]的面庞所吸引——在最骇人听闻的罪行的背景下，基德[3]画出了最动人的无辜者的形象，或因腓力二世阴沉的脸而流连——委拉斯凯兹[4]善于表现引起恐惧的君王的威严。有些面孔具有咄咄逼人的神气，好像在对你说话、向你讯问，回答你隐藏在心中的思想，这些面孔甚至可以说是完整的诗篇。德·哀格勒蒙夫人冷冰冰的脸就是一首阴森的诗，可以在但丁《神曲》里的无数这类形象中找到。

在昙花一现的如花似玉的年代里，她曾出色地利用姿色的特点把自己伪装起来，她这样做既是她天生的弱点，也是我们社会的法律造成的。她鲜艳的脸容光焕发，眼睛火一般炯炯有神，五官生得细致优美，面部轮廓干净利落、曲直相宜，在这种外貌下，她所有的感情都可以隐匿起来。譬如脸红吧，无非给红润的脸上增添一层鲜艳的色彩，一

1　牟利罗（1617—1682），西班牙画家，他的画既有浓厚的宗教色彩和神秘气氛，同时也有反映现实的一面。

2　贝阿特丽丝·桑西（1577—1599），罗马富豪弗朗赛斯科·桑西之女。弗朗赛斯科残忍而放荡，贝阿特丽丝与其继母、兄弟合谋弑父。1599年教皇下令将贝阿特丽丝及其弟处以绞刑。

3　雷尼·基德（1575—1642），意大利画家。这里巴尔扎克称赞了基德以贝阿特丽丝·桑西的故事为题材的绘画，而实际上基德的这幅名画画的并不是贝阿特丽丝·桑西。

4　委拉斯凯兹（1599—1660），西班牙画家。这里巴尔扎克又有一个错误，委拉斯凯兹画的是腓力四世，而不是腓力二世。

切内在的激情都可以融入闪烁着生命烈火的眼睛里，忧心如焚的时刻也不过给眼神增添一层光泽。年轻人的脸神秘莫测，因为没有任何东西是一成不变的。年轻妇人的脸好似湖面，平静、光滑、清新。女人的面貌要到三十岁才定型，在这以前画家在她们的脸上只看得到玫瑰红和白皙，微笑和清一色的思想表现，即青春与爱情，千篇一律，毫无深度。但是女人到了晚年，她身上的一切都说明问题，激情深深地在她脸上打上了烙印：她当过情人、妻子、母亲。最强烈的欢乐和痛苦终于使她脸部线条变形，皱纹丛生，成百上千的皱纹条条都有含义，这时女人的头部因饱经风霜而显得崇高，因忧伤而显得美丽，或因镇静而显得优雅。如果我们打个奇怪的比喻，就好比湖泊干涸，暴露出当年湖泊形成时一股股激流留下的痕迹。于是，老妇人不再在交际场所抛头露面，因为轻佻的人见到他们所习惯的美的概念在老人脸上被破坏无遗定会心惊胆战。老妇人也不再属于艺术家，因为艺术家在她的脸上已无可发现，但她却属于真正的诗人，属于那些超脱艺术和美的偏见所造成的一切陈规陋习而对美有独到见地的人们。

尽管德·哀格勒蒙夫人头上戴着一顶时髦的风帽，依然很容易让人看出从前乌黑的头发如今因令人痛苦的激情而斑白了。她的头发从中间分开、紧贴两鬓，这种发式表明她情趣不减当年，依然保留着风流女子高雅的习惯，尽管衰老的前额皱纹纵横，昔日的丰采仍然依稀可辨。脸部的轮廓、匀称的线条使人隐约感到她曾经因自己的美貌感到自豪，但是这些迹象更暴露了她的痛苦，而且痛苦颇为剧烈，以至她容颜枯槁，两鬓干瘪，双颊凹陷，眼睑松垂，睫毛脱落，失去了目光的妩媚。这个女人浑身上下使人感到娴静。她的步履和动作缓慢，显得严肃而内向，令人肃然起敬。她的谦逊变成了胆怯，好像是几年来对女儿退让的结果，她的话不多，言语温和，很像那些被迫沉思默想、排遣杂念、修身养性的人。这种态度和举止叫人产生一种难以名状的感觉，既非忧虑，亦非同情，而是这种种感情兼而有之。总之，额头深深的皱纹，满脸的褶子，痛苦而黯淡的眼神，这一切充分表明她为了不让眼泪落地，往心里咽下了不知多少泪水。那些惯于翘首望天，向苍天诉说他们生活苦难的人，很容易从这位母亲的眼里看出每日每时祈求上天的积习以及心灵隐痛的轻微痕迹，这种创痛毁坏了心灵的花朵，甚至母爱。对这类肖像，画家们可以用色彩描绘，但要如实再现，概念和语言是无能为力的。在皮肤的色调里，在面部神态上，存在着某些无法解释的现象，但心灵一望而知，而叙述使面部表情急剧变化的种种事件则是诗人评述事件的唯一手段。这张脸表明在母亲忍受痛苦的坚韧性和人类感情的脆弱性之间爆发了一场平静而冷酷的风暴、一场秘密的战斗，至于我们的感情，跟我们本身一样，是有限的，没有任何无限的成分。不断压抑的痛苦，久而久之在这个女人身上产生了一种莫名的病态，也许几次过分强烈的震动使这位母亲的心脏受到损害，某种疾病，大概是动脉瘤吧，慢慢威胁着她，而她自己却不知道。真正的病痛潜伏得很深，表面上风平浪静，痛苦好像沉睡着，其实它不断侵蚀着患者，好似腐蚀水晶的强酸！这时候，两滴泪珠沿着侯爵夫人的双颊流了下来，她站起身，好像某个异乎寻常的，特别令人心碎的念头剧烈地刺伤了她。无疑她在估量莫依娜的前途，她预见她的女儿将要遭受痛苦，同时她自己一生的种种苦难统统涌上心头。

这位母亲的处境，只有在解释了她女儿的处境之后，才能搞清楚。

德·圣埃雷安伯爵外出执行一项政治使命已有六个来月，在他出门期间，莫依娜小主妇的虚荣心充分暴露，而且娇生惯养的孩子那种任性妄为的习气也抬头了。或因轻率，或因放纵自己卖弄风情，或是为了试试她掌握的权力，她居然跟一个极有手腕的男人调情取乐，这个男人是无情无义的，却自称爱得入迷，其实这种爱情无非是花花公子为了实现种种社会野心和各种虚荣的小算盘而采取的手段。德·哀格勒蒙夫人饱经沧桑，懂得生活，识得男人，畏惧人世，她冷眼旁观这个阴谋的发展，看到女儿落到一个玩世不恭的男人手里，预感到女儿将会毁于一旦。看到莫依娜对之言听计从的男人是个浪荡公子，哪能不叫她毛骨悚然？她亲爱的孩子正处在万丈深渊的边缘。她十分清楚后果的严重性，然而又不敢阻拦女儿，因为她在女儿面前害怕得发抖。她预料到莫依娜根本不会听从她贤明的警告，她对这颗心已产生不了任何影响，这颗心对她是硬邦邦的，对别人则是软绵绵的。如果引诱她女儿的人还有一些优秀品质的话，她出于对女儿的疼爱可能会关心这场爱情的痛苦。但是她的女儿纯粹是卖弄风情，加之侯爵夫人鄙视阿尔弗雷德·德·旺德奈斯伯爵，深知此人跟莫依娜调情如同与人对弈。尽管阿尔弗雷德·德·旺德奈斯使这位不幸的母亲深感厌恶，她却不得不把她厌恶的理由深深埋藏在心底。她跟阿尔弗雷德的父亲，德·旺德奈斯侯爵交往甚密，这种在世人看来相当体面的友谊使年轻人得以亲热地出入德·圣埃雷安夫人的家，他装作从小就与莫依娜有深厚的感情。即使德·哀格勒蒙夫人下了决心，把那句可怕的话 [1] 告诉女儿和阿尔弗雷德，他们也不会分离，不管这句话的分量有多重，她知道不会起作用，相反会使她女儿瞧不起她。阿尔弗雷德太堕落，莫依娜太精灵，他们决不会相信她说的事实。年轻的伯爵夫人首先会疏远她，认为母亲在施展诡计。德·哀格勒蒙夫人亲手筑起了囚室，把自己关在里

---

[1] 莫依娜和阿尔弗雷德实际上是同父异母的兄妹。

面等死，还得眼看莫依娜的美好生活走向毁灭。女儿的生活已经成为她的光荣、她的幸福和她的安慰，女儿的生命要比她自己的生命贵重千倍。多么可怕的苦难！简直令人难以置信，语言也难以表达！无底的深渊啊！

她焦急地等待女儿起床，却又害怕她起床，好像被判死刑的人，急于结束生命，但一想到刽子手又毛骨悚然。侯爵夫人决心做最后一次努力，不过比起担心劝说失败，她更害怕的是自己的心再受一次痛苦的创伤，累累创伤已经蚀尽了她全部勇气。她的母爱已经达到这样的地步：疼爱女儿，害怕女儿，担心从女儿那儿受到致命一击，但仍然迎险而上。对那些多情的心灵来说，母亲的感情是那么宽广，因而一个母亲在还没有心灰意冷的时候，就应当死去，要不就去投靠某种巨大的力量，如宗教或爱情。侯爵夫人起床以后，一直沉浸在对往事的回忆之中，这些事表面上微不足道，在精神生活中却是重大事件。确实，有时一个手势造成整整一场悲剧，一句话的声调摧毁整个人生，一个无动于衷的目光扼杀最难能可贵的激情。不幸，德·哀格勒蒙侯爵夫人这类手势见得太多了，这类话听得太多了，这类刺心的目光承受得太多了，她的回忆不会给她增加什么希望。一切都向她证明阿尔弗雷德已经使她在女儿的心目中失去了地位，她，女儿的母亲，在女儿的心目中已不再是欢乐，而只是义务。无数的事情，甚至锱铢琐事都向她表明伯爵夫人已经厌烦她了。这种忘恩负义的行为在侯爵夫人看来也许是一种惩罚吧。她尽量用外省人的见地来为她女儿开脱，为的是还能疼爱这双打击她的手。这天早晨她回想往事，过去的一切再次刺伤她的心，她的内心充满了哀伤，再加一点痛苦就可能外溢，一道冷淡的目光就可以置她于死地。这些家务事是很难描绘的，也许举些例子，可以从一斑见全貌。譬如，侯爵夫人开始有些耳背，但是莫依娜跟她说话时从来不愿提高嗓门。有一天，她以患病者的直率态度请女儿重复一遍她没能听清的话，伯爵夫人重复了，但神情很不乐意，从此德·哀格勒蒙夫人再也不敢重复这个小小的请求了。从这一天起，每当莫依娜讲一件事，或者同她说话，侯爵夫人就注意靠近一些，但伯爵夫人对母亲的耳背常常显得不耐烦，没头没脑地责怪母亲。这是无数件事情中的一例，只能刺伤母亲的心。这些事或许连观察家都注意不到，因为除女人的眼睛之外，别人无法觉察这些事情的微妙之处。又如一天德·哀格勒蒙夫人对女儿说德·卡迪央王妃来看过自己，莫依娜直截了当地喊道：“怎么，她来看的是您！”伯爵夫人说话的神态、腔调略微带点儿惊讶，带点儿高雅的蔑视，这种蔑视会使那些永葆青春、温柔多情的人认为，按照野蛮人的习俗，当老年人攀不住强烈摇晃的树枝时就将他们杀掉，可算一件仁慈之举。德·哀格勒蒙夫人站起来，微微一笑，走开一旁偷偷哭泣。有教养的人，特别是女人，他们的感情流露是很难觉察的，但是跟这位憔悴的母亲有同样生活处境的人，却能够感觉到她们心弦的颤动。德·哀格勒蒙夫人陷入回忆，无数细微的事在脑中萦绕，那么辛酸，那么无情，这时她比任何时候更清楚地看到微笑之下所隐藏的残忍的蔑视。等她听见女儿卧室的百叶窗打开的声音时，她的泪水已经干了。她沿着刚才坐过的椅子对面的铁栏杆下的小路，朝窗户疾步走去。她发现园丁非常仔细地把沙子路面耙平了，最近一个时期这条小径一直没有很好地收拾。德·哀格勒蒙夫人走到她女儿窗下，百叶窗突然又关上了。

"莫依娜！"她喊道。

没有回答。

侯爵夫人进屋问她女儿起床没有，莫依娜的贴身女仆回答："伯爵夫人在小客厅里。"

德·哀格勒蒙夫人心事重重，满脑子忧虑，顾不得考虑是否合时宜，便径直闯进小客厅，只见伯爵夫人穿着晨衣，蓬乱的头发上随便戴着一顶便帽，脚上趿一双拖鞋，腰带上挂着卧室的钥匙，脸上红扑扑的，正是心潮澎湃的迹象。她坐在沙发上，似乎陷入了沉思。

"干吗进来？"她语调生硬地问，"啊，原来是您，母亲。"她换了口气，但心不在焉。

"是的，孩子，是你的母亲……"

德·哀格勒蒙夫人的声调充满出自肺腑的深情和内心的激动，这种感情除了用"神圣"一词，很难找到别的概念来形容。果然，母亲这种不容亵渎的神情打动了女儿，莫依娜朝她转过身来，表示出尊敬、不安和内疚。侯爵夫人关上客厅的门，任何人在进来以前都会从前厅传来声音。这样，她们的谈话就不会被外人听见了。

"我的女儿，"侯爵夫人说，"我有责任向你点明我们女人生活中最严重的危机，你已经处在这种危机之中，也许并不自觉，我想以朋友而不是以母亲的身份跟你谈一谈。你结了婚，你的行动是自由的，你只对你丈夫负责。以前我很少让你感觉到母亲的权威（这可能是一个错误），因此我想我有权要你至少听我一次话，在目前的严重情况下，想必你需要劝导。想一想，莫依娜，我让你嫁给了一个很有才干的男人，你可以为他感到骄傲……"

"母亲，"莫依娜桀骜不驯地大声打断她的话，"我知道您要对我说什么……您又来教训我关于阿尔弗雷德的事……"

"你不会猜得这么准，莫依娜，"侯爵夫人竭力忍住眼泪，严肃地说，"如果你不感到……"

"什么？"莫依娜神情高傲地说，"但事实上，母亲……"

"莫依娜，"德·哀格勒蒙夫人做出异乎寻常的努力喝住她，"你必须仔细听我要对你说的话……"

"我听着哪，"伯爵夫人一边说，一边交叉双手，装出不得不听从的放肆样子，然后用令人难以置信的冷静态度对母亲说，"那么请允许我把波利娜打发走……"

她拉了铃。

"我亲爱的孩子，波利娜听不见……"

"妈妈，"伯爵夫人一本正经地说，她的态度在她母亲看来十分反常，"我应当……"她打住话头，贴身女仆来了。"波利娜，你亲自到博德朗铺子走一趟，问问为什么我的帽子还没有做好……"

她说完又坐了下来，目不转睛地望着她母亲。侯爵夫人胸口发胀，眼睛发干，她这时感受到的痛苦只有做母亲的才能体会到。她向莫依娜说明她面临的危险。但是，也许因为母亲对德·旺德奈斯侯爵的儿子心存疑窦使伯爵夫人感到不快，或许因为她正沉湎于某种令人难以理解的狂热之中，这是缺乏经验的年轻人所固有的，她趁母亲停顿的机会，勉强带笑地对她说："妈妈，我本来还以为你只忌妒父亲呢……"

听了这句话，德·哀格勒蒙夫人闭上眼睛，垂下头，轻轻叹了一口气。她朝上空望了一眼，正像我们在生活中遇到严重危机的时刻，不由自主地会求助于上帝一样。然后，她的目光移向女儿，眼睛里充满可怕的威严，同时也透着深深的痛苦。

"我的女儿，"她的声音变得很严厉，"你对你母亲冷酷无情的程度胜过你母亲亏欠的那个男人[1]，也许你比上帝更无情。"

德·哀格勒蒙夫人站起身，走到门口，又回过身来，发现女儿的眼中只有惊异的神情。她离开屋子，一直走到花园，这时她已精疲力竭了，她感到心脏一阵剧痛，便倒在一张长凳上。她的目光无意间扫见了沙路上男人踩过的新脚印，长筒靴在那儿留下了清晰可辨的痕迹。毫无疑问，她的女儿完了，她这才明白莫依娜打发波利娜去办事的动机。明白了这个令人痛苦的事实，随之而来推想到最令人发指的事情，她猜想德·旺德奈斯侯爵的儿子已经把莫依娜心中对母亲的尊敬破坏掉了。于是她的痛苦加剧，昏晕过去，失去了知觉，仿佛睡着了一样。年轻的伯爵夫人觉得母亲竟这样训斥她，未免过于生硬，但心想晚上表示一下温存或殷勤，也就可以和解了。她听见花园里有女人的喊声，漫不经心地俯身向窗外一看，原来是还没有出门的波利娜双臂抱着侯爵夫人在喊"救命"。

"不要吓着我女儿。"这是母亲的最后一句话。

莫依娜看着人家把母亲抬回，母亲脸色苍白，奄奄一息，呼吸困难，但却舞动着双臂，好像想挣扎或者想说话。

1　指德·哀格勒蒙先生。

莫依娜看到这情景吓呆了，她跟在后面，默不作声地帮着把母亲安放在她床上，帮着脱下母亲的衣服。她强烈地意识到自己的过错。在这关键的时刻，她才认识了自己的母亲，但一切都已无法挽回了。她要求单独跟母亲待在一起，等房间里没有别人时，她拉着母亲冰凉的手，痛哭流涕，这只手对她始终是爱护备至的啊。侯爵夫人被哭声惊醒，还能看清她亲爱的莫依娜，抽抽噎噎的哭声简直要撕裂已十分虚弱而且功能紊乱的心脏，侯爵夫人微笑着端详自己的女儿。这微笑向不孝的女儿证明，母亲的胸怀像大海一样深广，而在海底是可以随时找到宽恕的。大家听说侯爵夫人病倒了，马上分头骑马去找医生、外科大夫和德·哀格勒蒙夫人的孙儿们。年轻的侯爵夫人和她的孩子们跟医生同时到达，加上仆从，人数众多，济济一堂。人们缄默无言，焦虑不安。年轻的侯爵夫人听不见任何动静，上前轻叩房门。听见敲门声，莫依娜恍然从痛苦中苏醒过来，猛力推开两扇房门，惊恐地望着家里这一大群人。神色的慌乱比语言更说明问题。看到她悔恨交加的模样，大家哑然无声。人们一眼就看见侯爵夫人僵硬的双脚，痉挛地伸在床上。莫依娜倚着房门，瞧着她的亲戚，声音低沉地说："我失去了母亲。"

1828 年—1844 年于巴黎

假情妇

献给克拉拉·玛费[1]伯爵夫人

1　1837年3月巴尔扎克在米兰与克拉拉·玛费伯爵夫人（1814—1886）结
识。后来他因事去威尼斯，从3月14至19日短短六天内，给玛费夫人写过
两封信，爱慕之情，溢于言表。回巴黎之后他又给她写过一封表示爱慕
的长信。

1835 年 9 月，巴黎圣日耳曼区一位豪门望族的继承人，杜·鲁弗尔侯爵的独生女杜·鲁弗尔小姐，嫁给了流亡国外的波兰青年亚当-米日拉·拉金斯基伯爵。请允许我们按读音来书写斯拉夫人的姓名，为的是让读者不感到佶屈聱牙。斯拉夫语言中元音的数量少，所以在元音的前前后后设置层层屏障加以保护，生怕失落。杜·鲁弗尔侯爵把一份达官显贵的家产挥霍殆尽，而这份家业还是由于与德·龙克罗尔家族的一位小姐联姻得来的。由此，克莱芒蒂娜·杜·鲁弗尔在母系亲属中有舅父德·龙克罗尔侯爵和姨母德·赛里齐夫人；在父系亲属中有一个脾气古怪的叔父杜·鲁弗尔骑士。这位叔父在她父亲一辈中年龄最小，一直独身，靠做房地产买卖发了财。德·龙克罗尔侯爵不幸在霍乱大流行时[1]失去了他的两个孩子。德·赛里齐夫人的独生子，一个本来前程远大的年轻军官，也在非洲马克塔事件[2]中死于非命。如今，有钱有势的人家要么因子女过多而濒临一贫如洗的危险，要么因只肯要一两个孩子而有断子绝孙的可能，这是实行《民法》后产生的怪现象，拿破仑当初却是做梦也想不到的。[3]说来也是幸运，尽管杜·鲁弗尔侯爵为了巴黎最妩媚的一个女演员佛洛丽纳挥霍无度，克莱芒蒂娜仍然成了一位富有的继承人。原来，德·龙克罗尔，这位新王朝[4]中出类拔萃的外交家，他的妹妹德·赛里齐夫人，以及杜·鲁弗尔骑士，为了将家产从杜·鲁弗尔侯爵的魔掌下拯救出来，商妥每人把其中的一部分转到自己名下，准备将来交给克莱芒蒂娜。他们答应从她结婚之日起，每人给她一万法郎的年金。

那个波兰青年尽管是逃亡在外，却没有让法国政府破费一厘一毫。这一点完全不必赘述，因为亚当伯爵属于波兰最古老、最显赫的家族之一，他的家族与德国的一大半

1　指1832年发生的霍乱。

2　指1835年6月28日法国殖民军在阿尔及利亚奥兰省马克塔河畔与阿卜杜·卡迪尔亲王率领的地方武装之间的一次战斗，结果法军大败，死伤惨重。

3　这是巴尔扎克最爱谈论的话题之一，他确信按照拿破仑的《民法》取消长子继承权会使家族逐渐消亡。

4　指1830年7月革命推翻波旁王朝后建立的七月王朝。

王亲国戚有姻亲关系，与萨皮耶哈家族、拉德奇维尔家族、热武斯基家族、查尔托里斯基家族、莱钦斯基家族、雅布洛诺夫斯基家族、卢博米尔斯基家族，[1] 总之，与萨尔马特人[2] 的后裔中所有最显要的带"斯基"的姓氏多有姻亲关系。然而，在路易·菲利普时代，纹章学知识在法国已经不吃香，旧的贵族身份对于当时占据王位的资产阶级来说，已经不是敲门砖了。再说 1833 年亚当在意大利人大街、弗拉斯卡蒂和乔凯俱乐部[3] 露面的时候，他在政治上已经失去希望，过着年轻人寻欢作乐、花天酒地的生活。人家还以为他是个大学生哩。由于政府对波兰国籍深恶痛绝，当时波兰人地位低下，而共和党人则竭力想要提高波兰人的地位。"运动"与"抵制"[4] 这两个词再过三十年谁也解释不清，实际上这场"运动"与"抵制"之间莫名其妙的争斗，是对一个理当受到尊重的民族的嘲弄：法国曾经对这个战

1　以上提及的都是波兰的显贵。

2　萨尔马特人原是居住在东欧波罗的海沿岸的民族，3世纪时为哥特人征服，后为斯拉夫族同化。

3　弗拉斯卡蒂，位于巴黎黎塞留街角，原是咖啡馆，路易·菲利普时代成为巴黎最高级的赌场。乔凯俱乐部建于1833年，当时是上流人士的游乐场所，现在是一家夜总会。

4　1834年春，路易·菲利普着手镇压共和党人。他的拥护者都是右派，其中又分"运动""抵制"两系，彼此间常有争斗。"抵制"系更反动，也更为路易·菲利普所倚重，最后终于获胜；其代表人物是基佐。

败的民族给予殷勤的接待，通过募捐为他们举行各种庆祝活动，又是唱歌又是跳舞。因为在欧洲与法国决战的时刻，这个民族于1796年向法国提供了六千壮丁，而且是多么英勇的士兵啊！请不要根据这些话就下结论，说我们想责怪尼古拉皇帝[1]反对波兰，或是责怪波兰反对尼古拉皇帝。首先，把政治论争塞进故事里来是件颇为愚蠢的事，因为故事应当要么供人消遣，要么引起人的兴趣。其次，俄国和波兰双方各有各的道理，一方要保持其帝国的统一，另一方要重新获得自由。顺便说一句，波兰满可以学中国人的做法，不是用武器打败俄国，而是通过其道德风尚的影响来征服俄国。中国人终于使鞑靼人被同化了，他们将来还要同化英国人[2]哩。应当有这个信心，波兰应当使俄国波兰化，波尼亚托夫斯基[3]在帝国最不温和的地区做过尝试。但是人们不理解这位绅士的意图，更有甚者，也许这个亲王自己也不怎么了解自己。当全巴黎一致要求援救波兰的

1　指沙皇尼古拉一世（1796—1855），曾残酷镇压1830至1831年的波兰起义。

2　巴尔扎克写这篇小说正值中英鸦片战争时期。

3　波尼亚托夫斯基（1732—1798），1764至1795年的波兰国王，俄国女皇叶卡捷琳娜二世的面首之一，曾做过一些不彻底的改革，试图加强波兰的地位。

时候，正逢追查一个案件¹，欲加之罪，何患无辞，到头来人们怎么会不憎恨这些可怜的人呢？人们像煞有介事地把波兰人看作共和党人的同盟者，却不想一想波兰是一个贵族共和国。资产阶级几天前还把波兰人奉若神明，此后却把他们骂得狗屎不如。不管在哪个朝代，一阵骚乱之风吹过，巴黎人准会来个一百八十度的大转弯。我们必须提到巴黎舆论的这种翻云覆雨，然后才能说清为什么在自以为居文明之中心，执文学艺术之牛耳，自以为是世界上最聪明、最有教养的巴黎人心目中，在1835年，"波兰人"一词已变成了具有嘲讽意味的修饰语。唉！在波兰流亡者中也存在两类人，一类是波兰共和党人，列列韦尔的子弟，另一类是波兰贵族，以查尔托里斯基亲王²为首。这两类波兰人之间是水火不相容的。不过为什么要非难他们呢？无论哪个民族的流亡者，不管他们走到哪里，不是都有类

1　指费希密谋案。费希（1790—1836），科西嘉人，于1835年7月28日在路易·菲利普乘车去巴士底广场参加七月革命纪念活动的途中，图谋刺杀国王，为此被判处死刑。法国政府把这起事件归罪于共和党人。巴尔扎克认为波兰共和派也受到这一事件的牵连。
2　列列韦尔（1786—1861），历史学教授，1828年被选为波兰国会议员。在1830年的波兰革命中起了积极的推动作用，先后成为临时政府和国民政府成员，属民主派。1831年华沙被俄国攻陷后，到法国避难，担任波兰流亡委员会主席，后定居比利时的布鲁塞尔。查尔托里斯基亲王（1770—1861），1831年波兰临时政府首脑，拥护君主制，他同样流亡在巴黎。这两个人主张不同，互不相容。

似的分化吗？流亡者的心中总是装着自己的祖国和自己的怨恨。在布鲁塞尔有两个流亡的法国教士，两人是不共戴天的死对头。当有人问其中一个为什么要这样时，此人指着他的难友说："他是一个冉森派教徒。"但丁在流亡期间，如果遇到一个白党的对手，说不定也会干脆利落地用匕首将他捅死[1]。法国的激进派把攻击的矛头指向可尊敬的亚当·查尔托里斯基亲王，商界的人和税局的新霸们对部分波兰移民冷眼相待，道理也就在这里。1834 年，亚当-米日拉·拉金斯基就因为这个缘故受到巴黎人的奚落。"尽管他是波兰人，倒还随和可亲。"这是拉斯蒂涅对他的评语。马克西姆·特拉伊说："这帮波兰人个个以大老爷自居，不过这一位倒是付清了赌债的，想必他有地产。"我们并不想冒犯这些被放逐的人，但不妨指出，萨尔马特人轻浮随便、无忧无虑、缺乏主见的性格招来了巴黎人的恶语中伤。不过话说回来，巴黎人如果处在类似的情境中，也会跟波兰人一模一样。法国贵族在大革命时期得到波兰贵族仁至义尽的援助，对 1832 年被迫流亡的波兰贵族却没有投桃报李。因此我们应当伤心地承认，圣日耳曼区在这方面对波兰是欠下了情分的。

1　诗人但丁在他家乡佛罗伦萨两大政治派系——"黑党"和"白党"的激烈争斗中，站在"白党"一边。"黑党"夺取政权后，但丁被加上种种罪名，判处终身流放。

亚当伯爵到底是富翁，是穷鬼，还是冒险家？这个问题很久都没有弄清楚。外交人士的沙龙忠实于上峰的指令，仿效尼古拉皇帝的办法，闭口不提波兰人。因为当时尼古拉皇帝把所有的波兰流亡者一律当死者对待。杜伊勒里宫和大部分前来领旨的人都显示出这种美其名曰"明哲"的恶劣的政治品性。一听说那位在流亡期间与自己一起抽过雪茄的俄国亲王[1]已经失宠于尼古拉皇帝，人们便不再理睬他。在谨小慎微的朝廷和外交界的包围中，贵族出身的波兰人只好独来独往，像《圣经》中讲到的 Super flumina Babylonis[2]那样孤独寂寞，或者出入于某些对各种政见来说都是中立地带的沙龙。像巴黎这样一座寻欢作乐的城市，社会各阶层都有很多的娱乐消遣，波兰人的轻率找到了双倍的用武之地，正好让他们过着单身汉放荡不羁的生活。最后，我们来讲讲亚当。首先，他的仪表和举止对他很不利。有两种波兰人，正如有两种英国女人一样。一个英国女人如果不是特别漂亮，就一定丑陋不堪。亚当伯爵属于这后一种。他尖脸猴腮，好像被老虎钳钳过似的。短短的鼻子，金黄的头发，红棕色的髭髯，再加上又小又瘦的身材，活

1　可能指杜菲亚基纳亲王（1769—1845），他在法国王政复辟时期和七月王朝时期与巴黎社交界往来甚密。
2　拉丁文：巴比伦河畔。见《旧约·诗篇》第137首，其中描写耶路撒冷失陷后，犹太人流亡到巴比伦的情形。

像一只山羊。还有他那浑浊的黄眼珠，看人的时候目光斜视，真像维吉尔著名的诗句[1]所描绘的那样使人心悸。有这么多不利的因素，他又怎么能做到风度翩翩、仪表堂堂呢？可以从两个方面来回答这个问题，一是他浑身纨绔子弟的打扮；二是母亲对他的教育，她原是拉德奇维尔家族[2]的后裔。如果说他的大胆已近乎鲁莽，那么他的风趣却丝毫没有超越巴黎人言谈中常见的那些过耳即忘的俏皮话，但在时髦青年中，比他高明的男子也不多见。当今的上流人士，为了使法国人的谈吐保留古风，总是大谈马匹、收益、捐税、议员，而且夸大其词。讲风趣得有闲空，还得各自地位有所不同。也许在彼得堡和维也纳聊起天来，比在巴黎要聊得有意思。地位相等的人不用斟酌字眼，他们只要简简单单、有一说一就是了。因此巴黎那些喜欢冷嘲热讽的人很难承认这位轻浮的大学生式的人物是位贵人。他说起话来满不在乎地从一个题目跳到另一个题目：因为刚刚死里逃生，吃喝玩乐的劲头就更大。在国内，他家是名门望族；流亡之后，他自以为也完全可以为所欲为而不致受到蔑视。1834 年的某一天，亚当在苗圃街买下一幢宅邸。六个月之后，房屋的排场已经可以跟巴黎最阔的宅邸媲美。就在拉

1　此处指维吉尔的代表作《牧歌》里的第八句。
2　拉德奇维尔是立陶宛和波兰的显贵，其历史可追溯到13世纪。19世纪波兰被俄国吞并时，曾奋起反抗。

金斯基开始被人们认真对待的时候，他在意大利歌剧院看到了克莱芒蒂娜，对她一见钟情。一年之后他们举行了婚礼。德·埃斯巴夫人的沙龙对他首开颂扬之词。当有女儿待嫁的母亲们得知拉金斯基家族自公元900年起就进入北欧国家显赫门庭的行列时，为时已晚矣。年轻伯爵的母亲在起义发生的时候，采取了一个与波兰人性格相反的慎重行动：她把她的财产抵押给两家犹太商行，取得一笔巨款，存入法国银行。这样，亚当·拉金斯基伯爵每年便有八万法郎的固定收入。先前许多沙龙里议论纷纷，说德·赛里齐夫人、老外交家德·龙克罗尔和杜·鲁弗尔骑士对他们的外甥女（或侄女）不明智的爱情听之任之，如今人们对这种不谨慎的态度再也不感到奇怪了。巴黎人一如既往，从一个极端跳到另一个极端。1836年冬天，亚当伯爵成了风云人物，克莱芒蒂娜·拉金斯基成了巴黎的一位王后。德·拉金斯基夫人如今进入了迷人的少妇行列，在这群芳争艳的圈子里，有德·莱斯托拉德夫人、德·波唐杜埃夫人、玛丽·德·旺德奈斯夫人、杜·尼克夫人和德·摩弗里纽斯夫人，这些当今的巴黎之花与暴发户、资产者和新政策的制订者保持着很大的距离。

为了确切说明一个品德高尚的行为发生在什么范围内，这个开场白是很必要的。高尚行为并不像那些贬责现状的人所想象的那么罕见。这种行为犹如美丽的珍珠，是肉体上的痛苦或精神上的痛苦结出的果实，也如同珍珠一样，隐藏在粗硬的贝壳下，消失在深渊、大海和滔滔白浪的最底层。而那不断翻腾的水面，则是人们称之为世界、世纪、巴黎、伦敦或彼得堡的东西，随你叫什么都行吧！

如果说建筑是社会风习的体现，那么这个道理不正是在1830年起义之后，奥尔良家族[1]统治时期得到证明的吗？由于法国各大家族的财路越来越狭窄，我们祖先富丽堂皇的府邸不断被拆毁，被法伦斯泰尔[2]之类的住宅取代。七月王朝的贵族院议员住在这种住宅的四层楼上，脚下便是一个发迹的江湖医生。各种建筑风格相互混杂，不伦不类。由于再也没有宫廷和贵族来定格调，艺术产品已无完整的面貌可言。在建筑方面，从来没有发现过这么多省钱的办法来以假乱真和冒充坚固，在布局上也从来没有运用过这样多的物力和智慧。譬如说，你请一位建筑师为一座破旧宅邸的花园设计一道围墙，他简直会给你修成一座堆满装饰性建筑的小卢浮宫，内有一个庭院，几个马厩，如果你坚持的话，还可以有一座花园。在室内，他会给你隔成许许多多小间和小空当，布置得令人眼花缭乱，给人一种舒

1　奥尔良家族是法国波旁家族的幼支。七月王朝的统治者路易·菲利普便是该家族第四代的代表。

2　法伦斯泰尔是法国空想社会主义者傅立叶所构想的社会基层组织，此处指法伦斯泰尔式的公共住宅，即一幢房屋内居住许多户人家。

适的假象。总之，一下子隔出那么多住房：往日一个大理院院长的旧面包作坊竟可以改建成一个公爵之家的住宅。苗圃街的拉金斯基伯爵夫人的公馆就是这样一个现代建筑的杰作，右侧是庭院，左侧是花园；庭院里附属建筑鳞次栉比，花园里的车库和马厩与之遥遥相对。高高的门房两侧是一对漂亮的能通车辆的大门。这幢房子最奢华之处，是直通一层（一层有许多令人啧啧称赞的会客室）女主人内室小客厅的一座漂亮的玻璃暖房，这座精美的建筑杰作是一位被赶出英国的慈善家花钱造的，他修建了暖房，装点了花园，给大门刷上油漆，给附属建筑铺好瓦，把窗户漆成绿色，与乔治四世在布莱顿的美居[1]一模一样。巴黎多产、灵巧、手快的工人为他雕刻了门窗，仿中世纪或威尼斯宫殿的天花板，处处安置外表为画幅的大理石壁橱。艾尔肖埃和克拉芒负责房门上方和壁炉的雕刻，施奈尔出色地为天花板作画。[2]楼梯白如女人的玉臂，楼梯上的奇妙装饰可与罗斯柴尔德[3]公馆比高低。由于连年动乱，如此豪华的建筑所花费的金钱竟未超过一百一十万法郎。对一个英

1　指英王乔治四世（1762—1830）1818年在英国海滨城市布莱顿修建的"东方阁"。

2　艾尔肖埃（1791—1856）和克拉芒（1810—1867）是当时著名的雕刻家，两人风格相近，参加过卢森堡宫的内部装饰工作。施奈尔是《人间喜剧》中的名画家。

3　罗斯柴尔德，著名的犹太银行家家族。

国人来说，这简直是白给。不知什么是真正的王侯气派的人称这种奢侈为王侯气派。这一豪华建筑的地点，从前是一个商人旧宅的花园。这商人是七月革命的新贵，在一次交易所行情突变之后破产，死于布鲁塞尔。而这位英国人得了巴黎病，死在巴黎——对许多人来说，巴黎是一种疾病。有时巴黎还可成为多种疾病。他的遗孀是基督教卫理公会的教徒，她对这位从东方归来的大阔佬的小住宅深恶痛绝，原来这位慈善家是一个鸦片商。于是有廉耻之心的孀妇下令把这座可恶的房子变卖掉，这时正逢多事之秋，不惜代价的和平[1]已经不可能保持。亚当伯爵正好利用了这个机会。到底是如何利用的，我们下面将会讲到。反正就他的贵人习气而言，这简直是小事一桩。

这座房屋用石头砌成，石头都修饰成圆圆的甜瓜形状。屋后是一片绿茸茸的英国式草坪，尽头是一簇雅致的异国树丛，掩映着一个中国式的亭子，亭上有无声的铃铛和固定不动的金色卵形装饰。暖房及其别出心裁的附属建筑遮住了南面的院墙，与暖房相对的另一面墙则完全为藤蔓植物所掩蔽，藤蔓借助漆成绿色的竖杆和横档搭成柱廊。这片草地，这个花卉世界，这些铺沙的小径，这座模拟的森林，

---

1 所谓"不惜代价的和平"，应指1839年前后法国政府在对外关系上所采取的妥协政策，但文中买房却是1834年的事。这一矛盾可能是作者的疏忽造成的。

这高高架起的绿篱，都有条不紊地分布在 25 平方杆[1] 的土地上，当时价值四十万法郎，等于一座真正森林的价值。在巴黎闹市中这一片宁静的天地里，鸟儿在歌唱：有乌鸫、夜莺、灰雀、黄莺，还有许许多多麻雀。暖房是一个很大的花圃，里面香气袭人，冬天到那里去走走颇有身处盛夏之感；里面气温可以随意调节，可以造成热带、中国或意大利的气候，其办法之巧妙，使人肉眼无法察觉。热水、蒸汽、任何发热物质流经的管子外面都裹着泥土，看起来就像布满鲜花的花环。内室客厅颇宽敞。在一块小小的地面上，被称为建筑艺术的巴黎仙子创造了奇迹，使一切都显得宏伟壮丽。年轻的伯爵夫人的小客厅是艺术家卖弄本领的产物，那位艺术家是亚当伯爵请来重新装饰宅邸的。这儿有一个缺点叫人受不了，那就是精致的小玩意儿实在太多，简直令人不知该喜欢哪样才好。精雕细刻的中国女红台，可以从中窥见数以千计古怪形象的牙雕，为此大约需要两户中国艺人之家雕刻一辈子。还有金银丝座的黄玉酒杯，令人看见就想偷走的镶嵌工艺品，如同施奈尔亲手复制的荷兰画，仿佛由斯坦卜克[2]构思而不常由斯坦卜克本

---

1 杆是法国当时的长度单位，各地标准不一。平方杆是土地面积单位。如用"巴黎杆"，25 平方杆约等于 855 平方米，如用"河泊森林测量杆"计算，则相当于 1280 平方米。
2 斯坦卜克是《人间喜剧》中的著名雕刻家。

人完成的天使像，出自受债主催逼的天才之手的一些雕像（这是对阿拉伯神话最好的破译），我国第一流艺术家卓越的画稿，四壁安装的细木护壁板和壁上张挂着的一幅幅新奇别致的印度绸，金光闪闪的门帘上端雕有一幅逼真的狩猎全景图的黑栎木横梁，与蓬巴杜夫人家不相上下的家具，波斯出产的地毯，等等，真是美不胜收，令人目不暇接，更妙的是，两幅网眼窗帘把室内的光线挡得半明半暗，使这些奇珍异宝显得格外迷人。靠墙的蜗形脚桌上摆着若干古董，其中一根马鞭，鞭柄的雕刻系福沃小姐[1]的大作，说明伯爵夫人爱好骑马。以上描述的就是1837年一位贵妇人的小客厅，里面琳琅满目的商品足以供人消闲解闷，正像烦闷总是威胁着这个最爱动荡而又动荡最甚的社会一样。为什么没有一点使人感到亲切，带来梦想和宁静的东西呢？为什么？无非是因为人人自危，唯恐朝不保夕，所以挥金如土，寻欢作乐，今日有酒今日醉。

　　一天早晨，克莱芒蒂娜装作若有所思的样子倚在软垫长椅上。这种长沙发奇妙得很，一旦摊开四肢躺下去就再也起不来，做软垫椅的工人恰到好处地让你懒洋洋地舒展

---

[1] 福沃小姐（1803—1880），法国雕刻家，保王党人，1832年曾参与贝里夫人企图推翻路易·菲利普的军事行动，失败后被判终身流放，1834年以后定居弗朗德勒。

身子，安享 far niente[1] 逸致。暖房的门敞开着，飘来阵阵植物的清香和热带花木的馥郁芬芳。少妇注视着亚当，他正在跟前抽一种很讲究的水烟筒，她只许他在这个套间抽这种烟。门帘用漂亮的束带系起，一眼就能看见两间华丽的客厅：一间以白色和金色为装饰，与福尔班-让松[2]大厦的客厅不相上下，另外一间是文艺复兴风格。餐厅（全巴黎只有纽沁根男爵家可以与之相比）位于一条小走廊的尽头，走廊的天花板和装饰是中世纪式样，走廊另一端靠近庭院处，有一间很大的候见室，从那里可以透过玻璃门瞥见楼梯的豪华气派。

伯爵和伯爵夫人刚吃完早饭，天空万里无云，一片碧蓝，已是四月末的天气。这一对夫妇已经在一起幸福地度过了两年时光，而克莱芒蒂娜直到两天前才发现她家里似乎有点什么秘密、奥妙的事情。这位波兰人——我们不妨说几句赞扬他的话——在女人面前一般是软绵绵的，他对她一往情深，甚至在波兰他都会显得低她一等。尽管波兰女子很值得仰慕，但这个波兰人还是更快地被一位巴黎女子弄得神魂颠倒了。所以，亚当伯爵被紧紧追问之下，乖乖地向妻子透露了真情。对付女人，总得会利用某个秘密，

1　意大利文：闲情。
2　福尔班-让松（1785—1844），南锡主教。

这样她会对你感恩图报，好像骗子对他骗不了的正派人怀有敬意一样。伯爵豪爽，却不擅辞令，他只说等他抽完满满一管东方水烟之后才能回答。

"我们出云旅行的时候，"她说，"不管遇到什么困难，你总是说：'帕兹会安排的！'你只给帕兹一个人写信。回到这里之后，大家经常对我提到上尉！我要出门？……找上尉！要付清一份账单？……找上尉！我的马跑不动了，也得找帕兹上尉。总之，这儿好像在跟我玩多米诺骨牌游戏：三句话离不开帕兹[1]。我耳朵里只听见讲帕兹，可是见不到帕兹。帕兹到底是什么？把我们的帕兹端出来让我见见呀！"

"有什么不称心的事吗？"伯爵的嘴巴离开水烟管的bocchettino[2]，问道。

"一切称心如意，不过我们的年金是十一万法郎，却过着二十万法郎的日子，不破产才怪呢。"她答道。说完，她拉了一下铃绳，铃绳很讲究，编织得极细，也是一件艺术品。一个穿着如大臣家的门官般的贴身男仆应声而来。

"告诉帕兹上尉先生，我要跟他说话。"

"你以为这样就能打听到什么吗？……"亚当伯爵微

1　"帕兹"和玩多米诺骨牌时常说的"通过"发音相同。
2　意大利文：烟嘴。

笑着说。

有必要指出，亚当和克莱芒蒂娜 1835 年 9 月结婚，在巴黎过冬之后，1836 年间曾到意大利、瑞士和德国旅行，11 月才回到巴黎。这年冬天，伯爵夫人首次接待客人，这才发现有个见不到人影的家务总管存在。他不声不响，从不露面，但安排料理着一切。总管姓帕兹，读音和拼写完全一致。

"帕兹上尉先生敬请伯爵夫人原谅，他正在马厩，衣冠不整，不便立刻应命，穿戴一完毕，帕兹上尉即来拜见。"仆从说道。

"他在干什么呢？"

"他在指导如何洗刷夫人的马，因为康斯坦丁没有照他的意思洗刷。"仆从答道。

伯爵夫人瞧了瞧仆人，他一本正经，竭力忍住伴着这句话的一丝笑意。大凡下属谈到某个屈尊跟他们混在一起的上司时，常常会露出这种微笑的。

"噢！他在洗刷科拉。"

"伯爵夫人今天早上不骑马了？"侍从没正面回答便径自离开了。

"他是波兰人吗？"克莱芒蒂娜问她的丈夫，他点点头，表示肯定。

克莱芒蒂娜·拉金斯基默不作声地打量着亚当。她的双脚几乎笔直地搭在一块垫子上，头的姿态好似一只鸟儿在窝边聆听小树林的声响，她那模样恐怕一个厌世的男人见了也会动心。她身材苗条，金黄色的头发梳成英国式发型，与英国画册中仙女般的美人颇为相像，尤其因穿着波斯式丝绸晨衣，密密的褶裥掩盖不住她身上最美的线条和袅娜的身段，透过这花团锦簇般的绣花绸缎，仍不难加以欣赏。光艳夺目的晨衣两襟交叉在胸前，袒露出脖颈下面的一片胸脯，雪白的皮肤被双肩上华丽的白色镂空花边映衬得更加鲜明。浓密的黑睫毛覆盖下的双眼，使美丽的嘴巴在一颦一笑间更透出刨根问底的神态。高高隆起的前额显示出直爽的性格，这是好强的、爱笑的、有教养的巴黎女子的特性，不是庸俗的诱惑所能打动的。几乎白得透明的双手搭在沙发椅的两个扶手上，细长的手指，指尖稍稍翘起，露出闪闪发光的、像一颗颗粉红色杏仁的指甲。亚当看到妻子那么急不可待，微微一笑，贪婪地瞧着她。同房的满足并没有使他的热情减退，而这位苗条的年轻伯爵夫人却早已恢复了常态，亚当对她的欣赏赞美几乎引不起她的任何反应。她偷偷打量他的眼神里，也许已经流露出巴黎女子在这个孱弱的、瘦小的红发波兰人面前的优越感。

"帕兹来了。"伯爵说，他听到了走廊里的脚步声。

伯爵夫人看见进来一位高个儿漂亮男子，他身材匀称，脸部表情温和文雅，这是力量和苦难相融合的结果。帕兹匆忙之间穿了件紧身礼服，肋形胸饰用橄榄形的扣子扣住，这种礼服从前称作波兰式直领长礼服。方方的脑袋上，一头浓密的黑发没有好好梳理。因为他将鸭舌帽拿在手中，克莱芒蒂娜注意到他宽大的前额像大理石似的发亮，这只手与《儿童模样的赫丘利》[1]的手十分相像。他红光满面，身强力壮；面部正中高高的罗马鼻子使克莱芒蒂娜想起英俊的特拉斯特弗林人[2]。黑色塔夫绸领带使这位身高五尺[3]七寸，有着意大利人黑玉般闪闪发光的眼睛的神秘人物更加雄姿英发。肥大的带褶裤一直拖到脚面，只露出长筒靴的靴尖：帕兹对波兰服装款式的喜爱由此可见一斑。说真的，在一个浪漫女子看来，上尉和伯爵之间、英姿飒爽的军人和尖脸猴腮的矮小波兰人之间、中世纪式的游侠骑士和这位重臣高官之间的强烈对比，总有些滑稽可笑。

"你好啊，亚当。"他不拘礼节地向伯爵问好。

然后他风度翩翩地向克莱芒蒂娜鞠躬施礼，问她有何吩咐。

"这么说，您就是拉金斯基的朋友喽？"少妇问道。

1　罗马神话中的赫丘利即希腊神话中的赫拉克勒斯。这里提到的雕像名不准确，很可能是指卢浮宫的《赫丘利和特莱福》。
2　特拉斯特弗林人，指罗马台伯河区的居民，巴尔扎克曾多次提到该地区居民的俊美。
3　指古法尺，1法尺相当于0.325米。

"生死之交的朋友。"帕兹答道，年轻伯爵向他投以最亲切的微笑，一边吐出最后一口香气扑鼻的烟雾。

"啊！那您为什么不跟我们一起用饭呢？您为什么不陪我们一起去意大利和瑞士呢？您为什么老躲着我们？为什么您始终如一地替我们效劳而又使我无法向您面谢呢？"年轻的伯爵夫人一连串地发问，语气略带嗔怪，但一点没有动感情。

是的，她从帕兹身上看出某种心甘情愿的奴气。当时社会上有一种身兼两职的人，既是秘书又是总管，或既不完全是秘书也并不完全是总管，是某个穷亲戚或者碍手碍脚的朋友之类。对这等人，一般多少有点蔑视，伯爵夫人当然也不例外。

"因为不必谢我，女伯爵[1]，"他颇不拘礼节地回答，"我是亚当的朋友，我乐意照料他的权益。"

"你也乐意老站着。"亚当接着说。

于是帕兹在门帘旁边的一张扶手椅上坐下。

"我记得在我结婚的时候见到过您，有时在院子里也见到您，"夫人说，"不过您既然是亚当的朋友，为什么要把自己摆在低人一等的地位上呢？"

"巴黎人的看法如何我完全不在乎，"他说，"我为

---

[1] 这表明帕兹在身份上并非下等人，否则应该称"伯爵夫人"。

自己活着，或者，如果您愿意的话，也可以说为你们俩而活着。"

"但是上流社会对我丈夫的朋友的看法，我却不能无动于衷呀……"

"哦！夫人，请您对他们说这是一个怪人，上流社会很快就会心满意足的。"沉默片刻后，他问道，"您打算出门吗？"

"您愿意跟我们一起去森林吗？"伯爵夫人反问道。

"愿意。"

说完，帕兹施礼，走出屋子。

"多么好的人啊！他像孩子一样纯朴。"亚当说。

"现在跟我讲讲你跟他的关系吧。"克莱芒蒂娜要求道。

"我亲爱的宝贝，"拉金斯基说，"帕兹跟我一样出身古老的名门世家，本姓帕济，这个家族遭难的时候，其中有一个人从佛罗伦萨逃到波兰，并在波兰成家立业，改姓帕兹，被封为伯爵。这个家族在我们共和君主国兴盛时期立下赫赫战功，由此发迹。主干在意大利被砍倒，它的枝条却在波兰茁壮成长，而且从帕兹伯爵家族又分出好几个支系。有的支系贫苦，有的支系富有，这种情况，你不必感到奇怪。我们这位帕兹属于穷支系的后代。他从小失去父母，除了一把剑之外一无所有。俄国革命时期，他在康斯坦丁大公[1]的军队里服役，且参加波兰军队，他就像一个波兰人，像一个爱国者，像一个赤条条毫无牵挂的人那样战斗，有了这三个条件就能一往无前地冲杀。在最后一次决战中，他以为后面有士兵跟随，一直冲进俄国的炮兵阵地，当了俘虏。我当时在场，他的英勇行为鼓舞了我，于是我对手下的骑兵叫道：'快去救他！'我们从几面分头包抄过去，我救出了帕兹，我是第七名幸存者：我们去时是二十个人，回来时算上帕兹只剩下八个。华沙已经被出卖[2]，我们不得不设法逃出俄国人的魔爪。凑巧得很，帕兹和我，我们俩在同一时间到达维斯瓦河彼岸的同一个地方。当时普鲁士人成了俄国人的鹰犬，我亲眼看到这位可怜的上尉被普鲁士人逮住。人们如果从斯提克斯河[3]捕捞到一个人，是不会轻易丢开他不管的。帕兹再次遇险，我心里非常难过。

"为了帮助他，我干脆让自己和他一起被捕。单独一个人可能死于非命的地方，两人在一起就可以死里逃生。因为当时我们是落在普鲁士人手里，凭着我的姓氏以及和某些当权人物的亲戚关系，人们便听任我越狱逃跑。我让

1　康斯坦丁大公（1779—1831），沙皇尼古拉一世之兄，波兰总督，曾参与镇压1830至1831年的波兰起义。
2　华沙于1831年9月8日被波兰将军克鲁科维奇出卖给俄国。
3　斯提克斯河是冥河，这里的意思是搭救了一个人的性命。

亲爱的上尉冒充一名无足轻重的士兵，冒充我们家的一个仆人，于是我们得以逃到但泽[1]，又在但泽挤上了一艘开往伦敦的荷兰船，两个月之后到达了伦敦。当时我母亲已经病倒，正在英国等我。帕兹和我一起照料她，直到她去世。我们事业的失败，加速了她的死亡。后来我们离开伦敦，我把帕兹带到法国。在这样的逆境中结下的友谊，会使两个男子成为兄弟。到巴黎的那一年，我二十二岁，我有一笔六万多法郎的年金，还不算我母亲变卖家中钻石和藏画的余款。我想先让帕兹的生活有保障，然后在巴黎纵情挥霍。我发现上尉的眼中流露出惆怅的神态，有时还强忍住滚动的泪珠。我早已发现他的心灵极其高尚、伟大和慷慨。也许他看见自己受惠于一个比自己年轻六岁的年轻人而无法报答，心中深深感到遗憾吧。当时我是独身，无牵无挂，行事轻率，很可能在赌博中输个精光，或被某个巴黎女人缠住，落得倾家荡产，这样帕兹和我总有一天要分离。尽管我一再许诺供给他一切所需费用，可是我经常发现自己忘了或者付不出帕兹的膳宿费。最后，我的天使，我决意不再让他受罪，免得他羞于向我要钱，或者某一天遇到困难，找不到我这个伙伴。Dúnque[2]一天早上吃完饭，我们

---

1 但泽，波兰地名，即今格但斯克。
2 意大利文：于是。

俩双脚搁在炉架上，在壁炉旁各自抽烟。我很不自在地脸红起来，他不安地瞧着我，我转弯抹角地说了半天，才把一张二千四百法郎年金的票据递给了他……"

克莱芒蒂娜离开自己的位置，走过去坐在亚当膝上，伸出手臂搂住他的脖子，吻着他的前额，对他说："亲爱的宝贝，我感到你真美极了！那么，帕兹当时怎么说的呢？"

"塔德当时脸色煞白，"伯爵接着讲，"一句话也没有说……"

"啊，他叫塔德？"

"对，塔德把票据折起来，还给我，对我说：'亚当，我原来以为我们是生死之交，我们俩将永不分离。这么说，你不想要我了？'我说：'噢！你怎么这么理解啊，塔德！那么，好吧，咱们再也不谈这事了。如果我破产，你也跟着破产吧。'他回答我：'你没有足够的财产过拉金斯基式的生活，你难道不需要一个朋友来照管你的家务，做你的父亲、兄长、可靠的知己吗？'亲爱的，帕兹对我说这些话的时候，他的眼神和声音充满着母爱般的恬静，同时表达出阿拉伯人式的感激、哈巴狗般的忠诚、野蛮人的情谊，毫不做作，真挚坦率。好！我把手搭在他的肩上——我们波兰人都是这样的——抱住他，吻他的嘴唇，对他说道：'让我们生死与共吧！我的全部财产同时也属于你，你想怎么办就怎么办吧！'正是他，没花几个钱替我买下了这幢宅邸。他在公债涨价时为我卖出，落价时再为我买进，于是我们用盈利买下了这所棚子[1]。他是识马的行家，买卖马匹，获利很多，我马厩里的马也没有花多少钱，但我的马匹是全巴黎最出色、最漂亮的。我们手下的人都是由他精选的正直诚实的波兰士兵，个个都能为我们赴汤蹈火。有一阵我好像要破产了，可是帕兹为我勤俭持家，把一切管理得井井有条，终于弥补了我轻率大意在赌博中造成的损失，补救了我因年轻干下的蠢事。我的塔德狡猾起来抵得上两个热那亚人[2]，挣起钱来像波兰犹太人那样玩命，精打细算起来活像一个能干的家庭主妇。我单身的时候，怎么也不能让他像我那样生活。有时非得软硬兼施，才能把他拽去陪我看看戏或下下酒馆，跟寻欢作乐的哥们儿一起吃顿晚饭。他不喜欢沙龙生活。"

"那他喜爱什么呢？"克莱芒蒂娜问。

"他热爱波兰，为波兰而伤心。他唯一的挥霍是接济几个可怜的波兰流亡者，但更多的是以我的名义寄钱，很少用他自己的名义。"

"这么好的小伙子，我会喜欢他的，"伯爵夫人说，"我

---

1 "棚子"原是军人对木板营房的称呼，这里指这座豪华的公馆。
2 热那亚人以善于经商著称。

觉得他像真正伟大的人那样平凡。"

"你在这里见到的所有这些艺术珍品，"亚当接着说，他丝毫不存戒心地夸奖他的朋友，"都是帕兹搜罗来的，不是在拍卖中成交，就是买的旧货。啊，他比商人还要精明！下次你要是看到他在院子里搓手，那准是用一匹好马换来一匹更好的马。他为我而活着，他的幸福是看到我仪表堂堂，有华丽的车马。他给自己规定的义务，他都不声不响地去完成，从不炫耀。有一天晚上，我玩惠斯特输了两万法郎。回家的路上，我禁不住失声喊道："帕兹会怎么说呢！"帕兹把钱如数交给我，忍不住叹了一口气。虽然他眼光中连点责备我的意思都没有，可是这声叹息比这种情况下叔伯、妻子、母亲的告诫更使我震动。我问他："你舍不得这笔钱吗？""噢！既不是为你，也不是为我舍不得，不，我只是想到，这笔钱可以供二十个可怜的帕兹生活一年呢！"你知道帕兹家族跟拉金斯基家族一样高贵，因此我从来不肯将我亲爱的帕兹视为下人。我尽量保持我自己的身份，也让他保持他自己的身份。我每次外出和回家总得上帕兹那里转一转，就像去看望我父亲一样。我的财产就是他的财产。总之，塔德确信如果他遇难，我会立即赴汤蹈火去救他，就象前两次我救他一样。"

"这话的分量可不轻哟，我的朋友，"伯爵夫人说道，"忠诚如同闪电，订仗的时候能风雨同舟，在巴黎却不见得能同甘共苦。”

“那好，”亚当接着说，“对于帕兹，我要始终像在打仗时那样对待他。我们两人的性格都很粗鲁，各有各的缺点，但我们之间内心的相互了解，使我们亲密的友谊更进了一步。我们可能先救了一个人的性命，然后又杀死他，如果我们发现他是一个坏伙伴的话。但我们之间牢不可破的友谊是经过考验的：我们俩经常从对方那里得到愉快的感受，从这个角度来看，也许友谊比爱情更为充实。”

一只美丽的手堵住了伯爵的嘴巴，动作之迅速，好像是打了他一记耳光。

“这是实情啊，我的天使，”他说，“友谊不会出现感情的破裂和快乐的消亡，而爱情总是先超支，到后来却支出少于收入。”

“相爱双方都是这样。”克莱芒蒂娜笑着说。

“是的，”亚当接着说，“而友谊只会不断增长。你不要噘嘴，我的天使，我们俩既是朋友又是情人，我们已经把这两种感情汇集在我们美满的婚姻之中了，至少我希望是如此。”

“是什么因素使你们成为这么好的朋友，我来给你解释解释。”克莱芒蒂娜说，“你们俩过着不同的生活是因为你们的情趣不同，而不是出于不得已的选择；是由于你们的爱好，而不是由于你们有尊卑之分。根据初步印象和你给我讲的情况来判断，很可能在某些时刻，那位下属反而变成了上峰。"

"哦！帕兹确实比我强，"亚当天真地回答，"我只不过比他运气好罢了。"

为了这句坦诚的供词，他的妻子吻了他一下。

"他把高贵的情操巧妙地隐藏起来，这一点就非常了不起。"

伯爵接着说："我对他说过：'你是个鬼头鬼脑的家伙，你总是深藏不露。'他有权用伯爵的称号，但在巴黎他只让别人称他为上尉。"

"总之，中世纪的佛罗伦萨人在三百年后又出现了，"伯爵夫人说，"他有但丁和米开朗琪罗的气质。"

"对，你说得对，从气质上说他是个诗人。"亚当赞同地说。

"这么说，我同时嫁给了两个波兰人。"年轻的伯爵夫人说着做了一个天才演员在舞台上表演的动作。

"亲爱的宝贝！"亚当把她紧紧地搂在怀里，"要是你不喜欢我的朋友，那会使我非常伤心的。尽管他对我结婚由衷地感到高兴，可我们两人都害怕你不喜欢他。你要是对他说你爱他……哦，像一个老朋友那样爱他，他定会很高兴的。"

"我去穿衣服，天气很好，咱们三个人一起出去。"

克莱芒蒂娜边说边拉铃叫侍女。

帕兹从不在公开场合露面，所以这一天整个巴黎社会看见克莱芒蒂娜·拉金斯基往返布洛涅森林时由她丈夫和塔德左右陪伴着，都在琢磨陪伴她的那个人是谁。克莱芒蒂娜散步过程中执意要求塔德跟她一起吃晚饭。女王这道心血来潮的命令迫使上尉不得不改变平日的穿着习惯。从森林回来以后，克莱芒蒂娜打扮得颇为娇艳。她走进两个朋友等着她的客厅时，连亚当都注意到了这一点。

"帕兹伯爵，"她说，"咱们一起上歌剧院去。"

女人们常常用这样的语气，言下之意是："如果您拒绝我的要求，我们就此绝交。"

"好的，夫人，"上尉回答，"不过请您只以'上尉'称呼我，因为我没有伯爵的财产。"

"那么，上尉，请让我挽住您的手臂。"她边说边挽住他，把他带进餐厅，那动作的热情亲切，足使情人心花怒放。

伯爵夫人让上尉坐在她身旁，上尉的窘态犹如一个穷酸的下级军官在一位阔气的将军家做客。帕兹让克莱芒蒂娜侃侃而谈，他像是在上司面前一样肃然恭听，他从不反驳她的意见，而且一定要等她明确发问才作回答。总之他在伯爵夫人眼中显得呆头呆脑，她的殷勤在冷冰冰的严肃举止和彬彬有礼的外交姿态面前碰了壁。亚当对他说："塔德，别那么拘束好不好！好像你不是在自己家里似的！你大概决意想让克莱芒蒂娜难堪，是不是？"但他的话没有起作用，塔德仍旧是一副笨嘴拙舌、浑浑噩噩的样子。等到用完餐后点心，只剩下男女主人时，上尉解释说，他的起居习惯和上流社会人士完全相反：他八点睡觉，一清早起床。这样他就把自己刚才的举止归因于想打瞌睡。

"上尉，我本想带您到歌剧院去，让您散散心。不过您还是自己决定吧。"克莱芒蒂娜语气中稍含愠怒。

"我要去的。"帕兹忙说。

"今天是杜波雷唱《威廉·退尔》[1]，"亚当插话，"不过也许你更喜欢上多艺剧院？"

上尉笑笑，拉铃唤男仆。男仆进来后，他说："让康斯坦丁套上大篷马车，不要套双座马车。"然后他瞧着伯爵补充道："否则我们太挤了。"

"若是法国男人，肯定想不到这一点！"克莱芒蒂娜微笑着说。

"啊，可我们是移居到北欧的佛罗伦萨人哪！"塔德说话时语气微妙，目光含蓄，泄露出他在餐桌上的姿态是事先设计好的。

1　杜波雷（1806—1896），法国当时著名的男高音兼作曲家，1837年4月17日首次在歌剧院担任主角，演唱罗西尼的作品《威廉·退尔》。

这点不难理解的疏忽，使帕兹在晚餐时的举止和此刻脱口说出这句话时的态度形成了鲜明对照。克莱芒蒂娜向帕兹送去狡黠的秋波，这类媚眼往往表明女子又惊喜又嗔怪。所以他们三个人在客厅里用咖啡的时候，大家沉默不语，亚当感到不自在，但又猜不透为什么。克莱芒蒂娜不再挑逗帕兹，帕兹则重新摆出军人的僵硬姿态，无论在路上还是在包厢里始终如此，在包厢里他甚至假装睡着了。

"您瞧，夫人，我是一个令人生厌的人，"《威廉·退尔》演到最后一场舞蹈的时候，他说，"难道我不正像常言所说，'干自己的本行更合适'吗？"

"说真的，亲爱的上尉，您既不哗众取宠，也不善于辞令，您身上波兰人的气质很少。"

"那么请让我专门照管你们的娱乐、你们的财产和房屋吧，我只配干这个。"

"算了吧，别装蒜啦！"亚当伯爵笑道，"我亲爱的，他既多情，又受过良好教育。如果他乐意，完全可以在沙龙里露头角。克莱芒蒂娜，别把他的谦虚当真啊。"

"再见，女伯爵，我不客气了：我乘您的马车回去早点睡觉，然后马上派车回来接你们。"

克莱芒蒂娜点点头，没说什么就放他走了。

"多孤僻的人啊！"她对伯爵说，"你比他可爱多了！"

亚当暗暗抓住他妻子的手。

"可怜的好塔德，在别的男子竭力想表现得比我更讨人喜欢的地方，他却千方百计把自己扮成个陪衬人。"

"哦！"她说，"我不知道他这么做是否别有用心，一个普通女子会被他搅糊涂的。"

半小时之后，跟班博莱斯拉大叫："开门啊！"马车夫已经把车拐过来，等着两扇门打开。这时克莱芒蒂娜问伯爵：

"上尉住在哪儿？"

"喏，那儿。"亚当回答，一边指着一个小塔楼的楼顶，塔楼一边一个漂亮地耸立在大门两旁，有一扇窗户临街。他的套房底下是车库。

"那另外一边谁住呢？"

"目前还没有人住，"亚当答道，"另一边马厩上面的小套房将来准备给我们的孩子和他们的家庭教师。"

"他还没有睡呢！"伯爵夫人瞥见塔德的房间还有灯光，说道。这时马车停在柱廊里，廊柱按杜伊勒里宫中的式样仿造，代替了原来那个漆成人字纹的俗不可耐的锌板雨篷。

上尉身穿室内便袍，手拿烟斗，望着克莱芒蒂娜进入前厅。这一天对他来说是严峻的。事情还得从头说起：有一天亚当带他到意大利剧院去相亲，塔德一见杜·鲁弗尔小姐，心中极为动情。后来在区政府和圣多马达干教堂又见到她，从此他认为任何男子都应专心一意地热爱这样一位女子，要知道唐璜在 mille e tre[1] 中也有一个是他最爱的啊！所以帕兹竭力劝说他们婚后做一次传统的蜜月旅行。克莱芒蒂娜不在的那段时间内，帕兹的感情几乎是平静的。但这对年轻夫妇一回来，他的痛苦又发作了。亚当曾送给他一只欧洲甜樱桃木做的烟袋，此刻他一边用这只六尺长的烟袋抽着拉塔基亚[2]烟，一边想道："只有我和上帝知道我爱她有多深，上帝将因我默默忍受痛苦而让我得到报偿！可是怎么做才能够既引不起她的爱又不引起她的恨呢？"为了寻求这一爱情战略的定律，他漫无边际地思索起来。不要认为塔德的生活中只有苦没有乐。这一天他所玩弄的种种绝招便是他内心欢乐的源泉。自从克莱芒蒂娜和亚当回来之后，他看到自己成为这对夫妇不可缺少的人，心里越来越感到满足。要是没有他忠心耿耿地管理家业，这对夫妇非破产不可。哪份万贯家财能经得住巴黎生活的穷奢极欲呢？克莱芒蒂娜由挥金如土的父亲抚养长大，根本不懂操持家务，而今即便最富有、最娇贵的夫人们也不得不亲自监督家业。现在谁还能有个总管呢？亚当是波兰大贵族的子孙，这种家庭从来是听凭犹太人盘剥的，他根

1　意大利文：1003（传说唐璜曾爱过1003个女子）。
2　拉塔基亚，叙利亚一城市。

本没有能力掌管波兰一家巨富残余的产业，正因为财产多，他压根儿控制不住他妻子和他自己随心所欲地乱花钱。如果没有帕兹，也许他婚前就破产了。帕兹阻止了他到交易所去投机，这不已经说明一切了吗？因此，帕兹尽管意识到自己情不自禁地爱上了克莱芒蒂娜，却无法离开这个家，不能出外旅行，以忘却他的激情。感恩——只有这个词才能解开他的生活之谜，把他拴在这幢宅邸里，因为唯独他能治理这个挥霍无度的家。他原以为亚当和克莱芒蒂娜外出度蜜月能使他平静下来，不料伯爵夫人回来出落得更加美丽，因为她享受到结婚给巴黎女子带来的精神解放，施展出一位年轻夫人的全部娇媚。再说亚当又是一位信赖人的青年，他具有真正的骑士风度，深深爱恋着克莱芒蒂娜，他让她享有全部幸福和独立自由，从而使她焕发出一种难以名状的魅力。塔德意识到自己是这一家兴旺繁荣的支柱，他瞧着克莱芒蒂娜赴宴归来或早晨出发去森林，在林荫大道上见到她坐在漂亮的马车里，宛如绿叶衬托着的一朵鲜花，这一切都使得可怜的塔德深深地、隐隐地感到心满意足、心花怒放，但是他脸上丝毫不露痕迹。五个月来，伯爵夫人怎么能见着他呢？他躲着她，设法避免跟她见面。没有什么比无望的爱情更接近对上帝的爱了。一个男子的内心难道不应有某种深度，以便无声无息、默默无闻地献身吗？这种深度里隐藏着父亲般的和神明般的高傲，包含着爱情至上的情操，犹如权力至上是耶稣会士的人生哲学一般。这是一种崇高的贪婪，因为它总是很慷慨大度，而且总是按照神秘地存在于宇宙间的原则来约束自己。所谓因果：果，难道不是自然吗？而自然是变化莫测的，自然属于人类，属于诗人、画家、情人。而因，难道不是凌驾于自然之上的吗？反正某些天赋极高的人和某些伟大的思想家是这么看的。因，就是上帝。在种种因的天地里，生活着牛顿、拉普拉斯[1]、开普勒、笛卡尔、马勒伯朗士[2]、斯宾诺莎、布丰一类人物，真正的诗人和公元 2 世纪的隐居者，西班牙的圣泰蕾丝和那些有狂热追求的高尚的人。每一种人类感情都和这种弃果求因的情况有类似之处。塔德已经达到了这样一种高度，至此一切事物已完全改观。他沉浸在无法形容的缔造者的欢乐之中，在爱情上，他是迄今我们知道的天才大事记中最伟大的人物。"不，她没有完全上我的当，"他一边望着烟袋上飘出的青烟，一边想着，"如果她讨厌我，她完全可以使我跟亚当决裂；但如果她卖弄风情折磨我，那我该怎么办呢？"后一种假设有点妄自尊大的色彩，同上尉谦逊的性格和类似日耳曼人的腼腆是不相容的，所以他排除了自己已经博得欢心的设

1　拉普拉斯（1749—1827），法国天文学家、数学家和物理学家，督政府时代的上议员，执政府时代曾任内务部长。
2　马勒伯朗士（1638—1715），法国哲学家。

想，决定等待事态发展再拿主意，然后上床就寝。

第二天塔德不在身旁，但克莱芒蒂娜饭吃得很香，并没有注意到他不从命。这天正好是她接待宾客的日子，前来的都是些王亲国戚。她没有注意到上尉不在场，其实每次这种豪华的场面都是上尉安排的。将近凌晨两点时，帕兹听着一辆辆马车离去，心想："好极了！伯爵夫人不过是像一般巴黎女子那样一时高兴或者一时好奇而已。"于是上尉平日的生活步调被这场小小的风波稍稍打乱了一下以后，重新恢复了正常。巴黎生活中种种令人操心的事转移了克莱芒蒂娜的注意力，她似乎将帕兹忘掉了。真的，在这变化无常的巴黎，要想在交际场占上风，难道是一件轻而易举的事吗？难道你以为，在这种高级的赌赛中，只需拿财产来冒风险吗？须知冬季对时髦女子来说，犹如从前帝国军人的一大战役。准备引起轰动的一件服装或一顶帽子，该是怎样天才的艺术杰作啊！一个娇滴滴、弱不禁风的女子，必须全副披挂地穿着由花朵和钻石、丝绸和金属制成的硬挺挺、光闪闪的"盔甲"，从晚上九点一直坚持到次日凌晨两点，经常是到三点。为了使自己的纤腰引人注目，她必须吃得很少。晚间实在饿得受不了时，便喝几杯减肥茶，吃点甜食，吃些能产生热量的冰激凌或者几片不易消化的糕点。肠胃必须服从爱俏的需要。早上醒得很迟。一切都跟自然规律相反，而自然是无情的。早晨刚起床，时髦女子就要开始早上的装扮，同时想着下午的穿着。她不是还要接待、出访、骑马或乘车去布洛涅森林吗？不是还要经常练习练习微笑的诀窍，进行紧张的思维活动以便炮制出一些既不俗又不迂的恭维话吗？这一点，并不是所有的女子都能做到的。当你看到一个年轻女子在上流社会开始露面时艳如桃李，三年之后就憔悴不堪，你感到惊讶吗？仅仅六个月的乡间生活，能恢复冬季亏损的元气吗？如今只听见人们嚷嚷胃炎和一些奇怪的病症，这些病痛，专心料理家务的妇女是没有的。从前女人只是偶尔出场，现在则总在台上。克莱芒蒂娜要战斗，她已经崭露头角，必须集中精力对付她与敌手们之间的这场搏战，因此丈夫的爱情在她心中已占不了多少位置，塔德当然也可能被忘却。可是一个月之后，到了五月，她准备前往勃艮第德·龙克罗尔领地的前几天，她从布洛涅森林回来的时候，瞥见上尉站在与爱丽舍田园大道平行的便道上。塔德衣着讲究，正出神地望着坐在四轮马车里的美貌的伯爵夫人，望着轻快的马和穿戴得光彩夺目的仆从，总之望着他亲爱的令人赞叹的夫妇。

"瞧，上尉在那儿。"她对丈夫说。

"他多么高兴啊！"亚当接话，"这是他最快乐的时刻，因为没有比我们的车马随从更华丽的了。他乐不可支地看到人人都羡慕我们的幸福。啊！你才第一次注意到他，其实他几乎每天都在这里。"

"他现在会想什么呢？"克莱芒蒂娜问。

"他此刻在想，冬季实在花钱太多，我们到你年老的舅父德·龙克罗尔家去，可以攒点钱。"亚当回答。

伯爵夫人命令马车在帕兹面前停下，让他上车坐在她旁边。塔德脸红得像颗樱桃。

"我的烟味要熏着您了，"他说，"我刚抽了雪茄。"

"亚当的烟味就不熏我啦？"她激烈地反问。

"可他是亚当啊。"上尉反驳道。

"那么为什么塔德就不能有同样的特权呢？"伯爵夫人微笑着说。这神奇的微笑力量之大，完全战胜了帕兹勇敢的决定。他瞧着克莱芒蒂娜，双眼流露出内心火一样的激情，只因他同时表达了纯洁的感恩心理，才使这种热烈的目光有所冲淡。他正是以感恩来维持生命的人。伯爵夫人在披肩下交叉着双臂，若有所思地靠在垫子上，一面揉搓着她漂亮的帽子上的羽毛，眼睛望着路上的行人。这颗至今一直在自我克制的伟大心灵，突然射出闪电般的光芒，深深打动了她的心。那么在她心目中，亚当的长处究竟是什么呢？勇敢和慷慨难道不是天经地义的吗？但是上尉！……塔德显然比亚当强，甚至强很多。她再次将两人作比较：塔德仪表堂堂，出类拔萃；而亚当瘦弱干瘪，他的体格相貌足以说明贵族世家的昏庸——总是近亲联姻，必然造成退化。对比是这样鲜明！伯爵夫人看到这一点，心里该多么痛苦！这些想法，谁也不知道，因为少妇的眼睛一直茫茫然，似乎陷入了沉思，到达宅邸之前，她一句话也没有讲。

"您跟我们一起吃晚饭，不然我对您以前的不服从可要生气了，"她进门的时候这么说，"您是亚当的塔德，也是我的塔德。我知道您受过他的恩惠，但我也清楚您对我们的恩情。亚当两次帮助了你，其实这是理所当然的，而您每日每时都在慷慨地帮助我们。我父亲要来跟我们一起进晚餐，还有我的舅父龙克罗尔和姨妈赛里齐也要来，您去换衣服吧。"她说着，一面握住他伸过来扶她下车的手。

塔德上楼更衣，心中又甜蜜又紧张，强烈的感情波动使他惶惶不安。他最后一刻下楼，进晚餐的过程中他再次扮演军人的角色，似乎他只适于担任总管的职务。但这次帕兹再也骗不了克莱芒蒂娜，因为他的目光已经使她心明眼亮。德·龙克罗尔，这位继塔莱朗亲王之后最有才干的大使，曾在德·玛赛短暂的内阁中大显身手，他从外甥女那儿得知帕兹伯爵很有才干，为人谦逊，甘为朋友米日拉充当总管。

"我怎么才第一次见到帕兹伯爵呢？"德·龙克罗尔侯爵问道。

"嗨！他是藏而不露，高深莫测。"克莱芒蒂娜回答说，一面向帕兹投云目光，意思是让他不要那样。

　　唉！尽管有可能损害上尉的形象，还是应该承认，帕兹虽则比他的朋友亚当高明，却并不是一个强者。他表面的优势从不幸中得来。在华沙度过的贫穷和孤独的日子里，他读书、学习，进行比较和思考。但造就伟人的创造才能，他是没有的。这方面先天不足，后天能弥补吗？帕兹仅仅是心地崇高，他能为崇高的事业勇往直前。但在感情领域，他只有行动，而很少表达思想，他的思想秘而不宣。结果全部思想活动只能折磨他自己的心。再说，一个没有表达出来的思想，又算什么呢？听了克莱芒蒂娜那句话，德·龙克罗尔侯爵和他妹妹交换了一个奇特的眼色，互相暗指他们的外甥女、亚当伯爵和帕兹。这种一闪而过的场面只在意大利和巴黎才会有。除了各国宫廷以外，世界上唯有这两个地方，眼睛能够说明这么多事情。要通过眼睛表现心灵的全部力量，给眼神以语言的价值，让它一下子传达出一首诗或一出悲剧，必定是处于这样两种情况：要么极端受奴役[1]，要么享有最大的自由。亚当、伯爵夫人和杜·鲁弗尔侯爵都没有领会老妖婆和老外交家洞若观火的眼神，但帕兹这条忠诚的狗却明白了他们的寓意。请注意，这只是两秒钟内发生的事。如此短的瞬间，要描绘当时骚扰上

1　巴尔扎克认为意大利是当时受奴役最严重的国家。

尉心灵的风暴，未免太烦琐了。"怎么！姨母和舅父认为我可能被爱上了，"他心里想，"现在我要获得幸福，就看我够不够大胆了吗？那么亚当呢！……"理想的爱情和情欲，这两者跟感恩和友谊一样强有力，几种情感相互冲突，爱情一时占了上风。这位值得赞叹的可怜的情人决意不放过这一天！于是帕兹变得风趣起来，竭力讨人喜欢。在外交家的要求下，他扼要地讲述了波兰起义的情况。用饭后果点时，帕兹看见克莱芒蒂娜听得出神了，简直把他当作一位英雄，却忘掉了亚当牺牲了三分之一的巨额家产才使他们得以流亡国外。九点钟喝完咖啡，德·赛里齐夫人拉着外甥女的手，吻了吻她的前额，不由分说地带走了亚当，留下杜·鲁弗尔侯爵和德·龙克罗尔侯爵。十分钟以后，他们也走了，最后只剩下帕兹和克莱芒蒂娜单独在一起。

"我也要走了，夫人，"塔德说，"因为您要跟他们一起去歌剧院。"

"不，"她回答道，"我不喜欢舞蹈，而且今晚演出的是非常糟糕的芭蕾舞：《宫廷叛乱》[1]。"

沉默片刻。

---

1 《宫廷叛乱》，塔格利奥尼（1777—1871）的三幕芭蕾舞剧，拉巴尔作曲，1833年在歌剧院进行首场演出。

"如果是两年前，没有我做伴，亚当是不会去歌剧院的。"她接着说，眼睛并不看帕兹。

"他发疯似的爱您……"塔德回答。

"嘿！正因为他发疯似的爱我，明天也许就不爱了。"伯爵夫人大声说道。

"巴黎女子真是不可思议，"塔德说，"别人发疯似的爱她们，她们却要人家爱得恰如其分；可要是人家恰如其分地爱她们，她们又责备你不懂爱情。"

"她们永远有理，塔德，"她微笑着说，"我很了解亚当，我不怪他：他轻浮，十足的大少爷派头，他娶了我做妻子会一直心满意足，我无论喜欢什么，他都不会反对，但是……"

"哪桩婚姻里没有但是呢？"塔德非常温柔地说，竭力想把伯爵夫人的思路引开。

即使最不自负的男子此刻也会想："要是我不对她说我爱她，才是大笨蛋呢！"这个想法，差一点使这位情人欣喜若狂。他们两人之间出现了一种可怕的沉寂，而沉寂中却充满了各和各样的思想活动。伯爵夫人偷偷打量着帕兹，同样帕兹也从镜子里端详伯爵夫人。帕兹像个吃饱喝足正在消化食物的人，深深扎在安乐椅里，只有丈夫或麻木不仁的老人才会摆出这样的姿势。他双手交叉搁在肚子上，机械而飞快地一上一下转动着两个拇指，眼睛盯着这手指头的简单游戏。

"您倒是给我讲讲亚当的好处啊！"克莱芒蒂娜大声嚷道，"您是了解他的，告诉我他并不是一个轻浮的人呀！"

这一声叫喊非同寻常。

"现在该在我们之间设立一个不可逾越的障碍了。"可怜的帕兹暗暗想道，同时编出个很有英雄气概的谎言，他高声说道："好处？我太爱他了，您不会相信我的，我不可能对您讲他的坏话。因此……夫人，我夹在你们俩之间是很为难的。"

克莱芒蒂娜低下头，眼睛看着帕兹为她擦得锃亮的皮鞋鞋尖。

"你们这些北欧人，你们只是体力上勇敢，真到下决心时却缺乏坚定的意志。"她喃喃地说。

"您一个人留在家里准备干什么呢，夫人？"帕兹装出天真无邪的样子问道。

"怎么，您不陪我吗？"

"原谅我要告辞了……"

"怎么！您上哪儿？"

"我要去看马戏，今晚在爱丽舍田园大道开始演出[1]。我是非去不可的……"

1　自1835年起，每年从5月到秋末，爱丽舍田园大道都有马戏表演。

"为什么呢？"克莱芒蒂娜问，一边用有些愠怒的神色盘问他。

"我得向您泄露我心中的秘密了，"他红着脸继续说，"可是至今我还没有告诉亲爱的亚当，他还以为我只爱波兰呢！"

"啊！我们高贵的上尉有秘密？"

"您会认为这是一件不名誉的事，而且会劝阻我。"

"您，不名誉？……"

"是的，我，帕兹伯爵，我如痴似狂地热恋着一个姑娘。她原来跟着布托尔一家在法国走江湖，这些人搭了一个类似弗朗柯尼[1]的马戏班子，但只在集市上演出！后来我让奥林匹克杂技剧场的经理雇用了她。"

"她漂亮吗？"伯爵夫人问道。

"在我眼里当然漂亮，"他闷闷不乐地接着说，"玛拉迦是她的艺名，她健壮、敏捷而柔软。与社交场中所有的女人相比，我觉得她更可爱，什么原因？老实讲，我也说不清！每当我看她演出，心情就十分激动：她乌黑的头发上扎着一条蓝色的缎带，在她裸露着的橄榄色双肩上飘拂，她身穿镶着金边的白裙和一件丝织紧身衣，简直是一

---

1 弗朗柯尼一家是奥林匹克马戏团的创建者。起初在各地巡回表演，后固定在爱丽舍田园大道上奥林匹克杂技剧场演出。

尊活生生的希腊雕像；她脚蹬一双已经磨损的轻便缎鞋，举着旗帜骑马飞奔，她在军乐声中腾空穿过一个巨大的纸环，搅得纸片满场飞舞，随即又姿态优美地落回那匹奔马的背上，引起全场热烈的掌声，根本用不着雇人捧场……您说这叫我激动不激动？"

"比舞会上的漂亮女人更使您激动吗？"克莱芒蒂娜用撩人的惊讶口吻问道。

"是的，"帕兹回答，声音哽咽，"在始终充满危险的表演中保持这种令人赞叹不已的敏捷，这种始终如一的优美，在我看来是一个女子最了不起的胜利……是的，夫人，森蒂、玛利勃朗、格里齐、塔格利奥尼、芭斯塔和艾斯莱尔，[1] 所有这些过去或现在统治舞台的明星，在我看来都不配替玛拉迦解鞋带。玛拉迦能够在风驰电掣的马上跳下蹿上，从马肚左侧钻下去，又从右侧钻出来，像白色的磷火在最剽悍的牲畜周围飞舞，她能够用一只脚尖站在马背上，然后突然跌坐下来，双脚悬垂，而马一直向前飞奔。还有最后一招，她站在没有缰绳的飞马上编织长袜、打鸡蛋或者摊鸡蛋，这时全场轰动，百姓赞不绝口。这是真正的百姓，农民和大兵！从前在剧场前作滑稽表演时，这只可爱的小鸽子能用鼻尖顶几把椅子，她的鼻子是我所

---

1 以上提及的都是著名的女歌唱家和女舞蹈家。

见过的最美的希腊式鼻子。夫人，玛拉迦就是灵巧的化身，而且她力大无比，只需用可爱的小拳头或小脚就能打发掉三四个男人。总之，她是体操女神。"

"她大概很愚蠢……"

"噢！"帕兹接着说，"就像《皮克的佩弗里》中的女主人公[1]那样好玩，像波希米亚人那样无忧无虑，脑子里想什么就说什么，她很少考虑未来，就像您扔几个铜板给一个穷人那样不假思索。高尚的情操之类她是不懂的。你永远也不能使她相信，一位老练的外交家可以是一位俊美的青年，给她一百万也改变不了她的看法。对一个男人来说，她的爱情永远可以博得他的欢心。她身强力壮，她的牙齿好比三十二颗光泽美丽的珍珠镶嵌在珊瑚上。她的喙——她这样称呼自己的嘴——用莎士比亚的说法，具有小母牛口部的活力和气味。叫许多人饱受折磨！她眼里的美男子是身强力壮的男子，阿道尔夫、奥古斯特、亚历山大式的人物[2]，或者耍杂技的艺人和滑稽演员。她的教练是个卡桑德尔式的[3]凶狠至极的老家伙，经常打她。恐怕她挨

---

1 瓦尔特·司各特的小说《皮克的佩弗里》的女主人公是阿莉丝·布里奇诺思，此处所指的显然是同一小说中的另一人物弗内拉。

2 阿道尔夫指瑞典王古斯塔夫二世（1594—1632），奥古斯特指波兰王奥古斯特二世（1670—1733），亚历山大可能是指俄皇亚历山大一世（1777—1825），均以体格魁梧著名。

3 卡桑德尔，意大利喜剧中愚蠢而轻信的老头儿的典型。

过几千次打才练得这般矫捷、这般优美、这般勇猛吧！"

"您对玛拉迦真是着迷了！"伯爵夫人说。

"玛拉迦只是她在海报上的名字，"帕兹老大不高兴地说，"她住在圣拉扎尔街一个四层楼上的套间里，穿的用的都是绫罗绸缎，生活舒适得像个公主。她过着双重的生活：卖艺生活和美貌女子的生活。"

"她爱您吗？"

"她爱我……说出来您要觉得好笑……仅仅因为我是波兰人！她总是以版画上波尼亚托夫斯基跳进埃尔斯特河[1]的形象来看待波兰人的，因为在所有的法国人看来，这条不可能淹死人的埃尔斯特河是一条吞没波尼亚托夫斯基的汹涌澎湃的河流……所以我在法国这种气氛中生活，实在是非常不幸，夫人……"

一颗狂怒的泪珠在塔德眼睛里转动，深深感动了克莱芒蒂娜。

"你们这些男人，都喜欢猎奇！"

"那您呢？"塔德问。

"我很了解亚当，我敢肯定，他要是遇到像您的玛拉

1　若瑟夫·波尼亚托夫斯基亲王（1762—1813），波兰将军，前文提到的波兰国王波尼亚托夫斯基之侄，从1806年起协助拿破仑征战。在1813年莱比锡之役中，他曾掩护拿破仑撤退，但他本人受重伤，在泅渡埃尔斯特河时淹死。在巴尔扎克的时代，有些法国人曾对此史实持怀疑态度。

迦那样的杂技女艺人，一定会把我忘掉的。对啦，您是在什么地方遇见她的呢？"

"在圣克鲁，去年九月交易会的时候。她待在挂满幕布的演杂耍的草台一角，她的伙伴们穿着波兰服装，正吵闹得不可开交。我瞥见她一声不响，静悄悄地待着，我看出她内心充满忧伤。一般二十岁的姑娘是不会这样的啊！我就因为这受到了感动。"

伯爵夫人姿态优雅，若有所思，表情几乎是忧伤的。

"可怜，可怜的塔德！"她大声嚷道，然后她带着真正的贵妇人信以为真的神情，狡黠地笑了笑，"好吧，到马戏场去吧！"

塔德拿起她的手吻了吻，一颗热泪落在她的手上，然后他走出屋去。他编造了对一个女骑手的痴情故事，现在应该赋予这个故事一些真实性了。在他编造的故事中，只有一件事是真的，那就是，在圣克鲁，布托尔马戏团的女骑手、有名的玛拉迦，确实引起了他的注意。那天早上，他刚在马戏团海报上看到她的名字。他给了马戏团的小丑一个五法郎的硬币，小丑告诉他，女骑手是小时候捡来的，也许是拐来的。于是塔德进了马戏场，看到漂亮的女骑手。他花了十个法郎，一个临时代管服装的马夫告诉他，玛拉迦真名叫玛格丽特·蒂凯，住在神庙沟街一幢房子的六层楼上。

第二天，帕兹怀着痛苦的心情，前往神庙区寻找蒂凯小姐。夏天，她是马戏团最杰出的女骑手的替身，冬天，她是通俗喜剧里的哑角。

"玛拉迦！"女门房冲进阁楼喊道，"一位漂亮的先生来找您！他正在向夏皮佐打听情况，夏皮佐正跟他磨蹭呢，让我赶紧来通知您一声。"

"谢谢您，夏皮佐妈妈。要是他看见我正在熨我的裙子，多不好啊！"

"没关系！爱屋及乌嘛！"

"是一个英国人吗？英国人可喜欢马哪。"

"不是，我看他像个西班牙人。"

"倒霉！人家说西班牙人可穷了……您留在这里陪我，夏皮佐妈妈，否则我就会像没人照料似的……"

"您找谁啊，先生？"女门房打开房门问塔德。

"蒂凯小姐。"

"姑娘，"女门房装模作样地说，"有人找您。"

一根晾衣服的绳子碰掉了上尉的帽子。

"请问先生有何贵干？"玛拉迦一边捡起帕兹的帽子，一边问道。

"我在马戏场见到您，您使我想起我失去的一个女儿，小姐，您非常像我的爱洛伊丝，出于对她的怀念，我想给您一些资助，如果您不反对的话。"

"说哪儿话啊！您快请坐，将军，"夏皮佐太太说，"真没见过这么好的人……真太殷勤了。"

"我不是来献殷勤的，亲爱的夫人，"帕兹说，"我是一个陷于绝望的父亲，只是想找一个跟我女儿相像的人聊以自慰罢了。"

"这么说，以后您就对别人说我是您的女儿喽？"玛拉迦很机灵地问道，一点都没有怀疑他的诚意。

"是的，"帕兹说，"我偶尔来看看您，为了使我的幻觉更完善，我让您住到一套漂亮的房子里去，还有非常讲究的家具。"

"我会有家具？"玛拉迦瞧着夏皮佐太太说。

"还有用人，"帕兹接着说，"让您过得非常安逸。"

玛拉迦偷偷打量着这个陌生人，问道：

"先生是哪国人？"

"我是波兰人。"

"那么我接受了。"她说。

帕兹临走时答应再来。

"这倒是件严重的事！"玛格丽特·蒂凯望着夏皮佐太太说，"我担心这个人为了实现什么异想天开的念头而来哄骗我。得了！我豁出去啦！"

这次奇怪的会见之后一个月，美丽的女骑手已经住进由亚当伯爵的地毯家具商精心配备的一套住宅，因为帕兹有意让拉金斯基公馆的人谈论他的爱情狂热。对玛拉迦来说，这次奇遇简直是《天方夜谭》式的，做梦也想不到。她由夏皮佐夫妇服侍，他们既是她的知己，又是她的用人。夏皮佐两口子和玛格丽特·蒂凯等待着某种结局的到来，然而三个月过去了，玛拉迦和夏皮佐太太都摸不清这位波兰伯爵搞的是什么名堂。帕兹每周来待一个小时左右，他一直不离开大客厅，从来不想进玛拉迦的小客厅，更不想到她的卧房里去。尽管女骑手和夏皮佐夫妇使尽种种伎俩，但他从未踏进过她的房门。伯爵询问一些关于这个江湖艺人的生活琐事，每次都在壁炉上留下两枚四十法郎的金币就走了。

"他看上去很烦恼。"夏皮佐太太说道。

"是的，"玛拉迦回答，"这个男人冷若冰霜……"

"不管怎么说，他是一个好心肠的人啊。"夏皮佐高声说，他为自己能穿上一身蓝色呢料衣服而满心欢喜，他的模样活像一个部长办公室的听差。

帕兹的定期捐赠，等于让玛格丽特·蒂凯每月有三百二十法郎固定收入。这笔钱再加上她从马戏团得到的微薄收入，她的生活与过去的困境相比，已经显得十分阔绰了。马戏团的艺人之间流传着关于玛拉迦交好运的种种奇谈。女骑手出于虚荣，竟把谨慎的上尉为她的住房花掉的六千法郎说成六万。据马戏团小丑们和哑角们说，玛拉迦用的餐具全是银器，而且她来马戏团上班的时候披着漂亮的呢斗篷，围着雅致的肩巾，穿着开司米的衣裙。总而言之，这位波兰人是一个女骑手可能遇到的最大的好人：既不找一点麻烦，又一点不妒忌，完完全全让玛拉迦自由自在。

"有些女人真是运气好！"玛拉迦的对手说，"马戏团三分之一的收入都是我挣来的，却碰不到她那样的好运。"

玛拉迦戴着漂亮的小圆帽，有时乘车在布洛涅森林招摇过市（烟花女子使用的一个漂亮说法），有些风雅青年已经开始注意她。后来，一些不三不四的女人开始对玛拉迦说长道短，对她的幸运极尽诬蔑之能事。甚至说她是梦游者，波兰人则被认为是动物磁气疗法施行者，说他正在寻求点金石。更有甚者，还有人说什么玛拉迦的处境比普绪喀更稀奇古怪。玛拉迦一边痛哭，一边向帕兹转述这些流言蜚语。

"我恨一个女人的时候，"她最后说，"我决不诽谤她，我不会说人家要她接受磁气，想在她身上取得点金石。我说她弯腰驼背就是了，并且证明她确实如此。为什么您要连累我呢？"帕兹始终冷冰冰一言不发。夏皮佐太太终于弄清了塔德的名字和爵位，后来她还从拉金斯基公馆打听到这些毋庸置疑的情况：帕兹是一个单身汉，无论在波兰还是法国，他根本没有死去的女儿。玛拉迦听了不禁大惊失色。

"我的孩子，"夏皮佐太太说，"这个怪物……"

一个男人只满足于暗中——偷偷地——瞧瞧玛拉迦这样漂亮的姑娘，既不敢对任何事情表态，也不信赖人——在夏皮佐太太看来，他就必定是个怪物。

"这个怪物供养您，必定想让您参与某件非法或者犯罪的事情。天杀的，要是您上了重罪法庭，或者——说起来都吓人，我从头顶直凉到脚跟——您上了轻罪法庭[1]，保管您成为报上的新闻人物……要是我换了您，您猜我会怎么着？嗨！我是您的话，为我自己的安全起见，我去报告警察。"

有一天正当玛拉迦胡思乱想、情绪激动的时候，帕兹在壁炉台的天鹅绒上放下了金币。她拿起金币朝他脸上扔去，说道："我不要偷来的钱。"

上尉把金币交给了夏皮佐夫妇，从此再也不来了。这时克莱芒蒂娜正在勃艮第她舅舅德·龙克罗尔侯爵的领地上度过最美好的季节。杂技剧场塔德的专座上再也不见他的人影，艺人们议论纷纷。有人认为玛拉迦的清高纯属愚蠢，有人则认为她手腕高明。最乖觉的女人听到帕兹的所作所为都感到不可理解。帕兹在一周之内就收到三十七封

_____

1 夏皮佐太太缺少法律知识，以为轻罪法庭似乎比重罪法庭更可怕。

轻佻女子的来信。而对帕兹来讲，幸好他惊人的克制态度没有激起上流社会的好奇心，只是引起不三不四的人说长道短而已。

过了两个月，美丽的女骑手负债累累，给帕兹写了一封信。这封信在纨绔子弟看来简直是一篇杰作。此信全文如下：

我的朋友，尽管发生了那件引起您误解的事情，我仍然敢于这样称呼您，您会怜悯我吗？一切使您伤心之处绝非我的本意。要是我曾经有幸使您觉得在我身旁感到快乐的话，请回来吧……否则我就要陷入绝望了。贫困已经降临，它所带来的难堪，您是不知道的，昨天我只靠两个苏的鲱鱼和一个苏的面包活命。难道这是您情人的饮食吗？夏皮佐夫妇已经离开我，他们从前看上去对我是多么忠心耿耿！失去您以后，我才看清了所谓人情……一条狗，它还不至于嫌弃我，而夏皮佐夫妇却走了。来了一个执达吏，不问青红皂白把什么都封存了，他是铁石心肠的房产主和连十天期限都不愿给的珠宝商派来的。因为没有你们这些男人作保，信用也就没有了！女人的处境是多么艰难！而她们应当引咎自责的，只不过是贪图快乐罢了。我的朋友，我把稍微值钱的东西全部送进了当铺。我已一无所有，只剩下对您的怀念。眼看冬季就要到来。冬天我没有津贴，因为通俗剧场一到冬天就上演哑剧，而我在哑剧中几乎没有什么角色可以扮演。您怎么会误解了我对您高尚的感情呢？归根到底，我们表达感激的方式是相同的啊！您以前看到我生活舒适心里就高兴，现在您怎么能让我陷入困境呢？哦！您是我世界上唯一的朋友，而我又要跟布托尔马戏团走江湖去了，因为这样我至少能混碗饭吃。在这之前，请原谅我冒昧地问您一句，我是否已经永远失去了您。在马戏场上往圈里跳的时候，如果我忽然想起您来，很可能因一步之差而摔断双腿！不论发生什么事情，玛格丽特·蒂凯永远属于您。

玛格丽特·蒂凯

"这封信值得我花一万法郎！"塔德心里想，不禁失声大笑。

次日克莱芒蒂娜回到了家，第二天帕兹见到她，觉得她比以前任何时候都更美丽，更动人。吃晚饭的时候，伯爵夫人似乎对塔德十分淡漠。饭后，上尉走了，伯爵和他的夫人之间出现了极为有趣的场面：刚才塔德装作请亚当出主意的样子，似乎无意地把玛拉迦的信留给了他。

"可怜的塔德！"亚当等帕兹走后向他的妻子感叹道，"一个如此高贵的人竟被一个最蹩脚的江湖艺人玩弄，真是倒霉！他会失去一切，他将堕落，过不了多久他会变得判若两人的。喏，亲爱的，看看吧！"伯爵把玛拉迦的信递给他的妻子。

克莱芒蒂娜读了这封满是烟草味道的信，做了一个厌恶的动作，把信一丢。

"不管他给哄骗到什么程度，也该有所察觉了，"亚当说，"玛拉迦一定给他设过好多圈套。"

"他还会去的！"克莱芒蒂娜说，"他会原谅她的。你们只有对这类坏女人才宽宏大量！"

"她们也需要别人宽容。"亚当说道。

"塔德只有待在他自己家里……才能对自己有个清醒的判断。"她接着说。

"嗨，我的天使，你说到哪儿去了。"伯爵起先很高兴能在他妻子面前贬低一下他的朋友，但他并不想把犯错误的人一棍子打死。

塔德深知亚当其人，便要求他"严守秘密"，说是请求亚当原谅他的挥霍，并允许他提取一千埃居供养玛拉迦。

"这是一个自尊心很强的人。"伯爵接着说。

"怎么讲？"

"没有为她花费一万法郎以上，还没给她还债，倒让她写这么一封信来纠缠，作为一个波兰人，这未免……！"

"他会让你倾家荡产的。"克莱芒蒂娜说，语气带着巴黎女子表示不信任时特有的尖刻。

"噢！我了解他，"亚当回答，"他为了我们的利益会甩掉玛拉迦的。"

"我们等着瞧吧。"伯爵夫人接着说。

"为了他的幸福，必要时，我会毫不犹豫地要他离开她。康斯坦丁告诉我，在他们有来往的那段时间里，以前很少喝酒的帕兹，有时喝得醉醺醺地回家……如果他再这样下去，我会像看见自己的孩子走上邪路一样痛心的。"

"别再说了。"伯爵夫人大声说道，同时又做了一个厌恶的手势。

两天后，上尉从伯爵夫人的举止、声调、眼神里看出亚当泄露秘密所引起的可怕后果。蔑视使这位动人的女子和他之间产生了鸿沟。从此他郁郁寡欢，时时刻刻被这样的念头所折磨："是你自己让她瞧不起你的呀！"生活使他感到难以忍受，最明媚的阳光在他看来也是灰暗的。不过在这无边苦海的波涛中，他也有欢乐的时刻：他从此可以尽情欣赏伯爵夫人而不会有任何危险，因为她对他已经毫不注意。节日聚会时，他蜷缩在一个角落里，默不作声却全神贯注地瞧着她，不放过她的一举手一投足；当她唱歌的时候，他不错过一首歌曲。总之，克莱芒蒂娜的美好生活维系着他的生命，他可以亲自为她要骑的马洗刷，一心一意为这座富丽堂皇的住宅节省开支，更加忠心耿耿地为这一家的利益效劳。这无言的快乐深深埋藏在他的心底，犹如母亲的欢乐永远不为孩子所知晓：因为，如果不了解内心的某些东西，能够谈得上了解吗？他的爱难道不是比彼特拉克对劳拉的纯洁的爱更美吗？彼特拉克的爱情最终成为他创作的源泉，使他获得荣耀，写出登峰造极的诗篇。阿萨[1]临死的时候难道不是感到死得其所、与天地共存吗？这种感受，帕兹每天都有，他只不过没有死，也没有流芳百世的价值而已。爱情究竟包含着什么，为什么虽然有无言的欢乐，帕兹仍然忧伤不已？天主教大大提高了爱情的地位，可以说把美德和高尚精神也不可分割地融合进去了。一个人没有引以为荣的优点就没有爱情，在被蔑视的情况下为人所爱是极其罕见的，因此塔德自讨苦吃的创伤使他痛苦不堪。如果让她表示出爱他，然后死去呢？……可怜的情人也许会感到自己没有白活一世。像这样生活在她面前，慷慨大度地为她效劳而不为她所赏识、所理解，他真

---

1 阿萨骑士（1733—1760），法国奥弗涅团上尉，七年战争期间，他在执行侦察任务时发现敌兵，不幸被俘，他不顾敌方威胁，向法军高呼告警，当场被敌人刺死。伏尔泰在《路易十五时代的故事》中讲到他的英雄事迹。

是宁可回到原来那种提心吊胆的局面。总之，他希望德行能得到报偿。他消瘦了，脸色发黄，常常发低烧，终于病倒。整个一月份他只得卧床，却又不肯看医生。亚当伯爵很为他可怜的塔德担心。伯爵夫人却在小范围内无情地说："随他去好了，你看不出他为奥林匹克[1]感到内疚吗？"这句话使塔德从绝望中鼓起了勇气，他起床、外出、设法找点消遣，终于恢复了健康。将近二月份的时候，亚当在乔凯俱乐部输掉一笔钱，数目相当可观。因为怕老婆，就来求塔德把这笔钱算在为玛拉迦挥霍的账上。

"说这个江湖女艺人多花了你两万法郎，这有什么了不起的？这只跟我有关系。要是伯爵夫人知道这两万法郎是我赌输的，我就会失去她的尊敬，她会为未来担忧的。"

"又这样，唉！"塔德喊道，不觉长叹了一声。

"喂！塔德，你这次肯帮忙，你就不再欠我的情了。"

"亚当，你以后还要生儿育女，不要再赌了。"上尉劝说道。几天以后伯爵夫人得知亚当为帕兹慷慨解囊，惊呼道："玛拉迦又花了我们两万法郎！以前用去一万法郎，一共三万！还有一千五百法郎的年金，等于我在意大利剧院定包厢的价钱，抵得上很多市民的家产哪！……噢！你们这些波兰人，"她一边说一边在她漂亮的暖房里采花，"你

---

1 玛拉迦所在的马戏团，此处指玛拉迦。

们真是不可想象。你不生气吗？"

"可怜的帕兹……"

"可怜的帕兹，可怜的帕兹，"她打断他的话接着说，"他对我们有什么用？我来管理这个家好啦，我来管！以前他拒绝的一百金路易年金，你现在拿去给他，他爱怎么跟奥林匹克马戏团鬼混都行。"

"他对我们很有用处，一年来他为我们节省的钱肯定在四万法郎以上。总之，亲爱的天使，他替我们在罗斯柴尔德银行存了十万法郎，换一个总管，早把这笔钱给贪污了……"

克莱芒蒂娜软了下来，但她对塔德仍然很严厉。几天以后她请帕兹到小客厅里来。一年前在这里她把他跟伯爵作比较，感到大吃一惊。可是这次面对面接见他，却没有发现任何危险。

"我亲爱的帕兹，"她态度随便，带着大人物对其下属既往不咎的姿态说道，"如果您真的如您所说的那样爱亚当，那就请您办一件他决不会要您办的事，而我，他的妻子，却毫不犹豫地要求您去办……"

"是关于玛拉迦吧？"塔德话中带刺地说道。

"对了！正是！"她说，"如果您希望跟我们过一辈子，如果您希望我们继续做好朋友，就请您离开她。一个老兵怎么……"

"我只有三十五岁，"他说，"一根白头发也没有哩！"

"可是您很像有了的样子，"她说，"反正一样。怎么一个如此深谋远虑、如此高贵的人……"

她说这句话，意图很明显，是想在他身上重新唤起她以为已经消失的高尚情操。这话听了不免使人难过。帕兹打了一个手势，她稍微停顿了一下，但别人难以觉察。她接着说下去：

"像您这样高贵的人，怎么会孩子似的被人耍了呢？您的艳史使玛拉迦出了名……瞧瞧，连我舅舅都想见见她，而且真的见着了。不止我舅舅一个人，玛拉迦得意地接待所有这些先生们……我一直以为您心灵高贵……哼！离开她，您的损失就那么大，大到不可弥补吗？"

"夫人，如果要我做出某种牺牲来重新取得您的尊重，那是很快就能办到的。但离开玛拉迦并不属于……"

"如果我是男人，换到您的地位上，我也会这么说的，"克莱芒蒂娜接过话说，"那么好吧，就算离开她是重大的牺牲好了，我们不用为此争吵了吧！"

帕兹走出小客厅，心里真怕会干出什么蠢事来。他压制不住自己的胡思乱想，便走到户外去散步。虽然天气很冷，他穿得很单薄，前额和脸上却火烧火燎的。"我一直以为您心灵高贵！"这句话一直在他的耳际萦绕，他心想："不到一年前，听到克莱芒蒂娜的声音，我一个人就能打败俄国人！"他想扔下拉金斯基公馆，到北非骑兵营当兵去，战死在非洲[1]算了。可是担忧的心理又拦住了他："没有我，他们怎么办呢？别人很快就会让他们破产。可怜的伯爵夫人！只要把她的收入降到三万里弗尔一年，她的日子就苦不堪言了！"他心想，"好吧！即便我已失去了她，还是鼓足勇气把好事做到底吧！"

谁都知道，自1830年起，巴黎狂欢节的规模大得惊人，已经具有全欧性质，与从前威尼斯狂欢节相比，更加滑稽，更加热闹。是否因为财富猛减，巴黎人才想出这种集体的娱乐呢？就像他们的俱乐部，实际上是没有主妇、不讲礼仪和花钱较少的沙龙。总而言之，三月份舞会多得很：在这些舞会上，跳舞，嬉闹，纵情欢乐，放浪形骸，滑稽可笑的装扮和风趣的巴黎人种种花样翻新的戏谑，把狂欢节搞得轰轰烈烈。

当时最热闹的地方是圣奥诺雷街，缪萨尔是这种狂欢中的拿破仑。缪萨尔[2]生得个子矮小，偏巧来指挥震天价响的音乐，其响声不亚于人群的喧闹声；他指挥加洛普舞曲，这是巫魔夜会的轮舞曲，奥贝尔[3]的杰作之一。

---

1 指阿尔及利亚，自1830年起，法国在非洲只有对阿尔及利亚的战争。
2 缪萨尔（1793—1859），著名的乐队指挥，经常在通俗音乐会和舞会上担任指挥，当时很受欢迎。
3 奥贝尔（1782—1871），法国作曲家，曾任巴黎音乐学院院长。

加洛普舞曲只是在《古斯塔夫》[1]中的大加洛普舞曲上演后才成型并具有其诗意的。五十年来，一切如梦境般飞速而过，这规模宏大的终曲难道不是可以作为这个时代的象征吗？

严肃的塔德，当他得知全身化装的伯爵夫人要和其他两位年轻夫人一起，在她们丈夫陪同下去观看最热闹的缪萨尔舞会的奇异场面时，他心中爱恋着一个纯洁无瑕的神圣形象，却去找狂欢节舞蹈皇后玛拉迦，约她到缪萨尔舞会去通宵跳舞。1838年封斋节前的星期二凌晨四点，伯爵夫人裹着带风帽的化装黑色长外衣，坐在那间巴比伦式大厅的阶梯形台阶上。瓦朗蒂诺[2]指挥的乐队一开始演奏，她就看见塔德化装成罗贝尔·马凯[3]，带着女骑手跳轮舞。女骑手穿着蛮人的服装，头插羽毛，像一匹野马似的，在人群中上蹿下跳，活像一团磷火。

"啊！"克莱芒蒂娜对她的丈夫说，"你们这些波兰人，你们都是些没骨气的人。听了塔德的话，谁能不相信他呢？他已经向我许下了诺言，可是他不知道我会来这里，我什

1　即奥贝尔作曲的《古斯塔夫三世》（1833）第五场（即终曲），又名《假面舞会》，很有名，经常单独演出。
2　瓦朗蒂诺（1785—1865），歌剧院的乐队指挥。
3　罗贝尔·马凯，音乐剧《向阳山坡的客栈》中的主人公，著名的强盗典型。勒迈特（1800—1876）曾在剧中扮演这个人物，大获成功。

么都看得清清楚楚，而他却瞧不见我。"

几天以后，她请帕兹一起用晚饭。饭后，亚当让他们俩单独留下，克莱芒蒂娜对塔德严加训斥，让他明白，她再也不愿意留他寄居了。

"好吧，夫人，"塔德恭顺地说，"您说得对，我的确是一个无耻之徒，我说话不算话。可是有什么办法呢？我没有及时离开玛拉迦，想拖到狂欢节以后……说老实话吧，这个女人对我的吸引力实在太大了，以至……"

"这个被警察赶出缪萨尔舞会的女人，她跳的是什么舞哟！"

"我同意，我认错，我离开您的家好啦。不过您是了解亚当的。如果我撒手不管你们的财产，您可得多多费心。虽说我在玛拉迦问题上有毛病，可我一直关注着你们的产业，管理你们的下人，事无巨细都亲自过问。所以，请您允许我看到您能够接管之后再离开您。现在你们已经结婚三年，不会再像度蜜月时那样乱花钱了。现时的巴黎女子，哪怕是爵位最高的贵人，都十分精通理财和持家……就这样吧！待到我对您的能力，更主要的是对您办事的果断感到放心的时候，我就离开巴黎。"

"这才是华沙的塔德，而不是马戏团的塔德说的话，"她回答说，"等您恢复常态之后再回到我们这里来。"

"恢复常态？……永远恢复不了，"帕兹说着低下眼睛，望着克莱芒蒂娜美丽的双脚，"您不知道，女伯爵，这个女人说出话来妙趣横生，出人意料。"说到这里，他已经感到快失去勇气了，于是赶紧补充道："上流社会那些装腔作势的女人，没有一个及得上这个天性坦率，如同小动物一般的女子……"

"问题是我最讨厌带野性的东西。"伯爵夫人说着，狠狠地瞪了他一眼，那眼光犹如发怒的毒蛇。

从这天上午起，帕兹让克莱芒蒂娜知道所有的事务，成了她的家庭教师，他让她了解理财的艰难，东西的真实价格，指点她怎样才能不让别人过多地占便宜。她可以指靠康斯坦丁，让他给她当管家，因为塔德已经把康斯坦丁训练出来了。到了五月，他认为伯爵夫人已经完全能够管理家财，因为她是个有眼光的女人，头脑敏锐，天生是当主妇的材料。

塔德非常自然地造成了这一局面，谁知又出现了一段对他来说极其可怕的曲折，他的痛苦并不如他原来设想的那样容易忍受。可怜的情人没有料到会发生意外，然而亚当突然病倒了，病得很重，塔德没有走成，当了他朋友的看护。上尉尽心服侍，不顾疲劳。一个女人如果有兴趣运用深刻的洞察力，便能从上尉的英雄行为中看出，这是高尚的人为了压制自己不自觉产生的邪念而对自己采取的某种惩罚。但是女人们要么洞察一切，要么什么也看不见，这取决于她们的心理状态：爱情是她们唯一的明灯。

四十五天中，帕兹看守、护理着米日拉，一点也看不出他思念玛拉迦。这道理很简单，因为他从来不想她。克莱芒蒂娜见亚当垂危，但还没有断气，便请来了所有最著名的医生。

"如果他能得救，"医生中最博学的一位说道，"那只能是上天的力量了。得靠照料他的人掌握时机，助天一臂之力。伯爵的生命掌握在看护他的人手里。"

塔德去将这个判决通知克莱芒蒂娜。她坐在一座中国式的亭子里，一则休息休息，消除疲劳；二则让医生们自由自在地讨论，不受拘束。从小客厅到中国式亭子所在的岩石小丘，有一条黄沙小路，迷恋克莱芒蒂娜的帕兹沿着弯弯曲曲的小路走着，犹如到了但丁所描写的地狱深渊。这个不幸的人从没想过有可能成为克莱芒蒂娜的丈夫，他忧心如焚，愁眉不展。他走到克莱芒蒂娜跟前，痛苦得脸都变了样。美杜萨[1]般可怕的脸色显出他绝望的心情。

"他死了吗？……"克莱芒蒂娜问道。

"他们说他没有救了，至少，他们让他听天由命。您不必去，他们还在那儿，可是毕安训本人也在收拾听诊器，

---

[1] 美杜萨，希腊神话中满头毒蛇的女怪，被其目光触及者即化为石头。

准备走了。"

"可怜的人！我在想，是否有时候我也折磨过他。"她说。

"您使他很幸福，这方面您完全可以心安理得，"塔德安慰道，"您对他是宽宏大量的……"

"我的损失大概是无法补救的了。"

"不过，亲爱的，假定伯爵不幸去世，难道您不曾对他有所评判？"

"我并不是神魂颠倒地爱他，"她回答说，"而是像一个妻子应该爱她丈夫那样爱他。"

"那么，比起失去另一种男人，您的遗恨可以少一些，"塔德以一种克莱芒蒂娜从未听见过的语气说，"如果您所失去的男人是你们女人的骄傲，是你们的爱情和你们的整个生命，那情况就不同了。对我这样的朋友，您完全可以实话实说——而我，我会怀念他的！……早在你们结婚之前，我就把他当作自己的孩子看待，我为他牺牲了我的一生。要是他死了，我活在这世界上就没多大意思了。而对一个二十四岁的寡妇来讲，生活依然是美好的。"

"嗨！您很清楚，我谁也不爱。"她突然不胜痛苦地说。

"您还不知道什么叫爱。"塔德说。

"哦！丈夫终究是丈夫，我是相当明智的，我情愿要我可怜的亚当那样一个孩子，而不要一个出类拔萃的人。

快三十天了，我们心里一直在想："他能活下来吗？"这种肯定与否定的交替，使我像您一样做好了失去他的思想准备。我可以坦率地对您说，唉，要是可能的话，我宁愿用我的生命去换取他的生命。在巴黎，一个独身的女人难道不是很容易在破产者或败家子的虚情假意面前上当受骗吗？所以我祈祷上帝给我留下我的丈夫，他百依百顺，心肠极好，很少麻烦人，而且已经开始怕我。"

"您很实在，我更加喜欢您了。"塔德说着，拿起克莱芒蒂娜的手吻了吻，她没有反对。"在如此重要的时刻，能遇到一个毫不虚伪的女子真是难能可贵。我可以推心置腹地跟您谈谈。让我们想想未来，好吗？假如上帝没有倾听您的祈祷，那么我时刻准备向上帝呼救：'留下我的朋友吧！'这五十个夜晚并没有使我的视力衰退，哪怕再照料三十个日夜。夫人，您尽管睡好了，有我看守呢。如果真的如他们所说，可以通过您精心照料救活他的话，我定能把他从死神手里夺过来。要是您和我竭尽全力仍然无效，伯爵死了，那么，如果有人爱着您，啊，如果一个配得上您的多情而刚强的人深深爱着您的话……"

"我也许曾经非常渴望有人爱我，可是我没有遇见过……"

"也许您理解错了……"

克莱芒蒂娜双眼死死盯着塔德，揣测他说这句话并非出于爱情，而更多是出于贪财的思想，所以鄙视地从头到脚打量了他一番，然后用高、中、低三种声调向他狠狠吐出"可怜的玛拉迦"几个字，唯有贵妇人才会运用这种表示蔑视的特殊语调。她站起身来，任由塔德昏倒在地，因为她头也不回，向小客厅昂然走去，上楼到亚当的卧房去了。

一小时之后，帕兹回到病人的房间。他精心照料着伯爵，就像没有受到致命的打击一样。从这个致命的时刻起，他变得沉默寡言了。再说，他要与病魔搏斗。他的英勇善战博得了医生们的称赞。无论什么时候，人们都能看到他那双明亮的眼睛，好比是两盏点燃着的明灯。他对克莱芒蒂娜没有流露出任何一点怨恨。她向他表示谢意，他只是听着而没有接受，他好像成了聋子。他心里想："她将受我救亚当一命之恩！"这句话，可以说他是用自己光芒四射的行动写在了病房里。到了第十五天，克莱芒蒂娜支持不住，不得不减少她的护理时间，否则她要累垮了。帕兹却不知疲倦。八月底，他们的医生毕安训终于对克莱芒蒂娜说，伯爵的性命保全下来了。

"噢！夫人，根本不应该谢我，"他说，"没有他的朋友，我们是救不活他的！"

中国式亭子里那可怕的一幕发生后的第二天，德·龙克罗尔侯爵来看望他的外甥女婿，因为他就要肩负一项秘密使命，前往俄国。前一天受到致命打击的帕兹，悄悄向外交官说了几句话。后来，亚当伯爵病愈后第一次偕夫人乘敞篷四轮马车出游的那天，在马车正要离开台阶的时候，一个传令兵走进邸宅的院子，求见帕兹伯爵。坐在马车前座的塔德转过身去，原来是一封打着外交部印章的信。他迅速把信放进礼服口袋，动作之快使克莱芒蒂娜和亚当无法问及此事。不可否认，在有教养的人中有一种不开口的语言技巧。但是车到马约门的时候，亚当还是利用自己大病初愈的特殊地位——不管他怎么任性，别人总得让他三分——对塔德说："咱们两个情同手足的朋友之间没有什么秘密可言。你知道电报内容的话，就快告诉我，我非常想知道。"

克莱芒蒂娜心里有气，瞧着塔德对她丈夫说："两个月来他一直跟我赌气，我才不想追问他哩！"

"哦！我的天哪！"塔德回答说，"反正我阻止不了报纸发表这件事，我不妨向你们说出这个秘密：承蒙尼古拉皇上恩典，任命我为远征希瓦[1]的部队中的一名上尉。"

"你去吗？"亚当失声叫道。

1　希瓦，中亚细亚一个独立汗国，在今乌兹别克斯坦境内，1839年11月，沙皇曾派远征军侵犯这个国家，次年夏败退。

"我去，亲爱的，我来的时候是上尉，回去的时候依然是上尉……再待下去，玛拉迦可能会叫我干出蠢事来的。明天我和她一起吃最后一顿晚餐。如果我九月份不动身去圣彼得堡，就得走陆路[1]。我不是富人，我还得留一小笔款子给玛拉迦，好让她独立生活。怎么可以不照顾唯一能了解我的女人的前途呢？玛拉迦认为我伟大！玛拉迦认为我英俊！玛拉迦也许对我不忠诚，但是她深深地……"

"钻进您的脑子里，然后非常准确地落回到她的马背上。"克莱芒蒂娜尖刻地说。

"啊，您不了解玛拉迦。"上尉话带挖苦，眼带讥讽，使克莱芒蒂娜陷入了沉思和不安。

"永别了，美丽的布洛涅森林的小树，在这儿散步的有巴黎女子，也有似乎重新见到了祖国的流亡者。我知道我的眼睛再也看不见小姐小径和夫人大道上郁郁葱葱的树木，再也看不见圆形空地的洋槐和雪松……在那亚洲的边缘，我将按照我愿为之效力的伟大皇帝的意图行事，凭着勇敢，凭着拿生命冒险，我也许能够成为一支部队的指挥官，那时我或许会怀念爱丽舍田园大道，因为在这里，有一次您曾让我上车坐在您的身边。总之，我将始终怀念玛

---

[1] 九月份可以走海路。

拉迦的严厉苛刻——我现在所说的那个玛拉迦。"

他说这句话的态度，使克莱芒蒂娜不寒而栗。

"那么您很爱玛拉迦喽？"她问道。

"我为她牺牲了我们永远不肯牺牲的荣誉……"

"什么荣誉？"

"哦……我们愿付出任何代价在我们的偶像眼中保持的荣誉。"

回答完这句话，塔德便不再开口，只是在经过爱丽舍田园大道的时候，他才打破沉默，指着一所木板房子说："瞧！这就是杂技剧场！"

晚饭前他抽空前往俄国大使馆，然后又到外交部。第二天清晨伯爵夫人和亚当尚未起床，他已动身去勒阿弗尔了。

"我失去了一位朋友，"亚当听说帕兹伯爵已经离去，热泪盈眶地说，"一位真正具有这个词的含义的朋友。他像逃避瘟疫一般逃离我的家，我不知道真正的原因何在。我们两个朋友不会因为一个女人而吵翻吧，"他死死盯着克莱芒蒂娜说道，"不过他昨天关于玛拉迦那一席话……其实他从来没有碰过这个姑娘的一个手指头。"

"你怎么知道呢？"克莱芒蒂娜问。

"我自然好奇，去见了蒂凯小姐。可怜的姑娘至今不明白塔德为什么绝对不肯亲近她……"

"够了，先生！"伯爵夫人说完就回到自己卧房去了。她暗自寻思："莫非我受了某个高尚骗局的愚弄？"

刚想到这儿，康斯坦丁进来，交给她以下这封信，那是塔德在夜间草草写成的。

伯爵夫人：

到高加索去送死，还要同时带走您对我的蔑视，这太过分了。既然一死了之，我就一了百了吧。我第一次见到您，就爱上了您。这是对女子的一种始终如一的热恋，即便女方不忠也依然如故。选中您、娶您为妻的亚当是我的恩人，我很贫穷，我心甘情愿和忠心耿耿地为你们当管家。在这极度的不幸中，我发现了最甜蜜的人生。在你们家充当一个不可缺少的齿轮，知道自己对你们的豪华阔绰和安逸幸福有所贡献，这就是我快乐的源泉。如果说为亚当效劳给我的心灵带来极大的满足，那么，当这一切劳碌的起因和成果都是为了自己所热恋的女子时，情形又当如何，您就可想而知了。我领略了爱情中母性的欢乐，我就这样接受了生活的安排。我好比大路上的穷人，在您美丽庄园的边界上用石头砌了一间陋室，而不向您伸手求乞。虽然贫穷和不幸，虽然因亚当的幸福而眼花缭乱，我却成了施予者。啊！这种爱情好似守护天神的爱那样纯洁，时时刻刻卫护着您。您睡觉的时候，他看守着您；您走过的时候，他爱抚地瞧着您。他这样活着感到很幸福。总之，对这个可怜的流亡者来说，您就是祖国的太阳。此刻他含着眼泪给您写信，怀念着最初那些时日的幸福。我十八岁那年，得不到任何人的怜爱，我把华沙一个妩媚动人的女子当作理想的情妇，在她身上寄托着我的思念和我的向往，她成了我朝思暮想的皇后！可是这个女人对此一无所知。何必要告诉她呢？……我！我爱着我心上的人。从我年轻时这段爱情史，您可以想象，我生活在您生活的圈子里，为您刷洗马匹，为您的钱袋寻找崭新的金币，为您安排精美的膳食和盛大的晚会，凭着我的本领使那些比您更富有的人相形见绌，我该是何等幸福！每次亚当对我说"塔德，她要某件东西"，我是多么兴冲冲地在巴黎奔忙啊！这是一种无法形容的快乐。您想在某时某刻有件什么小东西，我常常要花九牛二虎之力，坐七小时的马车才能弄到。但为您而奔波，其乐无穷！看到您在花丛中微笑，而您却看不到我，我便忘记了谁也不爱我……总之，我仿佛又回到了十八岁。有些日子，幸福冲昏了我的头脑，我竟在夜里去亲吻您双脚踩过的、对我来说则是您的足迹闪闪发光的地方。这种举动与我从前神出鬼没地偷吻拉迪斯拉斯伯爵夫人[1]亲手碰过的门把手一样。您呼吸过的空气香味袭人，我吸进这空气就感到吸入了生命的玉液琼浆。我在这儿宛如处在人们所说的热带，完全沉醉在生机勃勃、充满创造精神的腾腾热气之中。我必须告诉您上述这些事，才能解释明白我那些不由自主的思想何以表现得那么古怪自负。本来我是至死也不肯向您披露我的秘密的！您大概还记得，有几天您非常好奇，创造奇迹的人终于引起了您的注意，您很想见见他。当时我以为——原谅我，夫人——我以为您会爱上我。您的深情厚谊，您那可能为情人所误解的目光，在我看来，对我太危险了，因此我为自己物色了玛拉迦。我知道女人对这类私情是绝不能饶恕的：我正是在发现自己的爱情必然要泄露的时候，物色了这么一个人物。现在您怎样蔑视我都可以，而以前您毫不留情地鄙视我，我却是冤枉的。不过我可以肯定，您姨母将伯爵

1　拉迪斯拉斯系波兰王族。

带走的那天晚上，如果我向您倾诉了上述那些想法，话一说出口，我就会像一只被驯服的老虎又咬住了活的动物，一感觉到血的热气，就……

于子夜

写不下去了。那时的情景如今依然历历在目！是的，当时我如醉若狂。我从您的眼中看到了希望，我的眼睛本会放射出胜利和红旗的光芒，并且迷住您的双眼。我设想了这一切，真是罪过，也许我想错了。唯有您对那可怕的一幕拥有发言权，我在那一幕中，终于压制住了爱情、情欲。这两种人类最不可战胜的力量，却被那应当永世长存的感恩心理的冰冷的手压下去了。您那残忍的鄙视惩罚了我。您向我表明，对一个人的厌恶和蔑视是很难改变的。我如痴似狂地爱着您。即便亚当死了，我也会离开；现在亚当已经得救，我更应当走开了。不能把朋友从死神手中夺回后再去欺骗他。再说，我的出走也是为了惩罚我曾经产生过的一个念头：医生对我说他的生命取决于看护他的人时，我曾产生过让他死去的念头。永别了，夫人。离开巴黎，我失去了一切。而您没有忠于您的塔德在身边，却毫无损失。

忠于您的

塔德·帕兹

"我可怜的亚当认为他失去了一个朋友，那么我失去了什么呢？"克莱芒蒂娜心想，她沮丧地垂下头，眼睛凝视着地毯上织出的花朵。就在同时，康斯坦丁也偷偷交给伯爵一封信。信的全文如下：

我亲爱的米日拉，

玛拉迦什么都对我说了。为了你的幸福，你去拜访女骑手的事，千万不要向克莱芒蒂娜透露一个字，并且始终让她相信玛拉迦花了我十万法郎。从伯爵夫人的性格来看，她不会原谅你输钱，也不会原谅你私访玛拉迦。我不去希瓦，而是去高加索。我心情很忧郁。从我这次赴任的情况来看，三年之后，我要么成为帕兹亲王，要么战死疆场。永别了，我从罗斯柴尔德银行提取了六万法郎，我们俩现在两讫了。

塔德

"我真蠢！刚才我差点儿没断送自己。"亚当心想。

塔德出走，三年过去了，报纸还没有提到什么帕兹亲王。拉金斯基伯爵夫人极其关心尼古拉皇帝的远征，她内心已经是一个俄国人，她贪婪地阅读来自俄国的每一条消息。每个冬天总有那么一两次，她装出若无其事的样子问俄国大使："我们可怜的帕兹伯爵现在怎么样啦，您知道吗？"

咳！这些所谓目光敏锐、聪颖绝伦的巴黎女子，她们之中的大多数经常在帕兹式的人物身边来来去去，却对他们视而不见。是的，不止一个帕兹被埋没了，这种事想起来是多么可怕！即使他们受到爱恋也仍然得不到赏识。上流社会中就连最单纯的女子也要求最伟大的男子有点儿江湖骗术，似乎最美的爱情要是纯朴自然地表现出来便毫无价值，似乎爱情只能置身于华服盛装和金银器皿之中。

1842 年 1 月，拉金斯基伯爵夫人略带忧伤的姿容激起了拉帕菲林伯爵狂热的爱情。此人是当时巴黎最厚颜无耻的花花公子之一。拉帕菲林知道要征服一个由怪物[1]严密看守的女子困难重重。为了出其不意地把美貌动人的克莱芒蒂娜弄到手，他把希望寄托在一个有点忌妒克莱芒蒂娜的女人身上。她同意为奇袭创造机会。

---

1 狮头、羊身、龙尾的吐火怪物，此处指亚当。

拉金斯基伯爵夫人无论怎么聪明，也料想不到会有这等卑鄙出卖的事。她冒冒失失地跟着这个所谓女友去参加在歌剧院举行的假面舞会。拉帕菲林使出浑身解数引诱克莱芒蒂娜。将近凌晨三点，她跳舞跳得心醉神迷，答应跟他去用夜宵。她正准备登上那位所谓女友的马车的关键时刻，一只有力的手将她抱住。尽管她高声叫喊，还是被抱进她自己的马车。车门敞开着，但她并不知道她的马车就停在这里。就在这时，克莱芒蒂娜认出了塔德。"他没有离开巴黎！"她失声叫道。塔德看着马车把伯爵夫人拉走，便逃走了。

哪位女子一生中有过这样离奇的遭遇呢？克莱芒蒂娜每时每刻都希望着与帕兹重逢。

1842 年 1 月于巴黎

先驱译丛

主编 沈志明

福楼拜（1821—1880）
《福楼拜文学书简》丁世中 译

波德莱尔（1821--1867）
《恶之花》王以培 译

迪雅丹（1861—1949）、拉博（1881—1957）
《月桂树已砍尽：意识流先驱小说选》沈志明 译

洛特雷阿蒙（1846—1870）
《马尔多罗之歌》卢盛辉 译

兰波（1854—1891）
《孤儿的新年礼物：兰波诗歌集》王以培 译

塞利纳（1894—1961）
《与Y教授谈心》沈志明 译

法朗士（1844—1924）
《我们为什么忧伤：法朗士论文学》吴岳添 译

德彪西（1862—1918）
《印象审美：德彪西论音乐》张裕禾 译

克洛岱尔（1868—1955）
《以目代耳：克洛岱尔论艺术》罗新璋 译

纪德（1869—1951）
《纪德论陀思妥耶夫斯基》沈志明 译

普鲁斯特（1871—1922）
《斯万的一次爱情》沈志明 译

普鲁斯特（1871—1922）
《超越智力：普鲁斯特的写作课》沈志明 译、编

巴尔扎克（1799—1850）
《三十岁的女人》沈志明 译

加缪（1913—1960）
《群魔》沈志明 译